青白い炎が夜の海を照らしている
——異形《フェアリー》の群れと、魔王現象の攻撃に
よるものだ。
蛇のように連なった青白い炎が身を
しならせて、海の上の艦隊を打ち据え
る。燃え上がる。
あれは魔王現象十二号、ブリギッド
だろう。炎の尾を持つ魔獣。
長射程の攻撃能力を持ち、目下のと
ころ、艦隊の上陸を拒む最大の要因の
一つだった。
いまも、夜の闇の彼方で巨大な獣が
躍っているのが見える。

赤髪を三つ編みにして、鮮やかな緑色の耳飾り。神殿の司祭が着るような、装飾の多い白い服。
「戦いは終わりです。捕虜を傷つけることは許しません。我らはただの賊徒ではなく、正統のキーオを担う者なのだから」
両手を広げ、朗々と声を張り上げる。芝居の役者のようだ、と俺は思った。
「我々はゼハイ・ダーエの子！　波と太陽の加護を抱き、偉大なる戦いに勝利する宿命を背負う！　栄光ある者として、ふさわしい誇りを失ってはなりません」

勇者刑に処す

懲罰勇者9004隊刑務記録

VI

ロケット商会

ILLUST めふぃすと

CONTENTS

ラギ・エンセグレフ攻勢計画
ブロック・ヌメア要塞
通用門
正門
上陸目標
【陸路部隊】
第十一聖騎士団
ゼハイ・ダーエ岩礁城砦
※ザイロたちと
海賊の移動ルート
軍港
ビアッコ
ヴァリガーヒ海峡
※ベネティムたちの
移動ルート
【海路部隊】
第十聖騎士団
および聖骸旅団
ジャウテ市
ガルトゥイル要塞
カイニ市
第一王都
ゼフェンテ
工業都市
ロッカ
N
W
E
S
zatte Irvan

地図イラスト／ナベタケイコ

待機指令：パーチラクトの夏の家

大草原に冬が来た。

ジェイスはよく知っている。この大草原で暮らすのは、パーチラクトの民である。遊牧という手段で暮らす者たちだ。

かつては旧王国にも属さず、複数の氏族が集まった、ある種の独立国家のようなものであったという。連合王国が成立してからは、領地の一部として取り込まれる形となっている。

そこに住まう氏族の有力者は、便宜的に『パーチラクト家』という名で貴族の位階を与えられてもいた。緩やかではあるが、いまも一つのまとまった集団を形成している。よって、必然的に彼らはその中心を必要とした。

それが『夏の家』と呼ばれる、パーチラクト大草原において唯一の、『動かない』集落だった。

ここに暮らす者たち――パーチラクトの指導者層と文治衆《ぶんちしゅう》は、例外として遊牧を行わない。氏族たちの訴えを聞き、裁判を行い、あるいは天候の予測をして、月に一度の市場を開く。

そして年の暮れには、あらゆる氏族の代表を集めた会合を行う決まりになっていた。この特別に大きな会合を、彼らは『焔座《ほむらざ》』と呼んでいる。由来はジェイスにもわからない。

昼夜を問わず明かりを灯《とも》して開く会合であるからだ――と言う者もいるし、パーチラクトの民にとって神聖なドラゴンの息吹を意味している、と言う者もいる。いずれにしても、ジェイスはそんな歴史に興味はなかった。

ただ、年に一度の帰郷は煩わしい。貴族としてパーチラクトの末席に居座る者の義務だというが、面倒なことこのうえない。首の聖印がなければ、帰郷命令など無視していたところだ。

――ということを正直にニーリィに言ったら、

「仕方ないから、私が代わりに出てあげようかな。ジェイスくんは王都で遊んでてもいいよ」

と言われた。

そうなれば、ジェイスも黙って出席せざるを得なかった。そもそもよく考えなくても、ニーリィにとってはパーチラクトの『夏の家』の方が過ごしやすいに違いない。

第一王都の竜房は、ひどいものだ。行政室の管轄で運営されているというが、ほとんど馬のような扱いを受けている。そこに集められたドラゴンも、明らかに知性が減退し、言葉を使うことができない者たちばかりだった。中には飢えていれば見境なく人間に襲いかかる者さえいた。

本来のドラゴンならばまず考えられないことだった。

(おそらくは、ある種の毒だ)

と、ジェイスとニーリィは結論づけていた。ドラゴンの思考能力を奪う毒。第一王都ではその類《たぐい》の毒を、食事に混ぜていると思われた。

対抗策も、すでに講じていた。その『毒』に対する解毒効果を持つ植物があった。パーチラクト大草原東部に分布する『竜の息吹』と呼ばれる香草が、それだった。ドラゴン用の食料に混ぜ、ずいぶんと市場に出回らせたと思う――反乱の罪によって捕まるまでは。

(誰かがドラゴンを傷つけようとしている。いずれ、報いを与えてやる)

とは思ったが、いまはどうしようもない。

すべては戦いに勝利を収めてからだ。

――ともあれ、ジェイス・パーチラクトが『夏の家』を訪れたのは、年の暮れの『焔座』の時期だった。

そうなれば、やはり面倒な人間との付き合いが出てくる。『夏の家』に常駐しているような連中はまだいい。彼らは草原の外の貴族たちとそう変わらず、懲罰勇者であるジェイスを蔑《さげす》みの目で見てくる。露骨に避けて、近寄ろうとはしない。

だが、それ以外の遊牧の民たちは違った。

「――おい、『貴公子』が来たぞ」

ジェイスとニーリィが『夏の家』の庭に降り立つと、さっそく気づかれた。

当然のことではある。ニーリィの飛翔《ひしょう》は目立つ。他のドラゴンとは明らかに違うからだ。

幸いにも、雪は小康状態だった。空には雲の隙間に太陽さえ見えている。頼りない冬の陽光の下、野外で煮炊きしていた人間どもが立ち上がった。

「ジェイス！　どこを飛んでたんだ？　東の方じゃぜんぜん見かけなかった」

「やっぱり北か、西か？　激戦区だもんなァ」

「魔王現象を仕留めた話、聞かせてくださいよ！」

――このように。

遊牧の民たち、特にドラゴンと生活している連中は、ジェイスの罪を罪と思っていない。

そういう反応も、ジェイスにとっては面倒なだけだ。好意も悪意も、人間のそれはただ鬱陶しく感じる。

「うるせえな」

とだけ言って、足早に通り過ぎる。

「魔王なら何匹も仕留めた。噂《うわさ》の通りだ、俺が誰よりも多く落とした。よそのやつらに負けるわけねえだろ」

その言葉に歓声があがった。拍手するやつもいる。

そういう明るい雰囲気が、ジェイスは苦手だった。ザイロやツァーヴやベネティムといった連中の騒がしさにはついていけないし、理解する気もない。かといって、この草原のドラゴンたちは、さすがにジェイスとニーリィのことを知りすぎている。

ドラゴンたちはジェイスとニーリィの行く道を開け、衛兵のように並んだ。

「女王と……タバネ殿が、お帰りだ！」

と、朱色の鱗《うろこ》を持ったドラゴンが高々と吠《ほ》えた。

草原に棲《す》むドラゴンの中でも、『夏の家』に集う精鋭たちは言葉もよく知っている。そうであるよう、ニーリィが教育してきたからだ。しかしその言葉遣いはいささか堅苦しすぎる。それに聞き取りづらい言葉も多かった。

「よくぞ――■■■お戻りくださいました！　女王、タバネ殿！」

「ご無事で何よりです。寝所と■■■の……準備、が、できております」

「お疲れではありませんか？　食事ならば……すぐに、■■■できます」

この調子で世話を焼かれては、さすがに息が詰まる。

ニーリィは鷹揚《おうよう》にうなずき返し、一言二言と礼の言葉を返しているが、ジェイスはどうにも居心地が悪くなる。

「タバネ殿、お荷物を、預かり、ましょう」

「気にしなくていいよ」

ジェイスは突き出てきた濃緑のドラゴンの鼻先で、軽く手を振った。タバネ、と、ドラゴンたちはジェイスのことをそう呼ぶ。人間たちを束ねる代表だと思っているのだ。

「気にしないわけには参りません。今年は私が、タバネ殿のお世話■■■ですから」

「本当に必要ないからさ」

「いえ。畏れ多いことです」

「このくらい自分で持てるって」

「いえ。お荷物をお預かりする名誉を、どうか私に」

頑《かたく》なな態度に、ジェイスがいつも折れる。というか、そうせざるを得ない。

「……わかったよ。よろしく頼む」

「ご帰還、お喜び申し上げます」

ため息をついて、濃緑のドラゴンに背嚢《はいのう》を預ける。満足そうな彼女の鳴き声を聞きながら、足を速めた。どうにもこの堅苦しい調子で歓迎されては、肩が凝ってしまいそうだ。

向かう先は、『夏の家』の中でももっとも大きな建物だった。石造りの、砦《とりで》のような建物。連合王国の書類のうえでは、そこがパーチラクト家の居城ということになっている。

年の暮れ、この『夏の家』にはドラゴンたちが集う。

それをパーチラクトの人々は奇跡だとか、あるいは『夏の家』周辺は比較的気温が高いからだとか言っているが、まったくの見当はずれだ。ドラゴンたちにはいつの世代にも女王と呼ばれる者がいる。当然、いまはニーリィだ。その立場にある者は『焰座』の時期、各地に散ったドラゴンたちとの謁見を行う。

それは女王にとって情報収集の意味を持つ。人間の中では、ジェイスくらいしか知らない秘密だ。

(特に今年は、重要な会合になる)

決戦が近い。年が明け、春になれば、人類は北への進軍を開始することになっている。

(たぶん、最後の戦いだ。ニーリィもそのつもりでいる)

だからジェイスは、少なくとも三日ほどは一人で時間を潰すしかなかった。

それは好都合ではあった。ジェイスには、やるべきことがあったからだ。

その日、ジェイスが足を向けたのは、『夏の家』の最奥だった。記憶の部屋、と呼ばれるこの一室を訪れる者はほとんどいない。過去の歴史を収めた蔵書庫などに、興味を示す者はいなかった。

――ごく一部の例外を除いて。

「ああ」

と、立ち並ぶ本棚の奥で、一人の女が振り返った。

眼鏡をかけた、ひどく眠そうな顔の女だった。

「ええと、どうも。お邪魔しています」

何冊もの本を積み重ねて、椅子に浅く腰かけている。彼女は緩慢な動作で眼鏡の位置を直すと、扉を開けたジェイスを凝視した。

「と、……おや？　司書の方でも、長《おさ》の方でもない。ジェイス・パーチラクト氏ですか」

彼女の名を、シグリア・パーチラクトという。

パーチラクト家の中でも、いまは長と同じくらいの発言権と立場を持つ人物――そして、第七聖騎士団の団長でもある。顔見知りではあった。というより、有名すぎた。パーチラクトで彼女を知らない人間はいない。ジェイスを知らない人間がいないのと同様に。

「これは意外ですねえ。ジェイス氏も、こちらの書庫にご興味があるとは」

「別に興味はない」

もともと、本は嫌いだ。嘘の話が書かれていることもある。ベネティムやザイロが好む、実際に起きたことでもない話になんの意味があるのかわからない。

「シグリア。俺は、あんたを探しに来た」

「私ですか？　つまり、歴史の話にご興味が？」

「違う。歴史なんて好きなのは、パーチラクトでもあんたぐらいだ」

「歴史の話、面白いですよ。たとえば、ジェイス氏。あなたは懲罰勇者でしたよね？」

シグリアは羽根ペンを取り出し、何かを自前の帳面に書きつけていた。その傍らにある本の背表紙が目に入る。『神々の系譜』。それはジェイスにあくびを催させるような内容を想像させた。

「その戦いの歴史に興味はありませんか？　ええと……第一次魔王討伐から第三次魔王討伐まで、人類に何があったのか、とか……なぜ歴史が大いに失われてしまったのか、とか」

「さあ。どうでもいいな」

ジェイスは肩をすくめた。

「誰かがヘマしたってだけの話だ。それか敵の方が強かったか。どっちかだ」

「ああ、それは正しい認識です。そう……まさしく人類は失敗していますよねえ。魔王現象を滅ぼすことに。その機会は確かにあったはずなんですよ」

シグリアは喋《しゃべ》りながら羽根ペンを動かす。器用な女だ、とは思う。

「重要視するべき点は、第三次魔王討伐にある……と私は考えています。人類は魔王現象と和解したんですよね。『聖女』様の活躍で。なぜその結果として文明が衰退したか。我々は魔王現象の本当の武器を知らなければ、また負けますよ。興味あります？」

「……あんたは、それがなんだって言いたいんだ？」

「愛と絆《きずな》」

シグリアは机から身を乗り出し、どこか夢見るような顔で、少しだけ笑った。

「私はそう思います。魔王現象はその武器を使って、人類から戦う意志を奪ったのではないかと」

「そうかよ」

ジェイスは急に興味が失《う》せていくのを感じた。彼女の喋り方には、まるで現実感がない。

「面倒な講釈《こうしゃく》を聞きに来たんじゃない……あんたに聞きたいことがあるんだよ。歴史に詳しいあんたなら、わかるんじゃないかと思った」

「自分で調べるのも楽しいと思いますが、そんな気分じゃなさそうですね。何を知りたいと？」

「医者にもわからなかった。俺が知りたいのは――」

そうしてジェイスは、彼女に尋ねるべきことを尋ねた。どうしても、必要なことだった。

最後まで聞くとシグリアは天井を見上げ、かすかに唸《うな》った。

「――なるほど。『それ』は興味深い事例ですね。私も気になるので、調べてみてもいいですが……仕事があるんですよね。これから、お遣いに行かないと」

「お遣いって」

ジェイスは面食らった。

「なんだそりゃ」

このシグリアという女は、言葉の選び方が子供じみている。あるいは幼児の育成をする教師だ。

「面倒なお遣いなんですよ。ジェイス氏が代わりにやってくれませんか？」

「……あんたが俺の頼みを調べてくれるなら、やってもいい。どんな仕事だ？」

「とある貴族の方を、賓客としてお迎えすることになっているんですよねえ。そちらの送迎をどなたかにお願いしたかったんです。私は忙しいので」

「なんだ、客かよ」

年末年始には、『夏の家』に領の外の客を呼ぶ。それはパーチラクトの慣習だった。

「今年は誰を呼んだ？」

「珍しいですよ。たぶん、この『夏の家』を訪れるのは初めてじゃないでしょうか」

シグリアは眼鏡の位置をまた直し、新たな本を手に取った。

「ジャンタレイ・マスティボルト。――いわゆる南方夜鬼のご当主ですね」

◆

鉄の色の髪をした一団だった。

その数は、護衛と従者を合わせて二十名ほど。彼らを率いる者こそが、パーチラクトの大草原の西方――森を越えた先、峡谷地帯の領主。

すなわちジャンタレイ・マスティボルト。

その人物を目にするのは、ジェイスも初めてのことだ。峡谷地帯は地理的にはそう遠くない領土だが、パーチラクトの『焔座』の客としてやってくる例は、過去にあまりない。今年は彼ら南方夜鬼の側からの申し出があったということだが、何か理由でもあるのだろうか。しかし、それはジェイスにとってはどちらでもよかった。

パーチラクトからは、ジェイスを含めた十名ほどの遊牧の民が、彼らを出迎えることになった。合流地点までは、馬に乗って早朝に出発し、ほぼ一日。

マスティボルトの者たちは夕暮れに先駆けてやってきた。その誰もが、体躯《たいく》のやや小柄な馬を駆っていた。

「――大きな鹿を見た」

開口一番、ジャンタレイ・マスティボルトは、真顔でそう言った。

「白タマネギの色の角を持つ、大きなナマリ鹿だった」

感情らしい感情が読み取れない顔つきと、声の響きだった。

ジェイスも含め、パーチラクトの人々が黙っていると、ジャンタレイはわずかに首を傾《かし》げ、それからやはり無表情のままうなずいた。

「失礼。詳しく説明する。我々はヴォットリー森林を抜けてきたが、その途中でナマリ鹿を見た。体毛が濃い灰色で、蹄《ひづめ》のかたちに特徴がある。白タマネギのような純白の角は、この種類の鹿がその分だけ栄養を蓄えているということを意味する。普通はもう少し黄色く濁る」

決して流暢《りゅうちょう》とはいえない、朴訥《ぼくとつ》とした喋り方だったが、その言葉はまるで滞ることがなかった。

ジェイスたちがその意味を理解しかねるほどに。

「つまり、今年の冬は厳しくなるということだ。互いの民が困窮しないよう、力を合わせたい」

そこまで言って、ジャンタレイは黙り込んだ。言うべきことはすべて言った、というような顔で、背後の従者たちに手振りで指示する。

「道案内、よろしくお願い申し上げる」

マスティボルトの主《あるじ》に代わって、その従者たちが深く頭を下げた。主の言動を謝罪するかのような態度だった。

(なんだろうな、この人間は)

ジェイスの眼《め》から見て、ジャンタレイは想像以上に貧相な男だった。

体格はひょろりとして、分厚い防寒着に埋もれて見える。その顔は無表情を通り越して不愛想というべきだろう。この男が、マスティボルト家の当主として、峡谷の夜鬼たちをまとめている。

(妙な男だ)

こういう顔つきの人間を、ジェイスは知っている。

その顔を睨むように見ていると、向こうから声をかけられた。

「あなたが、ジェイス・パーチラクトか?」

「そうだ」

うなずくしかない。嘘をついたり、隠したりするのは面倒だった。もともとそういう性分にできている。名前を聞いたときから、こうなるとは思っていた。

「俺がジェイス・パーチラクトだったら、なんだって言うんだ?」

「私の……義理の息子……いや。難しいな。私の被後見人というのが正確だ。彼が折に触れて手紙を送ってくる。その中に、しばしばあなたの名前がある」

「……ザイロ・フォルバーツか」

ジェイスは眉をひそめたが、ジャンタレイは事もなげにうなずいた。

「そうだ。あなたはザイロと同じ部隊にいると聞いている。質問したいことがいくつもある」

「勘弁してくれ。さっさとあんたを案内したいんだ、ついてきてくれないか」

ジェイスは馬首を巡らせて歩き出す。ジャンタレイは少し頼りない手つきで手綱を操り、追随しながら、話しかける言葉は止まっていない。

「あなたたちの部隊は聖騎士団とともに進撃し、第二王都を奪還したと聞く。ザイロ・フォルバーツの戦いはどのようなものだったか、知りたい」

「……俺はニーリィと空を飛んでたからな」

無視し続けるわけにもいかない。仕方なく言葉を返す。

「地上がどうだったかはよく知らねえよ。激戦だったそうだが、まあ……うまくやったんだろう。ザイロ・フォルバーツは、人間にしてはそこそこ腕が立つ」

「そうか」

何を考えているのか想像さえさせない顔で、ジャンタレイは淡々とうなずいた。

「……私の娘も、第二王都の攻防に参加した。知っているだろうか？」

「フレンシィ・マスティボルトか」

ジェイスはその女の、父によく似た鉄面皮を思い出す。

「あの私兵は、あんたが集めて指図してたのか？」

「まさか。私に軍事のことはわからない。娘にはそうした素質があるようだが。私兵を集めて出撃したと聞いたときは、私も驚いた」

「じゃあ、苦労してるみたいだな」

「そうでもない」

ジャンタレイは、はっきりと首を振った。

「私としても、ザイロ・フォルバーツにはできるだけのことはしてやりたい。彼には借りがある」

「逆だろ。ザイロは、あんたに恩があるって言ってたぜ。魔王現象に襲われて、家族をなくしたあいつを拾ったんだってな？」

「あれは、私にも利益がある行為だった。フォルバーツ家の領地を併合し、南方峡谷の管理下に置くことができた」

実際、そのようなことは少なくない。領主不在となった領土は、そこに出兵して追い返した貴族が実効支配することになる。ここ二十年ほどで、急速にそれが進んだ地域もあった。

「ザイロにはその借りがある。できるだけのことはしてやりたい、が――娘が望んでいる、婚約の履行はどうだろうな。可能なものだろうか」

「それこそ、俺の知らないことだ」

ジェイスは簡潔に言い切った。

「ただ、俺は人間の法律なんてどうでもいいが、懲罰勇者に結婚なんて制度はないんだろう」

そもそも法律上は人間ですらない。そのような仕組み自体が存在しないのだ。

「無茶な話に思えるな」

「私も同感だ。しかし、娘は……なんというか……感情が重い。いや、意志が強い。法律がどうだろうと、決して方針を変えることはないと断言できる。……だから」

ジャンタレイは、真正面からジェイスを見る。苦手な目だ、とジェイスは思う。居心地が悪くなるようなところがある。

「懲罰勇者に、恩赦がくだることはあるだろうか？　法では、このように記されている。懲罰勇者は魔王現象の根絶をもって恩赦を与え解放する。……それは可能なものだろうか？　あなたとニーリィがいれば、あるいは」

「そいつは」

ジェイスは返答に窮した。できる、と即答できなかった。そんな自信はない。

だが、できないとも言えない。ニーリィが言っていた。ジェイス・パーチラクトこそは、もっと大きな世界を守れる男だ。そう胸を張って断言できなければ、ニーリィに乗る価値はない。

そのために、ジェイスは腹に力を込めた。はっきりと断言しようとする。

数秒の沈黙――そこで、不意に気づいた。違和感がある。耳を澄ます――何かが風にはためく音。それから、鋭い飛翔音。

「あっ」

という、間の抜けた声。

傍らを歩いていた、マスティボルトの兵が一人、その場に崩れ落ちた。ジェイスははっきりと見ていた。その胸に、矢が突き刺さっている。

「――敵襲！」

誰かが叫ぶ。それを聞くよりも速く、ジェイスは短槍《たんそう》を摑《つか》んでいた。矢が、次から次へと飛んでくるのがわかった。自分に向かってきたものを叩《たた》き落《お》とす。そのくらいの芸当は容易だ。

「襲撃だろうか。賊かな」

「賢いじゃねえか、他のなんだと思うんだ？」

この状況でもどこか茫洋《ぼうよう》としたジャンタレイに、ジェイスは皮肉めかして答えた。どうやって接近してきていたのか。雪原に姿を現したのは十、二十。それ以上の数に囲まれている。

「敵だ！」

「囲まれてる、多いぞ！」

わかりきった叫び。マスティボルトの兵と、パーチラクトの民が応戦の矢を放つ――が、その倍以上の矢が返ってくる。

（読まれてたみたいだな、この場所が。くそっ）

地上での戦にも、心得がないわけでもない。しかし、さすがに敵の人数が多すぎた。ここには護衛するべき相手もいる。飛来する矢を叩き落とす。危うくジャンタレイ・マスティボルトに当たりそうになったからだ。

（ザイロの父親代わりの男か。面倒だな。人間を守る戦なんてやったことねえぞ）

この南方夜鬼の男ときたら、どうも顔つきがぼんやりしている。さすがにいち早く雪面に身を伏せたが、俊敏な動きといったらそれきりで、まるで身を守るための武芸の心得はないらしい。

やはり、ザイロやフレンシィのような種類の人間とは違うようだ。

「あなたたちに委《ゆだ》ねる」

と、ジャンタレイははっきりとそう言った。

「私はこういう荒事には疎く、周辺の地理にも明るくない。パーチラクトの人々に従うのが最適だろうと思う」

それでいい、とジェイスは思った。半端に指揮権を発揮されるよりも、そうして丸投げしてもらった方がずっと楽だ。パーチラクトの護衛の一団の長を視線で探す。たしか、フサルメという名だったか。彼に大声で怒鳴る。

「突っ切って抜けるぞ！　走れ！　最後尾は俺がやる」

「おい、本気か？」

「俺は勇者だ。死んでも生き返る」

「わかった……東だ！」

ジェイスの言葉にうなずいて、フサルメは叫んだ。

「『夏の家』への最短距離を行く！　マスティボルトの領主どのをお守りしろ！」

行動に方向性を与えられ、全員が一斉に動き出す。弓矢によって、すでに五人ほどが射貫《いぬ》かれ、倒れていた。乗り手を失った栗毛《くりげ》の馬が嘶《いなな》く。

「危ないよ。■■■、危ない」

ジェイスの耳には、その馬の嘶きが言葉として聞こえた。ドラゴンや人間ほど明確ではないが、ジェイスには、解釈できる範囲ですべての生き物の声が聞こえる。そういう聖痕がある。

「どいつもこいつも、落ち着け。言う通りにすれば、できる限り守ってやる——いいな！　全速力で走れ！　遅れるなよ！」

ジェイスが叫ぶ。

人間に対して言ったわけではない。主に乗り手を失った馬たちに向けての言葉だ。人間の都合に付き合わされた生き物たち。その言葉は、周囲の馬にも伝わった。もう少しだけ馬を冷静にさせる効果はある。

すでに全員が走り出している。ジェイスも続く。

矢と、怒声が追ってくる。それに正面——包囲の数人が阻もうとする。

獣の毛皮を着ている一団。さらに兜《かぶと》やら被《かぶ》り物《もの》やらのせいで顔はわからない。西の森の民のように見えるが、出身地を偽っている可能性が高そうだった。草原の民でもなければ、こうも見事に自分たちを捕捉できまい。それにここまで密《ひそ》かに接近した手並みも卓越している。

(だが、思ったほど数は多くはない)

そのことに、ジェイスはかすかに違和感を覚えた。

これだけの人数で阻めると思っていたのか。先陣を切って駆ける護衛の長のフサルメと、マスティボルトの兵たちが、一気にその防衛線を突破する。さすがに南方夜鬼は腕が立つ。

これはあまりにも簡単すぎる。

ジェイスがそう思った次の瞬間、先駆けていた何騎かの兵士が吹き飛んだ。

雪面が爆《は》ぜた――ように見える。何人かが投げ出される。フサルメの馬も棹立《さおだ》ちになった。ぴったりとその後ろについていたジャンタレイ・マスティボルトは、馬を制御しきれずに倒れ込んだ。誰かの悲鳴と怒号。口笛と歓声。そっちは襲撃者たちのものか。

(罠《わな》だったな)

聖印による地雷の一種かもしれない。ただ、それはどうでもよかった。ジェイスは、回り込もうとしてきた襲撃者の一人を槍《やり》で突き倒しながら駆け寄る。

馬から落ちた、ジャンタレイ・マスティボルトだ。

「おい」

馬から飛び降り、ジャンタレイを抱え上げる。

思った以上に軽い。貧弱な体つきをしている。こいつに死なれたら――と、ジェイスは想像した。あのザイロは、どんな顔をするだろうか。

(それはいよいよ面倒だな)

幸いにも、ジャンタレイに負傷らしい負傷はなかった。相変わらず茫洋とした顔で、ジェイスを見上げて口を開く。泣き言でも言うかと思ったが、その口から出たのは予想外の言葉だった。

「ツツネズミの巣がある」

「あ?」

まるで意味がわからなかった。

「何を言ってやがる。いまそれどころじゃねえんだ」

「失礼。説明しよう。ツツネズミは危険に敏感な生き物だ。地表の異変を感じ取る能力に長《た》ける。彼らは冬季には地中に巣を作って眠る——特徴的な筒型の巣だ。それがいまは、あのように雪面に露出している。つまり、逃げ出したのだ」

ジャンタレイの指が足元を辿《たど》った。ツツネズミの巣と思《おぼ》しき穴が、東へと続いている。

「よって、こちらに向かえば危険があるということだ。逃げるならば別の方角がいいかもしれない。私は軍事には疎いため、的外れなことを言っていたら申し訳ない」

「いや」

ジェイスはジャンタレイの腕を掴み、強引に自分の栗毛の馬に乗せた。

「次からそういうことは先に説明しろ」

「よく言われる」

「だろうな」

やはりザイロの養父なのだと、ジェイスは思わざるを得なかった。

あいつはいつも、表に出す言葉や態度がいま一つ——いや。二つも三つも足りていない。

「フサルメ！　北だ！　迂回《うかい》しろ！　——いや」

ジェイスは大声で叫んだ。だんだん、面倒になってくる。人間なんてどうでもいいが、そのアホさ加減の巻き添えになる馬は見ていられない。だから、そっちに呼びかけた。

「全員、死にたくないやつはついてこい！」

ジャンタレイを背に乗せ、ジェイスは馬を走らせた。

北へ。ほとんど全員が、ジェイスに続いてきたことがわかった。行く手を塞ぐ敵を突き落とし、そのまま一塊になって突き抜ける。そう難しくはない。

(ただ、問題が残り一つ――)

東には罠を張られていた。なぜか。ジェイスはその答えを、すでに理解していた。

隣をフサルメが並走してくる。

「ジェイス！　勝手に指示を出すな。この場の指揮官は」

「黙ってろ」

吐き捨て、ジェイスは槍を動かした。

フサルメが突き込んできた一撃を弾《はじ》くためだ。ジェイスを叱責しながら動いた彼の槍は、たしかにジャンタレイを狙っていた。それも、喉元を。

「遅いんだよ。狙いも甘い」

ジェイスはそのままフサルメの槍を跳ね上げ、瞬時の反撃で腹部を貫いた。

彼の体が揺れるのがわかった。その顔が、苦痛に歪《ゆが》む。あるいは後悔かもしれない。どちらにしても、ジェイスに興味はなかった。

「くそ」

歪めた表情のまま、フサルメは奥歯を嚙《か》み締《し》めたようだった。

「さすがに、わかるか？」

「当たり前だろうが」

フサルメの指示はすべて誤った方向に導くためのものだった。野営地点も、責任者であるフサルメが決めることだ。

「――それにしても、フサルメ。なんでだ？　なんでこんな真似《まね》をした？」

「お前にはわからないだろうな」

フサルメの体から、力が失われた。槍を取り落とす。

「勝てねえよ、ジェイス。人間は、やつらに、勝てない」

知ったことか、と、ジェイスは思った。東の夜空を見る。

そちらから、ドラゴンの翼がはばたくのが見えた。その数は多い。ドラゴンたちが何翼も、翼をつらねてこちらに向かっているのがわかった。

「タバネどの」

と、ドラゴンの咆哮《ほうこう》が聞こえた。顔見知りのドラゴンだった。幼い頃から知っている。

「■■■■■――遅くなり、申し訳ございません！」

轟々《ごうごう》と響くような声は、残った賊の悲鳴を掻《か》き消《け》していた。

◆

これはジェイスが後になって聞いた話だ。

もともとフサルメ・パーチラクトは、夏の家と第一王都を行き来する、外交官の役目を兼ねていたらしい。その息子が二人とも、幼少から肺の病気を患っていた。

長くは生きられないだろうと見られていた――が、上の息子は成人し、『夏の家』で文官として働いている。下の息子も健康に支障はないらしく、三年前、奇跡的に病状が回復したとされていた。病が治った理由はわからない。話によれば、第一王都の医者の治療を受けたということだった。

その二人の息子は、その夜、ジェイスが『夏の家』に帰還する頃には死んでいた。肺にあった瘤《こぶ》のようなものが破裂したのだという。

「つまり、ですね」

と、シグリア・パーチラクトは、やはり眠そうな顔でそう言った。

薄暗く冷たい、書庫の最奥で彼女はジェイスの帰還を待っていた。まるでその解説を誰かに聞かせたくて仕方がなかったというように。

「魔王現象には、他者の病を癒《い》やし、また与えるような権能の持ち主が存在したようです。魔王現象ディアン・ケト。その魔王現象は、ちょうど昨日討たれたそうです。フサルメ氏にとっては不幸なことでした。彼が裏切ったことは、結果的に無駄だったことになりますね」

方法はわからないが、二人の息子を使って魔王現象がフサルメを脅していたのは明白だった。

「ディアン・ケトの脅威それ自体は去りました――しかし、これは深刻な問題です。とても深刻ですよ。彼らはこうした戦術の、その有効性を知っている。そうじゃありませんか？」

「かもな」

ジェイスは適当に相槌《あいづち》を打った。あまり興味のない話題だ。

フサルメの息子が死んだのは、自分のせいだろうか？　それともディアン・ケトとやらを殺した誰かのせいか？　それでも人の死を、ジェイスは特別なものとして捉えることができない。今回の戦いでは馬だって死んでいる。戦いに巻き込まれれば生き物は死ぬ。戦いでなくとも、家畜として食われる獣もいる。

ジェイスにとっては、ドラゴンだけが特別だった。そうでなければ、狩った生き物の嘆きや悲鳴でいまごろ自分は押しつぶされているだろう、と思う。

「まさしくこれは、愛と絆を利用した侵略行動といえるのではないでしょうか？　広い意味での人質行為ですね。自らの苦痛には強い人間も、愛する存在の苦痛には弱い場合がある……という」

いまだ喋り続けるシグリアの手は器用に動き、冊子に文字を書きつけている。

「自分より大事な存在が人質に取られたとき、その人は、人類を裏切らずにいられるでしょうか？ジェイス氏、どう思います？」

「知らん。俺には関係ない」

ジェイスは一言で切って捨てた。

（そう。関係ない）

ニーリィのためなら、自分はきっと人類だろうがなんだろうが裏切るだろう。本来ならばそのはずだった——しかし、そんなことをすれば、ニーリィは決して自分を許さない。

重要なのは、そこだ。そのことだけが恐ろしい。その恐怖に自分は勝てない。

弱いからだ。弱いから自分は、世界のためならニーリィを見殺しにでもする。ニーリィに失望されることを考えたら、間違いなくそうする。

「……それと、これは私見ですが」

ジェイスが黙っていると、シグリアはさらに付け足してきた。

「今回の襲撃における敵の標的は、マスティボルトの当主だけではありませんね。もしかするとジェイス氏、あなたも狙われていたのかもしれません。本来の標的は私を想定していたでしょうが、あなたにお遣いを頼んだことで狙いを変えたのではないかと」

「俺が？」

ジェイスは鼻で笑った。

「懲罰勇者を狙って殺そうとするとは、目が節穴だな」

「それでもやはり念のため、護衛をつけておいてよかったですね」

「護衛？」

「ドラゴンたちが駆け付けたのは、こちらの目がついていたからです――フィムリンデ」

人の名前だろうか。シグリアが囁《ささや》くように呼ぶと、机の上に小柄な生き物が乗り上げた。

黒い猫のような生き物だった。草原ではあまり見ない生き物で、不吉のしるしともされている。

そもそもジェイスはあまり猫が好きではない。あの連中は人間やドラゴンを、基本的なところで愚鈍な生き物だと思っている節がある。

だが、そいつは普通の猫と違っていた。

「シグリア。わたしは、有用だったかな？」

と、その猫は口を開けると、はっきりとした言葉で喋った。

それはジェイスにだけ聞こえる声ではない。空気を振るわせて伝わる、人間のような声だった。

その証拠に、シグリアは大きくうなずいた。

「はい。とても。ありがとう、フィムリンデ」

シグリアは猫の頭を指先で撫《な》でた。フィムリンデ、と呼ばれた猫が目を細めるのがわかった。

「もう戻っても大丈夫ですよ」

「そうしよう。こうした小さな体を使うのはとても疲れる。労《ねぎら》いのための食事を用意してもらいたいものだ――ずっと書庫にこもりっぱなしで、お前も空腹のはずだろう」

「そういえば」

シグリアは何かをごまかすように笑って、本を閉じた。

「空腹でした。何か作りましょうか。シチューはどうですか？」

「ああ。悪くない選択だね」

「では、すぐに」

そうしてシグリアは猫を抱き上げるとジェイスに向かって頭を下げた。

「彼女が私の《女神》です。獣の《女神》フィムリンデ。ドラゴンの援軍がやってきたのは、彼女が呼んだからですよ」

シグリアの抱えた鞄《かばん》に、フィムリンデが潜り込むのが見えた。そうやって、誰かの荷物に隠れてついてきていたのかもしれない。

「――そういえば、ジェイス氏。ザイロくんはお元気ですか？　ずいぶんと無茶な戦いをしていると聞きましたが」

「あのアホのことなんて知るか」

「ああ。元気そうで何よりです。仲がいいんですねえ」

ジェイスのいまの言葉の何を、どう変換してそういう感想に至ったのか。問い詰めてやりたかったが、やめた。意味がない気がした。

「またいずれ、暇ができたら。いつでも本をお貸ししますと伝えてください。私、ザイロくんの作る詩が結構好きなんですよ」

シグリアの言葉には、どこか懐かしがっているような響きがあった。あるいは何かを惜しんでいるような。

（――詩か）

くだらない、と、ジェイスは思った。

「それより、聞かせろ。俺は約束を果たした。こっちが頼んでたことについてだ――何かわかったんだろうな？」

「あ。そうでした」

シグリアは、そこで珍しく口ごもった。

「……聞きますか？　あなたにとって、なかなか辛《つら》い話になってしまいますが」

「かもな」

聞くまでもない、かもしれない。自分にとって辛い話。それだけでわかる。

「だが、聞かせてくれ。俺には必要だ」

シグリアから目を逸《そ》らし、ジェイスは窓の外を見る。強い北風が、草原を荒っぽく撫でていく。石造りの建物の中は暖かく、雪もない。安全で、敵襲に怯《おび》える心配もない。

それでもジェイスは、こんなところにいたくはなかった。ニーリィと一緒に、空を飛ぶ。魔王現象どもを討つ。いまとなってはそれこそが、ジェイスの数少ない望みだった。

(さっさと春が来て、戦いが始まればいい。そうすれば――)

必ず終わりが待っている。どのような形であれ、結末がある。

行きつくところまで行ってしまいたい。いまはそれだけが、ジェイスの望みだった。

聖女運用記録：ヴァリガーヒ海峡北岸制圧

第一王都に春が来た。

例年よりも早い春の訪れだったという。第六聖騎士団長リュフェン・カウロンが知る限り、これほど早くヴァリガーヒ海峡の氷が解けた記録はない。

（何かに、急《せ》かされている気がするな）

そうは思うが、どうしようもない。もはや作戦は動いている。いまこそ、すべてを賭した決戦を挑むべきときだ。国庫もこれ以上は持たない。人類が万全の状態で、総力を結集した戦いを挑むとしたら、いましかない。

この場にいる誰もが、それを理解しているだろう。

（負けられない博打《ばくち》か。そりゃみんな本気になるよ）

リュフェンは周囲を見回す。

連合王国の軍部における最中枢。ガルトゥイルの機密会議室である。その席には、例外となる二名を除いて——第十一聖騎士団と、第十二聖騎士団以外の、現存する聖騎士団長のすべてが揃《そろ》って卓についていた。

（壮観だよな）

こんな光景は二度と見られないかもしれない。

だから、ある意味で安心だ。リュフェンは椅子にもたれかかる。自分の意見が必要とされることはないだろう。ここにいる人間は誰もが自分より賢い。

その会議も、もう終わりつつあった。

「では、決を採る」

第三聖騎士団長、メーヴィカ・リージャーは朗々と告げた。

「ラギ・エンセグレフ攻勢計画。この遠征の目的は、魔王現象の撃滅にある」

揺るぎのない宣言だった。人類の決定的な勝利。もはや、それだけが求められている。

「目指すのは大陸の最北部——ソルド螺旋嶺《らせんれい》」

そのように呼称される、大規模な山だ。北の果てに聳《そび》える、ねじれたような形状の山脈。はるか古代、第一次魔王討伐の際に、そのような地形が生まれたという。

「そこに、魔王現象の巣。もしくは、やつらを招き寄せる『門』がある」

その裏付けとなった要素は三つ。魔王現象が事実として北から襲いくること。それに加えて予言の《女神》と、古代史の調査によるものだった。

予言の《女神》はかつて、ソルド螺旋嶺に巨大な『門』が開いて魔王現象がやってくる光景を見たと言った。魔王現象を呼び出す『門』。第一次魔王討伐、第三次魔王討伐の際も、同様の『門』が観測されたとされている。これを破壊、あるいは封鎖することが遠征の最大の目的だった。

「ソルド螺旋嶺を目指すにあたり、ヴァリガーヒ海峡を越える必要がある」

リュフェンはメーヴィカの声を聞きながら、卓上を見た。大きな地図が広げられている。かつて人類が北部に進出していた頃の、北の果てまでを描いた地図だった。海峡を越え、山脈と樹海を踏破し、古代の遺跡地帯を経て、ソルド螺旋嶺に至る。

「北部を目指すにあたって、まず我々は軍を二手に分ける——第一軍は、地ならしだ。陸路を行くことになる。ヴァリガーヒ海峡の西岸を回り込むように進軍」

卓の上にある地図を、馬を模した駒が進む。白く塗られた駒だった。

「この部隊は、第十一聖騎士団長ビュークス・ウィンティエが指揮する。第七から第九聖騎士団にはこちらを援護してもらう。進路上に存在する魔王現象および異形《フェアリー》は、すべて撃滅する。異論があれば言うがいい」

「……あえて申し上げるなら」

からかうような声。金色の髪の若い女。おそらくここに居並ぶ中でもっとも若いだろう。第四聖騎士団長、サベッテ・フィズバラー。

「ビュークス・ウィンティエ聖騎士団長は、この会議にもいらっしゃいませんね。すでに進軍されておられるのですか？　どういうつもりでこの会議を欠席したのかお聞きしたいものです」

明らかに棘《とげ》がある——それと同時に、会議の空気を和らげようとしたのもわかる。

議長役であるメーヴィカ・リージャーはかすかにため息をついた。予言の《女神》と契約した彼女は、こうした会議では自分の意見を述べず、進行役に徹する。

「事実だけを告げておこう。ビュークス・ウィンティエ聖騎士団長からは、『不要』とだけ連絡があった。この会議に意味を見出《みいだ》していないそうだ」

「由々しき問題ですね。そう思いません？　私たちが軽んじられているようです」

「……あの男は、誰であっても軽んじている」

呟《つぶや》くように言ったのは、陰鬱な気配を纏《まと》った男だった。暗い目つきは誰の顔も見ていない。

第十聖騎士団長、グィオ・ダン・キルバ。東方キーオ諸島連合の貴族の出だというが、リュフェンもよく知らない。話しかけづらい空気を、いつも漂わせている人物だ。

「第十一聖騎士団長については、議論するだけ無駄だ」

と、グィオは珍しく口数が多かった。

「だが――あれは強い。それだけはたしかなことだ。陸路をあの男が進むというのなら、その役目は果たされるだろう」

これに対して、異議を挟む者はいない。第十一聖騎士団長、ビュークス・ウィンティエが指揮する軍勢は最強だ。ザイロ・フォルバーツがいない現在、その称号は揺るがない。

（ザイロか。もしも、あいつがここにいれば）

と、リュフェンは思う。何か口にしていただろう。

（何を言うかな）

リュフェンにはそれだけが思い浮かばない。突拍子もない意見か、減らず口、それとも揶揄《やゆ》の類だろうか。いずれにしても自分は笑ってしまうだろう。

「では、西方からの陸路は、ビュークス・ウィンティエ」

考えているうちに、会議は進む。すでに最後の議題だ。メーヴィカ・リージャーは、その齢《とし》からは想像できないほど覇気に満ちた声を発する。

「そして、第二軍。ヴァリガーヒ海峡を北上し、海路で補給線を確立するのは——グィオ・ダン・キルバ。第十聖騎士団が指揮する船団。ただし名目上の総指揮は、ガルトゥイルの総帥たるマルコラス・エスゲインが執る」

メーヴィカの節くれだった指が、また地図上の駒を動かす。海峡を渡って、北岸へ向かうのは、黒い船の駒だった。

「総帥に、総指揮権がある。それはやむを得ないことだ」

誰からも、それについての言及はなかった。サベッテがさも辛辣な皮肉を言いたそうに、意地の悪い笑みをうかべてリュフェンを振り返った程度だ。

「船団は海峡を渡り、陸路を進軍した主力軍への補給線を確立する。危険な海域を避け、道中の島にも物資集積所を設置するため、あわせて六日ほどの航海となる見込みだ。こちらの補給部隊には《聖女》ユリサ・キダフレニーも加わる。彼女の指揮下の聖骸旅団も同様だ」

海からの補給線の確立は、今後の作戦に大きな影響を及ぼす。自分にもわかるくらい簡単な計算だと、リュフェンは思う。陸路とは輸送の効率が桁違いだ。

「陸路と海路から進軍し、合流地点はヴァリガーヒの北岸。ここを制圧する」

白と黒の駒が動く。ヴァリガーヒ海峡の北岸——そこには、大きな城砦《じょうさい》が描かれていた。

「この、ブロック・ヌメア要塞の攻略が最初の課題となるだろう。言うまでもないが、最大の障害はここを支配する魔王現象十二号『ブリギッド』だ。その撃滅は必須となる」

魔王現象、『ブリギッド』。それはある種、特別な名前だ。

特に東部の戦線を担当してきた軍隊にとっては、恐怖の象徴でもあるかもしれない。火炎の魔獣『ブリギッド』。この強大な魔王現象が現れてから、人類はヴァリガーヒ海峡の北岸を失い、いまだ取り返せていない。

「だが、なんとしても第一王都からの兵站《へいたん》を繋《つな》ぐには、ここに拠点が必要だ」

それはリュフェンも意見を求められた部分だ。海域の安全と物資の集積を考えれば、他に選択肢はないといってもいい。この要塞を落とせない限り、遠征の成功はあり得ない。

「以上。海路についても異議はないか？　――グィオ・ダン・キルバ。何かあれば言うがいい」

「ない」

グィオ・ダン・キルバは陰鬱な顔のまま首を振った。

「……私が適任だろう。海は、キーオの者が得意とする戦場だ」

東方キーオ諸島連合。航海技術が必然的に発達する地域だった。グィオもまた、その戦い方に習熟している。鋼の《女神》の特性もあって、幾度も海戦で魔王現象を破っていた。

やはり、誰からも異論は出ない。

（そりゃそうだ）

リュフェンは奥歯で欠伸《あくび》を噛み殺した。海には魔王現象の脅威もあるし、海賊の動きも多少活発になっていると聞く。グィオが駄目なら、他の誰でも無理だろう。

会議室に沈黙が下りる――不意に、メーヴィカは鋭い目でリュフェンを見た。

「最後に、リュフェン・カウロン第六聖騎士団長。聞きたいことがある」

「え。はい？」

怒られるのかと思った。欠伸を噛み殺していることがバレたか。会議室中の視線も、彼に向けられていた。背筋が冷える。

だが、尋ねられたのはまったく別のことだった。

「この戦い。兵站は持つか？」

無茶なことを聞く。

リュフェンは躊躇《ためら》った。兵站という概念は、信じられないほど多くの要素を含んでいるものだ。単純に食料だけではない。あらゆる物資。移動経路に、食事をする場所に、寝る場所。そのどこで誰がどれだけ何を必要とするのか。

直接戦闘以外のすべてが兵站であると言っても過言ではない、とリュフェンは考えている。

（だから、そんなことを聞かれても）

困る、というのがリュフェンの答えだ。しかし――その内容の一つ一つは、リュフェンがこの数年間、ずっと考え続けてきたことでもある。一つでも不安が消えるよう手を打ち続けてきた。誰かがやらなければいけないことだし、何より、ザイロ・フォルバーツが言っていた。

『お前以外に、そんな細かいことを考えられるやつはこの世にいねえ』

——だから、答えは一つだ。

「兵站は、持ちますよ」

リュフェンはそう告げた。

「八か月です。その間に終わらせてください。もう一度、寒くなる前に」

会議室に、独特の緊張感が広がるのがわかった。

「聞いたな」

議長であるメーヴィカは立ち上がり、卓につく聖騎士団長たちを見渡した。やめてほしい、と、リュフェンは思った。自分の意見が決定打だったようではないか。

「作戦を開始する」

メーヴィカは胸元で大聖印を切る仕草をした。

「ラギ・エンセグレフ攻勢計画——北部の『門』を打ち砕き、ここで魔王現象を撃滅する」

誰もが立ち上がり、揃って大聖印を切る。リュフェンもぎこちなくそれに倣った。

◆

「——それでは、《聖女》ユリサ・キダフレニーよ」

重々しい響きとともに、その男は白い衣を差し出した。

「汝《なんじ》にこの聖衣を授ける。必ずや北の地にて魔の者らを討ち果たさんことを」

ユリサは戸惑いながら、抱えるようにそれを受け取る。

ラギ・エンセグレフ。そう呼ばれている外套《がいとう》で、メト王家の秘宝であったという。純白の衣だ。いまは失われ、再現することもできない技術が使われている。太陽の力を吸って、纏う者の力に変える性質を持つという。

それが真実なのかどうか、ユリサにはわからない。

（こんな薄い衣が、やけに重い）

ユリサは震える手でその衣を纏う。

（私がここにいるのが、場違いな気がする）

振り返る――テヴィーが励ますように小さく笑った。《聖女》が指揮する聖骸旅団における彼女の副官、という立場で着任した女性だ。ユリサよりもはるかに経験が豊富で、軍人であり、冬の間には簡単な戦闘訓練をつけてもらった。

剣や雷杖《らいじょう》の腕前はさほど進歩しなかったが、少なくとも意味はあった。テヴィーとは、いまでは人には言えない相談もできるようになれたからだ。

（彼女の笑顔には勇気をもらえる。やれる気がする……っていうか、やらないといけないんだけど）

だからユリサは震える手で、襟の留め金を嵌《は》めた。かちり、というかすかな音。やけに遠くから聞こえる気がする。

顔を上げ、聖衣を手渡した男に告げる。

「……謹んで、拝命します」

「うむ」

満足げにうなずいたのは、マルコラス・エスゲイン。いまやガルトゥイル要塞の総帥。この儀式における、ユリサ以上の主役だ。

ユリサ自身は彼のことがあまり好きにはなれないが、軍の内部ではなかなか人気があるらしい。体格がよく、顔立ちには育ちのよさと威厳がそれぞれ半分ずつ表れている。部下に対しては寛容で優しく、誰よりも朝早くから活動し、ゴミ拾いや調理場の手伝いのような雑務まで自分から行うこともあるらしい。

だが、それらはすべて無意味なことだ——という陰口も聞いたことがある。

マルコラス・エスゲインに軍事的な才覚はなく、人気を得るための能力ばかり長けている。進んで雑務を引き受けるというのも、そのためだとか。

しかし、間違いなくいまのこの場では彼が主役だ。メト王家の伝統ある聖衣を《聖女》に授け、激励する軍の総帥。その背後で、苦々しい顔で立ち尽くしているのは、神殿の首席大司祭だった。ニコルドという名前だったはず。

この軍事的な性格の強い儀式の場では、大司祭でさえ介添人という役に留まらざるを得ない。

「では、ユリサ・キダフレニー！」

マルコラス・エスゲインは朗々と告げた。

「海を越え、まずはヴァリガーヒ海峡における人類の領土を取り戻す！　これは人類が平和を勝ち取るための、偉大なる戦いだ。我らに加護を！」

それからマルコラス・エスゲインは自ら膝を折り、ユリサの肩を力強く摑んだ。

「期待しているぞ。……うまく成し遂げた暁には」

小声で囁くのが、ユリサの耳にだけ届いた。

「私は魔王どもを駆逐した英雄となり、お前は勝利を導いた《聖女》となる。聖騎士団でさえ及ばない、至高の栄誉だ。富も名声も思いのままとなるだろう――だから、二度と暴走はするな。私の命令に従え」

しっかりと釘《くぎ》を刺された。ユリサはいくらか空虚な気分で、それでもどうにか微笑《ほほえ》んだ。勝利。人々から、それを期待されているのは間違いないのだ。

「さあ、マルコラス・エスゲイン総師閣下。《聖女》様。お立ちになってください」

総師の背後で、一人の若者がよく通る声で言った。

「これにて聖師の儀を終わります」

穏やかだが、どういう印象も抱けないような、思い出すときにどんな特徴の手がかりも与えないような、そんな不思議な顔立ちの男性だった。

「どうかご武運を」

そうやって笑った彼の顔は、まるでとらえどころもないくせに、ひどく不吉な気配がする。理由もわからず右手が強張《こわば》る。無意識のうちに、腰の剣を摑もうとしていた。

(――でも、なぜだろう?)

ユリサは強張った右手に気づかれないよう、静かに一礼をした。

刑罰：鎮東軍港ビアッコ整備支援

俺たちがヴァリガーヒ海峡に到着したのは、春節の第三月のことだった。

これは遠征軍の中で、もっとも速く進発した部隊の一つといえるだろう。

聖骸旅団、第一陣——ということになる。第一王都から街道を北東へ。山ほどの物資を抱えて、鎮東軍港ビアッコに至った。

ビアッコはヴァリガーヒ海峡の南岸に面した、連合王国でも最大級の軍港だ。ずらりと並ぶ軍船はさすがに壮観だったし、初めて海を見て興奮しているやつもいた。テオリッタだ。

「海ですよ、ザイロ！」

などと、砂浜を駆けるテオリッタは、いまにも海に飛び込みそうな顔をしていた。

「海！　海です！　何をしますか？　泳げますか？」

「さすがにまだ寒い。こんな気温で泳いだら、死ぬぞ」

「……で、では……魚釣りとか……？」

テオリッタは指先を海に浸した。冷たかったのか、すぐに引っ込める。

「暇さえあればな」

ほとんど無理だろう、とは思う。

遠征軍は大所帯だ。いくつもの部隊に分けられ、出発時間に到着時間、経路と休憩場所まで細かく決まっている。先着した部隊は、後続の部隊のために雑用をこなす必要がある——その役目を担う部隊を選ぶとすれば、懲罰勇者がその筆頭になるのは当然だった。

よって、俺たちに課せられた仕事は山ほどあった。船の点検に、荷車の整備、夜警。馬の世話、資材の運搬、炊事、人馬の糞尿《ふんにょう》の始末。いくらでもある。

(タツヤがいなきゃ死んでたな)

と、俺はつくづく思う。あいつの体力と腕力は規格外だ。一人で三人分くらいは働く。

なにしろ肉体労働では戦力外が数名いるので、その分の穴埋めが必要になる。

「任せてください！　速く終わらせて海で遊びましょう！」

などとテオリッタは嬉々《きき》として手伝おうとするが、さすがに彼女を頭数として数えることはできない。ノルガユなんかは『こんなものは王の仕事ではない』と雑用を断固拒否するし、ドッタは隙あらば姿をくらまそうとする。監督役のトリシールがいなければ大問題になるところだ。

が、それにも増して、こういうとき一番の問題はベネティムだ。

あまりにも音をあげるのが速すぎる。

「もう無理です……」

その日の夕暮れ、ついに体力が限界に達したベネティムは、運んでいた荷物に潰されるようにして倒れ込んでしまった。

「動けません。完全に。たったいま、体力の残量がゼロになったのを感じました……」

人力での荷物運搬作業、という嫌がらせのような労務の最中だった。

ビアッコ軍港には臨時設営された倉庫がずらりと並び、そこに運び込まれる物資は膨大だ。必然的に俺たちは朝から晩まで働かされる羽目になった。

「しっかりしろよ」

俺はベネティムを蹴とばした。荷袋を抱えていたので、そうすることしかできない。

「俺がお前の分も三割増しで運んでやってんだろうが。その程度は最後までやれ！」

「……すみません、限界です」

ベネティムは地面に突っ伏しながら呻《うめ》く。

「私のことは気にせず、置いていってください……きっと追いつきますから」

「ンなわけにはいくか。立て！　運べ！　倉庫は目の前だろ！」

「私とザイロくんでは、根本的な体力が違うんですよ。あと、私には根性もないですし」

「アホか」

俺は非常に呆《あき》れた。このままではいずれ致命的なことになるだろう。

「これから遠征だろ。基本的には移動しながらの戦いになるし、戦場も走り回らなきゃいけねえんだよ。そんなとき、お前が一人で置き去りになったらどうする？」

「はあ」

ベネティムは汗だくの顔で俺を見た。何かを探るような目。

「そのときは、大変なことに……なりそうですね……」

「だから、ここで根性を出せ。無理にでも動けるってことを体に教えるんだ。起きろ！　さもなきゃ海に放り込むぞ！」

「しかしですね――あっ」

「ん？　おい」

ベネティムの背中から、木箱が動いた。誰かが持ち上げている。

「……お前」

赤い髪に、包帯の巻かれた右腕。青く輝く右目。そしていまは、純白の衣を纏っている。

その女――つまりユリサ・キダフレニーは、ちょっと『できすぎた』格好に見えた。不機嫌そうな眉間の皺《しわ》さえなければ、いかにも『聖女』らしいと言えるかもしれない。

彼女はなぜだか無言で木箱を抱え上げたまま、俺を睨《にら》みつけていた。

「聖女様か」

その目で睨むな、と言いたくなったが、やめた。別のことを言うことにする。

「やめとけよ」

「別に」

と、彼女は呟いた。なぜだか、そこには敵対的な響きがあった。

「あなたたちを助けようとしているわけではない。どんなことでも、常に自分にできる範囲のことはすべてやる。それが『聖女』だ。私に望まれている役割だから、やる」

一気に俺は頭にきた。

ふざけてやがる。望まれている役割を片っ端からやって、その果てに何があると思っているのだろう？　だが、そのことで怒るのは間違っているともわかっていた。テオリッタがそうだし、俺も人のことは言えない。

俺たちには、人から認められたいという願望がある。他人に説教できる立場じゃない。だから、俺はまた頭で考えたこととは別のことを口にした。

「――違う。そうじゃねえよ」

「え。な、なに？」

「お前を心配してるわけじゃない。このアホが根性なしすぎるから、鍛えてるところだ。そいつを返して、ちゃんと仕事をさせてやれ――ほら」

俺は這《は》ってこっそり逃げ出そうとしたベネティムの背中に、自分の抱えていた荷袋を下ろした。うぐ、というかすかな呻き声。

「な。逃げようとするだろ」

「……でも、その人。もう限界に、見えるが」

「まだいける。そうだよな？」

「はは。ええ、その。まあ」

逃げられないと悟ったのだろう。ベネティムは俺の載せた荷袋をどけて、ゆっくりと立ち上がる。ふらついてはいたが、そのまま笑顔でユリサに両手を差し出す。

「少しふらついただけです。聖女様のお手を煩わせることはありません」

「う――」

ユリサは言葉を詰まらせ、顔を背けた。その横顔を見ると文句を言ってやりたくなる。

「しかし、聖女様。あんた、そんな調子で雑用までやらされてるのか？」

「こ、このくらいは聖女として当然のことだ。自ら志願した」

その硬直した態度で、俺も察した。自分から志願したのはそうなのだろうが、聖女が雑務をやることに誰も文句をつけていないのなら、背後にそういう意図が働いていることは明白だ。つまり、士気高揚と広報活動の一環。

ユリサ・キダフレニーが、自分で考えたとは思えなかった。

「聖女が兵士に交じって雑用すれば、士気が上がる。どうせそんな風に言われたんだろ？」

「それは……えっと。まあ、そうだけど」

「なら、もっと人目につくところでやれ。この辺には俺たちしかいない」

「……しかし、あなたたちも、あの――我々、聖骸旅団の一員だ。少なくとも、いまは。兵士に交じって雑用するという目的には、一致している」

俺は笑うのを堪える。笑ってしまえば、この聖女は本格的に激怒するだろう。

「わかった。偉大な聖骸旅団の一員として、仕事は全うする。だから、ベネティムを働かせろ」

「そういうことです。これも私の役目ですから……お願いします、聖女様」

「……わかった」

ユリサはベネティムに木箱を受け渡す――やはり少しよろめいたが、まだ立てるようだ。寝て休んだ分だけ回復しただろう。死にそうな顔をしていたが、俺たちは死なないので問題ない。気まずそうに白い衣を翻し、去ろうとするユリサの背中に声をかける。

「なあ、ユリサ・キダフレニー」

「なんだ？」

「……夕方に広場でやってる、祈りの輪にも参加してやれ。兵士の士気が上がるのは、結局そういうことだ。聖女に物資運搬みたいな肉体労働させたら、かえって気まずいだろ。それと」

こういうことにかけて、俺はこの世界で十本の指に入るくらいには詳しい。そのはずだ。

「召喚の力については、もう少し訓練した方がいい。たとえばこの倉庫」

俺は目の前に佇《たたず》む、無骨な倉庫を見上げた。急ごしらえ、という風ではないのに、しかしここ数日で出現した倉庫。臨時に大量の倉庫を用意するという無茶が可能になるとすれば、ユリサが召喚したとしか思えない。

「窓がもう少しあった方がいいな。湿気がこもる。こういうのは手癖で呼ぶんじゃなくて、手本になる建物をもっと見ておくもんだ。イメージがあれば召喚も簡単になる」

呆気《あっけ》にとられたような顔をしているユリサに、俺は付け足す。

「俺が言いたいのはそれだけだ。質問あるか？」

「な、……ない。参考にしておく！」

それだけ言い残し、ユリサは駆け去る。なんとなく、野生動物のような女だと思った。

やたらと敵対意識を持たれている気がするが、あまり深く考えない方がいい。俺たち懲罰勇者は嫌われるのも刑罰の一つだからだ。

「行こうぜ、ベネティム」

「はい。いま……実は……行こうとしてるんですよ。ちょっと……重くて……」

たしかに。さっきからふらふらと足踏みしているので、何かと思った。歩こうとしていたのだ。

俺はその背中を押してやる。つんのめるようにして歩き出す。

「もう日が暮れる。さっさと終わらせて、作戦会議だ。明日までに決めることがある」

「あっ……え？　はい？　作戦会議？」

「……マジかよ、お前……」

本当にこれが指揮官か、と思う。

「第一王都を出る時点からすでに説明してただろ！　寝てたのか？　あの会議を、お前はぐっすり寝てたのか！」

「いえ、寝てませんでした、覚えています。あれですよね？　明日の労務……」

「おい」

「……ではなくて。我々の部隊の、あの……食事当番について……？」

俺はもう無言でベネティムの脛《すね》を蹴とばした。

頭上を飛ぶ海鳥の、嘲笑《あざわら》うような鳴き声が聞こえた気がした。

◆

その夜、俺たちは会議室に集まった。

もちろん懲罰勇者部隊に、そんな上等な部屋はない。かろうじて借り受けたのは、ビアッコ軍港の片隅にある、とりわけ小さな倉庫の一つだった。「廃材置き場」と書かれていた気がする。

パトーシェとジェイス、ついでにベネティム。俺を除いてこの三人だ。こういう全体的な方針について他の連中に意見を求めてもあまり意味はない。

「えー……それでは、我々に下された任務をお伝えします」

咳《せき》ばらいを一つして、ベネティムは粗末な机に地図を広げて見せた。しっかりと言い聞かせたおかげで、進発前の会議で何を話し合ったかは思い出した——というか、改めて頭に入れたようだ。

「我々が目指すのは、北部。北の果て、ソルド螺旋嶺……という地点です。そのために、このヴァリガーヒ海峡を越えて北に進出する必要があります」

ベネティムの指が、卓上の地図をなぞる。

牙のように東から陸地を抉《えぐ》り込《こ》んでいる、ヴァリガーヒ海峡を中央に据えた地図だ。その中で北岸一帯は、いまは失われた人類の土地である。どの集落も放棄されたと公式には宣言されているが、実際には多くの人間が魔王現象の奴隷となって生息しているらしい。

それと同時に、いまだにそれなりの抵抗組織が存在し、砲撃都市ノーファンにこもって継戦しているという話も聞く。

実際には、このあたりの状況はよくわからない。ほとんど連絡がつかないからだ。

北岸に到達するには、西から大きく迂回するか、このヴァリガーヒ海峡を越えるしかない。西からの経路は、クヴンジ森林から始まる深い森と山が続いており、よほど命知らずな冒険者か商人でも尻込みをする。

一方でヴァリガーヒ海峡を船で越えるとなると、この海を根城にする魔王現象や異形《フェアリー》という脅威があった。

「我々が果たすべき任務は二つ。ええと、その……第一に、西から迂回する第十一聖騎士団の先導」

不安になったらしく、ベネティムは喋りながら俺を見た。いいから続けろ、と手で示す。

「えー……それから第二に、この軍港から、そのままヴァリガーヒ海峡を突破する第十聖騎士団。および『聖女』を中心とした聖骸旅団の護衛です」

ベネティムは地図上を指で辿ろうとして、失敗していた。指先がさまよった挙げ句に、正確な経路を示すことは諦め、ただヴァリガーヒ南岸で大きく目立つ軍港を示す。

まったく、こいつはたいした指揮官だ。

「我々は聖骸旅団の分遣部隊ということになっていますが、同時に、陸路を行く第十一聖騎士団からも要請が来ています。もちろん我々には拒否権がないため断れません」

「ああ……第十一聖騎士団か？」

腕を組み、椅子にもたれかかり、半ば眠っていたようなジェイスが反応した。

「ビュークス・ウィンティエ。噂に聞く最強の部隊ってやつだろ。ザイロ、お前が昔何かしたから嫌がらせされてるんじゃねえだろうな？」

「だったらまだマシだけどな。あいつはそんな人間っぽいやつじゃない」

俺はあの男について、少しだけ知っている。自分のことを一番強くて偉いと思っているやつだが、極端に合理的な考え方をする。

それだけに、不愉快な男でもあった。直截《ちょくせつ》にものを言いすぎる。

『ザイロ。お前は俺の次くらいには戦に強いと判断しているが、重要なものが欠けている』

と、ビュークスのやつから面と向かって言われたことがある。

『自分を軽視しすぎる。だからお前は、永遠に俺から数えて二番手なのだ』

ふざけるな、とそのときは思った。リュフェンがいなければ、危うく殴り合いの喧嘩《けんか》になるところだった。第十一聖騎士団ビュークス・ウィンティエとは、そういうやつだ。

「ビュークスのアホが言うには、陸路はノルガユとタツヤ。名指しであの二人を使わせろって言ってきたんだよ。まあ、言いたいことはわかる。あいつらだいぶ目立ったしな」

「は！　見る目がねえな。俺とかドッタさんじゃねえのか？」

「ビュークスのやつの部隊には必要ねえってことだ」

俺もよその部隊から引き抜けと言われたら、純粋に能力だけで考えるとあの二人になる。ただしやはりビュークス・ウィンティエは人間というものをわかっていない。あの二人を使おうとすれば絶対に見張り——というか、調整役が必要になる。

「しかし、海路は先導。そして陸路は護衛か」

パトーシェ・キヴィアはクソ真面目なので厳《いか》めしい顔で唸った。

「どちらも命懸けの任務になるな」

「命懸けどころじゃねえよ。『先導』も『護衛』も、要するに何かあったら本隊の盾になって死ねってことだ」

俺は鼻で笑ってしまった。まさしく勇者らしい仕事だ。死んでも生き返る『備品』の使い方というものをよくわかっている。

「笑いごとではないぞ、ザイロ」

パトーシェは顔をしかめた。

「任務はすでに下っている。問題は、誰がどちらへ行くかということだ。今回、我々と連携をとる支援部隊も同様にな。すでに第一王都を進発し、明日には到着することになっている」

正確に言えば、俺たちと連携をとる部隊というわけではない。俺たちが持っているのは、支援部隊に支援を要請する権利だ。いままではそれすらなかった。

冬の休暇の間、パトーシェとノルガユの行った募兵は驚くべき成功を収めた。首席大司祭の護衛だけではなく、遠征にまで従軍することになったという。あの後もなぜか人数は膨れ上がり、最終的にできあがった支援部隊は、騎兵が百と少し。歩兵が四百といったところか。相当な数だ。

ここまで人数が増えた理由は、フレンシィだ。歩兵の中には南方夜鬼も相当数が交じっており、彼女がそれを率いているという。頭の痛い話だ。親父殿《おやじどの》とこの件について相談したいが、その機会はいつ与えられるだろうか。

何よりもちろん、『支援部隊』の彼らは俺たちよりも貴重な人命であるため、無茶なことはさせられない。いざという場面、ここが勝負の分かれ目というところで投入するべき切り札だ。

だから俺はもう決めていた。

「支援部隊は、陸に回す。支援部隊には、そういう要請も出てる」

「問題ないのか？　支援部隊には、まともな従軍経験のない者もいる」

これには、パトーシェが難しい顔をしてみせた。

「脱落を防ぐためには、海路の方がいいと思うが」

「脱落するなら、した方がいい。無理だと思えば帰してやれ。それに、海路は天候次第で壊滅的な損害を受けることもある。兵站の問題もな。船には定員がある。陸路部隊に回す方がいい」

「……では、別のことを聞こう。ヴァリガーヒ海峡の、例の怪物はどうするつもりだ？」

パトーシェが言う『怪物』とは、魔王現象二十五号、タニファのことだ。

こいつが出現してから、ヴァリガーヒ海峡は極めて危険な海域となった。聖印兵器で武装した戦艦ですら沈められてしまう。北部への道を閉ざす、最大の脅威の一つだった。

「第十聖騎士団。鋼の《女神》。イリーナレアなら、あいつを撃破する兵器を召喚できる。もう準備してるだろうな」

「強力な兵器、か」

「そうだ。聖印とは違う。また別の種類の力らしいな」

イリーナレアのことは知っている。聖騎士団長をやっていた頃、その力も見た。鋼の《女神》イリーナレアは異界の兵器を呼び出す。特に水中で生き物のように動き、岩でもなんでも爆破して粉々にするという武器は、巨大な魔王現象を吹き飛ばしたことがある。昨年は東方キーオ諸島での迎撃作戦に役立てられたという。

そして彼女の聖騎士であるグィオは、そうした兵器を扱う専門家だ。キーオ諸島の出身らしく海戦にも長けている。タニファを倒せる確率は高いはずだ——敵を見つけさえすれば。

(敵は、たぶん待ち伏せている)

ヴァリガーヒ海峡はタニファの領域だ。誰かが先陣をきって、待ち構える敵の懐に飛び込んでいかなければならない。その役を、俺たち懲罰勇者にやらせようというのだろう。嫌になる。

ただ、それが仕事だ。

「海路を支援する側の人間は決まったようなもんだな。上からは何か言ってきてるか?」

「あ、はい。その、ジェイスくんを必ず海路の護衛に回してほしいと……」

「そりゃそうだ。わかってる」

当然のことだ。空からの脅威に備え、艦隊を守る。そのために——認めるのは癪《しゃく》だが、最大の航空戦力であるジェイスとニーリィを張りつけるのは正しい。ジェイスも偉そうにうなずいた。

「船旅は好きだ。ニーリィがな。俺も、問題ない」

「よし」

俺は他の懲罰勇者部隊の名簿を睨んだ。ノルガユとタツヤは陸路。ジェイスは海路。

とするなら、あとは自然と決まってくる。ノルガユとタツヤの制御に、ベネティムを回す。パトーシェもいた方がいいだろう。ドッタは船の上で役に立つやつじゃない。ツァーヴは少し迷うところだが、実際の戦力比を考えれば、陸路だろう。

「じゃ、海路組の残りは……俺とライノーだな。あいつと一緒の船とか、すげえ嫌だけど」

船での戦いとなれば、ライノーの砲は絶対に欲しい。

海中の化け物相手はともかく、そこから水面に上がってきたやつらを叩くこともできるし、船が魔王化した形の異形《フェアリー》もいる。そして俺とテオリッタがいれば、もっと殲滅力は高まる。

「──というわけで、ベネティム。パトーシェ。陸路部隊の連中のお守りは頼んだ」

「ええええ……」

「待て。言っておくが、私はテオリッタ様のお世話をする義務がある。ザイロ、貴様が海路を行くなら私もそちらということになる」

ベネティムは引きつった声をあげたが、パトーシェはさらに厳めしい顔を作って告げた。

「まさか、とは思うが……貴様ら有象無象と同じ船室に、テオリッタ様を寝起きさせるわけではないだろうな？　許されることではないぞ」

「……まあ、そうか」

「気づくのが遅い。馬鹿め。よって大変まことに苦渋の決断で心底から遺憾で仕方なく、ザイロ、貴様およびライノーの蛮行の監督を兼ねてそちらに同行する」

「ジェイスの監督はいいのかよ」

「ニーリィ嬢がいるだろう」

「それもそうか……」

ジェイスは無言だったが、つまらなそうに、あるいは同意するように鼻を鳴らした。ニーリィがこいつの監督役というのは、やつにとってもそう間違いではない認識なのかもしれない。

つまり、陸路がノルガユとタツヤ。それに、ベネティムとツァーヴ、ドッタが同行する。海路は俺とジェイス、ライノー、パトーシェ。それにテオリッタ。ということになる。戦力的には妥当だろう。

「ちょ、ちょっと待ってくださいよ。私を置き去りにして話を進めないで！」

ベネティムは額に冷や汗──だか脂汗だかわからないものを滲《にじ》ませていた。

「つまり、私がツァーヴやドッタやノルガユ陛下の面倒を見なければならない……と？　タツヤだけでも大変なんですが……」

「お前、指揮官だろ」

「うむ。本来なら当然の仕事だ」

「ドッタさんはお前に面倒を見られる側じゃねえぞ」

俺とパトーシェとジェイスの発言を受け、ベネティムは沈黙した。

あとは、もう決めることもない。窓から外に目をやれば、よく晴れた星空が見えた。

「しばらくいい天気が続きそうだな。海も静かだって話だ。俺たちの出撃にしては珍しい」

「こちらの陸地付近では、しばらく問題ないだろう。第四聖騎士団が動いた。嵐の《女神》バフローク様の召喚した風が、雲を払ったらしい――と、友人からの書簡が届いた」

「ああ、なるほど」

俺は天候を操る《女神》の姿を思い浮かべる。深窓の令嬢といった見た目の、いかにも華奢《きゃしゃ》な少女だった。その風貌に反するように、戦場における影響力は極めて大きい。

「じゃ、お前の友達がいるっていう第四聖騎士団も同行するのか？」

「いや。あの部隊の重要性は高い。戦闘以外にも有用だ。我々が北岸の安全を確保して、初めて進軍が検討されるだろう」

「それはそうだな。何もかも、この海峡の安全を確保してからか」

気象を操る力は、兵器を呼び出すとかよりも汎用性が高い。そう簡単に王都付近から離して使える駒ではないということだ。

「まあ、俺も船旅は嫌いじゃない。俺たちが船室で寝てる間に片づけてくれるといいんだが」

「……その可能性がどれほどあると思っている」

パトーシェは嘆息した。

「貴様とかかわってからこの方、どれ一つとして任務がまともに進んだ記憶がない」

「俺たちはそれをぜんぶ切り抜けてきた。つまり、誉め言葉《ほことば》だよな？」

「そんなはずがあるか」

パトーシェの言う通り。しかし、この出航のときくらいは上々であってくれなければ困る。被害を受けるのが俺たちだけではなく、すべての船団に及ぶであろうからだ。

（もうしばらく、天気は持つか）

俺は窓を開けて海を見た。

いやに鮮明な紫の月を、海が映し出していた。

刑罰：ヴァリガービ海峡北進突破 1

出航の日は、夜明け前から緩やかな南風が吹いていた。

船出日和といってもいい。おそらく、嵐の《女神》バフロークが呼んだ風なのだろう。

旗艦への搭乗は、いかにも儀式的に行われた。まばゆい白の聖衣を翻し、まずは聖女ユリサと、マルコラス・エスゲイン総帥が乗り込む。それに第十聖騎士団長であるグィオ・ダン・キルバと、鋼の《女神》イリーナレアが続く。

俺たちは敬礼し、それを間抜け面で見上げていなければならなかった。そういう儀式だ。周りのやつらは歓声をあげたり、乗り込むやつの名を叫んだりしていた。

特に、聖女と《女神》。さすがにこの二人の人気は凄《すさ》まじい。

「聖女！　聖女ユリサ！」

だとか、

「イリーナレア！　鋼の《女神》イリーナレア！」

だとか――なんとなく、いたたまれない気分になる。この熱狂には付き合いきれない。

「あれが、鋼の《女神》イリーナレア……ですよね？」

テオリッタは、陰気なグィオの後ろに続く、灰色の髪の女を見つめていた。

「そうだな。俺はぜんぜん話したこともない」

「私もです。第一王都では、ケルフローラとのお茶会に誘ったのですが……ぜんぜん来てくれなかったですし……。《女神》としての能力的にも、ライバルだと思っています！」

「……ライバル？　……そうか？」

「そうです。同じ武器を召喚する《女神》として、負けません！　ザイロ、あなたもイリーナレアの契約者に後れをとってはいけませんからね！」

「グィオのやつには、海の上で勝てる気がしねえな」

「何を情けないことを言っているのですか。奮起しなさい！　あなたは私の騎士なのですよ」

ふん、と、テオリッタは俺の手を掴んで気合を入れたようだった。

(鋼の《女神》か。その能力は、それなりに見たこともあるが――)

俺はイリーナレアを改めて眺めた。どこかテオリッタとは対照的、ではあるかもしれない。長身であり、つばの広い大きな帽子が目立つ。特徴的なのはその目つきだろうか。なんだか周囲すべてを威嚇するような険しい目つきをしている。

険しいといえば、もう一人――聖女ユリサは乗り込むとき、片隅にいる俺とテオリッタを睨んだ気もした。

彼らが乗り込む旗艦というのは、《女神》イリーナレアが召喚したという鋼の戦艦だった。黒々と輝き、聖印ではない機構で動くという。あらゆる兵器を呼び出すイリーナレアは、こうした艦船も『兵器』として呼び出すことができる。当然のように、あの旗艦の内部には数々の武装が施されているのだろう。

一方で、俺たちが乗り込むことになったのは、船団のもっとも先頭をゆく聖印船だった。旗艦と比べるのもおこがましいくらいには小さく、年季が入っている。『芦風《あしかぜ》』号と名付けられているらしい。

聖印船とは、帆走だけではなく、聖印によって推進を補助する機構を持つ船のことを指す。

この『芦風』号の場合は、聖印を刻んだ大きなプロペラが回転することによって進む、という機構が備えられている。それに加えて、速度を出すために砲撃兵装を削減し、代わりに索敵用の聖印設備を増設してある。まさに船団の先頭に配置されるに妥当な船といえた。

あるいは、魔王現象をおびき出す餌としてふさわしいというべきか。

乗り込んでいるやつらも、第十聖騎士団におけるそれなりの精鋭であるようだった。

しかも顔つきを見れば覚悟が決まっている連中ばかりだ。若いやつは少ない。この海峡で懲罰勇者どもと心中しても構わない――ただし《女神》テオリッタだけはなんとしても無事に退避させるべし。という、尋常ではない悲愴《ひそう》な決意に溢《あふ》れている。

俺たち懲罰勇者を見る目に宿る感情も、ほとんどが嫌悪だ。

そりゃそうだろう。覚悟は決まっているといっても、こんな疫病神みたいな犯罪者連中と同じ船に乗るなんて、気分がいいはずがない。

とはいえ、俺たちの扱いは陸上よりも悪くなかった。

船室は専用の物置だったし、食事も他の船員と同じものが提供された。大昔、船員の反乱を恐れていた頃の名残かもしれない。可能な限り船員の食事は同等のものを用意する慣習なのだという。

「あっ。ザイロ、今日は魚のステーキですよ！　魚！　すごく大きな魚です！」

などと、その日の夕食ではテオリッタは喜んでいた。

「あのヨーフ市でもこんな大きいのは食べたことがありません！」

「なんだよ。焼き鮭《やざけ》かよ……」

興奮気味のテオリッタに比べて、ジェイスは贅沢《ぜいたく》な文句を言っていた。

「煮込んだ方が美味《うま》いだろ。ニーリィもそう言ってるぜ」

「なあ……前から気になってたんだが、ドラゴンは煮込み料理もできるのか？」

「他には誰もやらない。俺だけだ。ただ、ニーリィが好きなんだよ。ニーリィ好みの煮込みができるってのが俺の長所だな」

ふふん、とジェイスは鼻を鳴らした。誇らしげに。俺にはよくわからない感覚だ。そんな会話をしていると、喧嘩をしているのだと思って口を挟んでくる《女神》がいる。

「二人とも、仲良くしなさい。煮魚もきっと美味《おい》しいですよ！」

テオリッタはあっという間に魚のステーキを平らげている。

「明日は煮込みを期待しましょう！」

聖印技術の発達により、航海中の食事の質は大きく上がったという。海が多少荒れていても食材を加熱できるし、冷却用の聖印によって野菜類なども多少は日持ちがする。蒸留式の造水装置があるため、真水にもそうそう困らなくなっている。

「あっ。おまけに、デザートまであります。今日はザイロやみんなの分も、ちゃんと……！」

などと、テオリッタは干したオレンジを眺めて感動さえしていた。

これは決して俺たちへの優しさなどではなく、おそらく船旅で欠乏しがちな栄養を補給するためだと思うが、あえてそのことは言わなくてもいいだろう。

「こっそり分けてあげなくても大丈夫そうです。この船の方はみんな優しいですね！」

「かもな」

◆

このように、俺たち懲罰勇者部隊にしては驚くほど優雅な旅ではあったが、船の中では閉口することもあった。

ライノーのことだ。あいつと同じ船室で寝起きすることになって、ものすごい速さで後悔させられた。四六時中話しかけてきやがる。

「同志諸君、今日も素晴らしい日だね！」

――と、その朝も早くから、ライノーは朗らかに声をかけてきやがった。

「同志ザイロ、そして同志ジェイス。海は好きかな？　僕は楽しみにしていたんだ。こうして船に乗るのも初めてでね。二人の同志とともに船旅ができるなんて、心の底から嬉《うれ》しいよ」

満面の笑みで喋りながら、小さな背嚢袋を開いてみせる。

「上質なお茶と、嗜好《しこう》保存食を少しだけ携行してきたんだ、どうだろう？　ああ、もちろん遊戯用にジグとカードも用意してきた。サイコロもね。存分に交流しようじゃないか！　賭け事はツァーヴとやったことがあるけれど、僕はなかなか強いみたいだ」

様々な小道具を取り出すライノーに、俺は早くもうんざりしてきた。この浮かれた態度。テオリッタか、こいつは。

「よくもまあ、こんな状況で能天気なこと言ってられるな」

俺は船窓から外の様子を確認した。

もう夕暮れが近い。夜勤を担当する俺たちにとっては、そろそろ起きる時間だった。間もなく今日の労働が始まる。船というのは常に仕事を必要とする乗り物だ。

「これは優雅な船遊びじゃねえんだぞ。この海域には異形《フェアリー》も生息してるし、魔王現象だっている。このあたりを住《す》み処《か》にしてるタニファってやつだ。魔王現象二十五号。おまけに海賊の動きも活発だって話だが……まあ、こいつらはいいか」

海賊は去年からずっと出没していた。しかし、魔王現象が俺たちを迎え撃つために活動しているというのに、わざわざ真っ最中に襲撃をおっぱじめるようなことはしないだろう。やつらはあくまでも死体《したい》漁《あさ》りに徹するはずだ。

「とにかく、遊びに来たんじゃねえんだよ。浮かれるな、アホ」

「そうだね。さすが同志ザイロ！　だったら、魔王現象との戦い方について話し合おう！」

俺が注意を促しても、ライノーはなおも笑顔だった。

「どうやって攻略するべきか、きみたちの意見を聞きたかったんだ。タニファを殺すならどんな方法がいいだろう？　ぜひ議論しようじゃないか！」

「知らねえよ。魔王現象との戦い方なんて、その場で決めるしかねえだろ……どんな奥の手を隠し持ってるかわかんねえんだから」

「ふむ。たしかに。同志ザイロはそうした直感が卓越しているね。普段から殺し方を考えているわけではないのかな？　完全にその場で思いついている？　あるいは独自の方法論がある？」

「うるせえな……」

唸りながら、俺は傍らで寝転がるジェイスを見た。目を閉じ、背嚢を枕にして腕を組んでいる。まだ眠っているように見えるが、俺は騙《だま》されない。絶対に起きている。

「おい。ジェイス、お前が相手してやれ。寝てるふりしてんじゃねえぞ」

「断る」

ジェイスの反応は予想通りだった。ただでさえ不機嫌な男だが、今日は五割増しくらいだ。

「何が悲しくてお前らなんかと、こんな場所に押し込められなきゃなんねえんだよ。ニーリィと同じ房じゃなかったのか……くそ」

ジェイスの言う『こんな場所』とは、つまり船の貨物室の片隅だった。

懲罰勇者である俺たちにまともな船室があてがわれるはずもなく、当然のようにここに三人まとめて押し込まれた。《女神》であるテオリッタと、それから世話係のパトーシェには、専用の豪華な部屋が用意されたという。

そしてジェイスの監督役であるニーリィは竜房だ。

この『芦風』号にはニーリィを含めて四翼ものドラゴンが配備されている。その体軀によって多大な空間を占有するため、ジェイスといえどもその隙間で寝ることさえできない。あるいは本人も竜房に入るつもりでいたのか。まさかとは思うが。

「ライノー、てめえはそこのデカい箱にでも話しかけてろ」

ジェイスが顎で示す通り、この貨物室は四角い箱が整然と並べられている。

聖印が刻まれた木箱だった。この聖印を専用の器具により照合することで、中身をすぐに確認できるし、ついでに輸送中の位置も追跡できるという仕組みになっている。所定の方法以外で蓋が開閉されれば、それも検知されてしまう。

この輸送の仕組みを考えたのはリュフェンだ。いちいち蓋を開閉するのが面倒になったあいつが木箱に刻む聖印に工夫をはじめ、さらに物資追跡で楽をするために技師を集めて改良させた。

そういうことをするから、リュフェンの仕事は本人の意図とは逆にまったく減らない。むしろ増える一方だ――が、仕方がないだろう。ここまで改革を実行できるような兵站の天才を、軍が遊ばせておくはずがない。

「同志ジェイス、そんなに邪険にしなくてもいいんじゃないかな」

ライノーは取り付く島もないジェイスに対して、極めて我慢強く話しかけた。

「僕はただきみたち二人の同志と交流を深めたいだけなんだ。これから先の戦いで、それは意義のある絆になると思わないかな？」

「ちっ。ザイロ、こいつに猿轡《さるぐつわ》を噛ませて転がしておけ」

「自分でやれ。俺はてめーの手下じゃねえぞ。それにこの狭い空間で、一人だけ堂々と寝転がってるんじゃねえよ」

「一番腕の立つやつが一番偉いだろ。違うか？」

「あ？　なんだおい、一番腕の立つやつを決めるか？　いまここで？」

「おっと、二人とも、もっと仲良くしてほしいな。争いはよくないよ」

「うるせえ！」

「黙れ！」

俺たちが怒鳴ると、ライノーは怯《ひる》むどころか、むしろ快活に笑った。

「いやあ、いいね。二人の同志と同じ空間にいる実感が湧いてくる。ぜひ、もっと会話を楽しもうじゃないか！　ええと、会話の主題を決めた方がいいかな？」

そこまで言われては、俺もジェイスも黙り込むしかない。ライノーを上機嫌にさせることがあまりにも不愉快だったからだ。

「では、僭越《せんえつ》ながら。僕から提案しよう。『学生時代の思い出』なんかどうかな？　青春、恋愛、あのとき抱いた将来の夢、そういうものについて聞きたいな」

「……やってらんねえ」

ジェイスはついに起き上がった。両耳に指を突っ込み、歩き出す。

「ニーリィの顔を見てくる。そいつを黙らせとけ」

「何を偉そうに言いやがる」

「ううん……仕方がない。三人で談笑するのは夜にしよう。いまは同志ザイロと交流を――」

「誰がするか、アホ」

俺もジェイスに倣って立ち上がり、厚手の毛皮のマントを手にする。もう冬の風は去ったとはいっても、船の上で潮風に当たるとまだ寒い。

「俺も甲板に上がる」

「では僕も――」

「休憩は終わりだ、仕事はいくらでもあるだろうが。砲の点検やってろ。俺は甲板掃除だ」

俺はあえて仕事をでっちあげた。

そうでもしなければ、ライノーから逃れられないと思ったからだ。やつは諦めたように首を振る。

こいつとジェイスと三人で一晩を過ごすなんて、ちょっと耐えがたいほど辛い。

早く魔王現象が襲撃してくれればいい、とさえ俺は思った。

◆

掃除用具を抱えて甲板に出ると、パトーシェが面白いことをやっていた。
剣技の試合――というよりは指導に近い。木剣を構えて第十聖騎士団の兵士と対峙《たいじ》し、瞬時に間合いを詰めて撃ち合う。人だかりができて、ちょっとした見世物のようになっていた。

パトーシェの動きは卓越している。

上段から打ち下ろされる一打を逸らし、鍔迫《つばぜ》り合《あ》いにはあまり付き合わず、独楽《こま》のように旋回しながら位置を入れ替える。これは北方剣術の特徴的な体裁《たいさば》きだ。剣の切っ先を相手に向け、誘いながら反撃を入れる。あるいは先手をとって崩す。

相互に素早い立ち回り——小刻みな攻守の交替。よくもまあ、これだけ揺れる船の上であそこまで動けるものだ。最終的に、パトーシェの鋭い斬撃が相手の腹部に命中した。

相手が胴巻きを身に着けていなければ、ひどい怪我《けが》をしているだろう。

「やるな、あの女」

と、呟く声も聞こえた。

「これで五人抜きだ。懲罰勇者——かつての聖騎士団長か。女だったとはな」

「元聖騎士団長は二人いるんだろう。《女神殺し》は魔獣みたいな男だと聞いた」

「実はあの女のことかもしれないぜ。それでも驚きはしないな」

「ああ……うちのハイネ隊長といい勝負になりそうだ」

俺はそいつらの横をすり抜けて歩きながら、苦笑する。

(ひどい言われようだな)

第十聖騎士団はどことなく陰気なやつらが多いが、規律はしっかりしていた。他の軍なら、勝敗を賭けた博打が始まっていてもおかしくはない。

「――やりましたね、パトーシェ！」

ちょうど、さっきの一戦で試合は一区切りが終わったところらしい。テオリッタが近寄ってきて、手ぬぐいを差し出している。

「見事な技でした！　私も嬉しいので褒めて差し上げます。偉いですよ！」

「ありがとうございます、テオリッタ様」

テオリッタが頭を撫でるのを、パトーシェは大人しく受けた。その場に片膝をつき、恭しく手ぬぐいを受け取る。俺みたいなのよりも、この二人の方がよほど本物の聖騎士と《女神》に見えるとは思う。本来、そのはずだった。

「あ、ザイロ！」

俺の接近に気づいたのは、テオリッタが先だった。

背伸びをして片手を上げ、大きく振る。実に嬉しそうだ。ただでさえ海を見るのも初めてだったのだから、船に乗ること、それ自体も楽しいのかもしれない。

少し風が出てきているせいか、金色の髪が舞い上がるように流れていた。

「見ていましたか？　すごかったですよ！　パトーシェが立て続けに五人を制したのです」

「最後の方だけは見てた。たいした技だ。第十聖騎士団の精鋭を相手に五人抜きとはな」

「……ザイロか」

俺を視認すると、パトーシェは襟を引っ張って、豪快に拭っていた胸元を隠すようにした。

「挑まれたからな。全力で相手をした」

パトーシェは一口だけ、水筒から水を口に含んだ。少しこぼれる。呼吸が荒い。

「貴様もやるか？　まだ体力を余している者がいるぞ」

「断る。疲れるだけだ」

「そうだな……第十聖騎士団は、さすがに腕が立つ。危ういところだった」

「だが、お前はそれより強いってわけだ。変わった剣を知ってるな。人間相手の剣術なんて、そんなに流行《はや》ってないだろ」

軍隊で習う技術に対人用の技術も少なくはないが、主流は対異形《フェアリー》用のものだ。民間の道場のようなところでも、対人剣術は下火といっていいだろう。

「……昔から、性別を理由にくだらん争いに巻き込まれることがあった。どこの道場や、軍学校でも似たような形で勝負を挑まれた」

何か嫌な記憶でも思い出したのか、パトーシェは顔をしかめた。

「そのせいだろう。場数は多く踏むことになった。おかげでさらに不愉快な称号やら扱いやらを受けることもあったがな」

そういうことなら、理解はできる。

パトーシェの腕前であれば、余計な嫉妬を受けることも多かっただろう。それに人目を引く上背でもある。学生時代なら、さっき呟いていた連中が言うように魔獣になぞらえた異名でもつけられていたのかもしれない。

「貴様、いま私に対して無礼な想像をしなかったか？」

「してねえよ、それはさすがに被害妄想だろう」

「ならばいいが。……そういえば、貴様は……私の性別を理由に扱いを変えたことはないな。その、ああ――当然、戦場においての話だ」

「そりゃそうだ。男でも女でも、刃物を持って喉を掻ききれば相手を殺せる。そうするまでの力や技の駆け引きはあるけどな」

男女の間の筋量は、聖印によってある程度補える。

歩兵であるならば、具足や槍に刻まれた聖印が、使用者の身体能力を引き上げてくれる。強化の度合いは体内の蓄光量と起動効率によって異なる――女性の方が多少その効率がいい、らしい。

神殿の学院の研究によれば、もともとの筋肉量の差を考慮すると、結果的に見れば男女間で顕著な身体能力の差は認められなくなる。という話だった。

「強いやつは強い。強いやつが同じ軍隊にいると助かる。それだけだろう」

「そうか」

パトーシェは小さくうなずいた。もう眉間に皺は寄っていない。

「……故郷の家では、男子のように剣術の真似事をする度、両親から咎《とが》められたものだ。貴族司祭の女として、もっと……あの人たちいわく『家庭的』な技術を磨けと」

「なるほど」

貴族司祭とは、領地を持つ司祭のことだ。家督の安泰のため、娘をどこかに嫁がせる構想もあったのかもしれない。両親には両親の価値観があったのだろうし、俺が口を挟める問題ではない。

せいぜい軽口を叩くぐらいだ。それしかできない。

「それで実家を飛び出した不良娘がここにいるわけだ」

「そうだ。……貴様はどう思う？」

「何がだよ」

「……いや」

パトーシェはすぐに顔を背けた。

「なんでもない。意味のないことだ」

「俺は懲罰勇者で、恩赦の見込みはほぼ皆無だ」

なんとなく、俺は言っておこうと思った。理由はよくわからない。パトーシェが自分から自分を傷つけるような、見ていて不愉快になるような顔をしていたからか。そうかもしれない。

「だから、腕の立つ兵士は大歓迎だ。家事だの礼儀作法だのは、基本的にはクソの役にも立たねえからな。ただ——料理だけは、もうちょい上達してくれなきゃ困る」

「貴様は」

パトーシェは顔を上げ、何か文句を言おうとしたようだった。

それでもよかった。自虐的な気配がその表情から消えて、悪ふざけで怒ってみせるような目つきになっていた。俺は鼻で笑って、もう少しくだらないことを言おうと思った。

——テオリッタが俺の腕を掴んだのはそのときだった。

「ザイロ」

どうも静かだと思った。

彼女の炎のような瞳が、空を見上げていた。そういえば、妙に暗いような気がする。湿った風が吹き抜けるのを意識した。徐々に強くなっている。

「来ます」

テオリッタの言葉が合図であったように、霧が流れてくるのがわかった。

俺は船の先の方を見た——海がざわめいている。蠢《うごめ》くような波。そこから霧とともに何かが寄せてくる。あるいは、水中から浮き上がってくる。

船のあちこちが騒がしくなってきた。半鐘が短い間隔で連打されている。

「パトーシェ、ジェイスとニーリィに伝えろ。俺はライノーを呼んでくる。始まるぞ」

俺はあえて貧乏くじを引き、マントの襟首を掴んだ。

どこか生温《なまぬる》い、霧を含んだ重たい風が吹き始めている。春の風だった。

刑罰：ヴァリガーヒ海峡北進突破 2

海の異形《フェアリー》との戦いは、空中戦から始まる。

飛来するオベロンども――巨大な昆虫型の異形《フェアリー》を、まずは始末しなければ、まともな戦いにならない。羽を震わせて飛翔するオベロンを狙い、ドラゴンたちが空に上がっていく。

『敵が来てくれて助かったぜ』

と、ジェイスは通信で言っていた。

『お前らと同じ部屋で過ごすより、ニーリィと飛ぶ方が百倍マシだ』

まったく同感だ。俺は首の聖印に指を添え、答える。

「だったら、ゆっくりやっていいぞ。敵の数が多い。いくらお前らでも荷が重いよな？」

『舐《な》めてんじゃねえぞ』

ジェイスがドラゴンのように唸った。

『すぐに片をつける。死んでも船は守れ。それだけやれば及第点をくれてやる』

ジェイスの憎まれ口と、それを窘《たしな》めるようなニーリィの鳴き声。

流れてくる霧を抜け、一人と一翼が青く冴《さ》えた翼を羽ばたかせて上がっていく。

雲の多い夕暮れ直前の空——西の方が滲んだように赤く染まり始めている。空の戦いにそれほど時間はかからないだろう。艦隊すべての航空戦力が、統一された戦術の下で運用されるという状況だった。何より、こちらにはジェイスとニーリィがいる。劣勢はあり得ない。

つまり、目の前の戦いに集中できるということだ。

制空権の取り合いが始まれば、次に訪れる局面は砲撃戦になる。寄ってくる大型の異形《フェアリー》を迎撃しなければならない。

このとき脅威になる異形《フェアリー》といえば、第一にはグリンディローという種類の連中だろう。船みたいに馬鹿デカいイカだかタコみたいな見た目でありつつ、その体表を甲殻が覆っているというやつだ。まずはこいつが水面に体の半分を浮上させ、寄ってくるのが見えていた。

しかし水中からの攻撃は、聖印船にはあまり有効ではない。一時期、この手の魔王現象によって散々沈められてから、対策を施すことになったからだ。特にヴァークル社は莫大《ばくだい》な資金を投入し、大規模な開発を行ったと聞いている。

いまではたいていの聖印船の船底には強力な聖印による防御が施されており、並の異形《フェアリー》は触れただけで丸焼きになるぐらいに武装している。聖印船が通常時にプロペラを使わないのは、この兵装をいつでも起動できる状態を維持するためでもある。

海中攻撃用に誂《あつら》えられた船底の雷杖や、海にばら撒《ま》くように使う雷撃弾筒といった武装もあり、そちらから攻めるのは得策とは言えない。海上から跳躍してでも、甲板から攻めた方がまだマシだ——そこを人間が歩いて移動する関係上、触れれば起動する地雷のような聖印を設置するわけにはいかない。やつらもそれを狙ってくる。

よって、グリンディローどもを近づかせないようにすることから戦いは始まる。

俺たちの船は高速化のために削減したとはいえ、戦いになる程度の砲は搭載されている。その中には甲板上で運用する、備え付けの砲もあった。両舷に六門ずつ。甲冑型《かっちゅうがた》ではなく、船それ自体から聖印の力を供給されて起動する。そういう砲だ。

これはヴァークル社が開発した最新型の一つで、『ランテール・トゥワタ』という。砲弾に捻《ひね》りを加えて射出する機構を備えたもの。古い王国の言葉で「ゾウの鼻・二世」。

ライノーに割り当てられたのは、右舷の砲の一つだった。

「いいね。大物がたくさんだ」

霧の流れ始めた甲板で、いかにも楽しそうな顔をしていた。不気味すぎる。

「海での砲撃は初めてだ。色々勉強してきたからね、実践してみるよ。同志ザイロや同志ジェイスと一緒に戦う以上――下手な狩りはできないな」

気色の悪い言い方はともかく、たしかに陸と海ではずいぶんと勝手が違うだろう。

俺にとっては専門外の分野だが、敵の動きだけではなく船の動きも考慮にいれなければならないはずだ。波と風も強い。撃つ砲自体も、いつもの砲甲冑ではない。そこのところが気になった。

「砲甲冑は使わないのか？」

「海の上では、やめておくよ。他の砲手たちもそうだろう？」

ライノーは滑らかな手つきで、弾頭を一つずつ装塡していく。

「あの甲冑を着て落下したら、それこそ大変なことになる。ああ、それに、えっと——海で死ぬと死体の回収は不可能だろうしね」

「そうか」

とだけ俺は答えた。死体の回収。懲罰勇者として重要な問題ではあるが、俺はライノーが死んだところを見たことがない。

それどころか、この前の第二王都では、明らかな致命傷を修復してのけた。こいつの体には秘密がある。どんな仕掛けがあるのか。俺がライノーにそれを問い詰めないのは、聞いても愉快な話にはならないだろうという確信があるからだ。

(わけのわからねえやつだ)

志願勇者のライノー。元・冒険者。異常ですらある砲術の腕の持ち主。過剰な自己犠牲の精神を持ち、他人にも平等な犠牲を強いる男——俺はこいつの素性を何も知らない。

「ザイロ！　ライノー！　あれを見てくださいっ」

テオリッタが俺の袖を摑み、叫んだ。

生温い風と霧の向こう、荒れ始めた海を、青白い何かが泳いでやってくる。

グリンディロー。鎧《よろい》のような殻を持つ海の異形《フェアリー》。聖印船がいまの防備を固めるまでは、あれに数えきれないほどの船が沈められた。船体に備えられた聖印兵器による攻撃を耐えて、甲板に触手を引っかけられると面倒なことになる。

「どんどん来ますよ！　なんだか大きくありませんか？」

「そうだな。こっちの船よりちょっとデカい」

強力な個体であるということだ。それが何匹もいる。魔王現象が直率しているという可能性は高くなってきた。

「ライノー、さっさとやってくれ。あれだけ図体《ずうたい》がデカいと、いまの俺の雷撃印群じゃ手間取る」

「もうやってるよ」

ライノーは砲の射角を調節し、望遠レンズを覗《のぞ》き、またわずかに砲身を動かした。

周囲を見れば、何人かの砲兵も似たようなことをしている。

「砲弾も蓄光も無限じゃないから、当てられる攻撃をしなきゃいけない。だから」

ざあっ、と波を船体が切り裂く。大きな傾き。芦風号は押し寄せるグリンディローどもに対して右舷を向けた。

「撃て！」

という誰かの声。砲兵長だろうか。

その瞬間に、甲板に並ぶ砲が連続的に光を放った。轟音。テオリッタがよろめいて俺の腕にしがみつき、耳を塞いだ。

「……このくらいかな」

ライノーはその号令にやや遅れて、砲の聖印を起動させた。

白い光が瞬《また》いて、砲弾が飛んだ――のだろう。立ち込める霧のためにひどく見えづらい。海面が破裂し、風の向こうで雷のような音が響く。

直撃を受けたグリンディローが、怪鳥のような鳴き声をあげてのたうつのは見えた。体の大半を抉られて、燃えながら沈んでいく。

「当てたのか？」

「少し外したよ。頭を砕いたと思ったんだけどね」

ライノーは淡々と言うが、かなり珍しいことだ。難しい顔でレンズを覗き、空を見上げ、また砲の向きを調整する。

「……ううん、手口が荒っぽすぎる……。痛恨だ。同志諸君の手前、もう少し綺麗《きれい》に壊したいな」

と言ってから、やつは実に爽やかに笑った。

「見ててくれ、次は頭だから」

(何を言ってんだこいつは)

体を吹き飛ばせば十分だろう、と俺は思った。

周囲の罵声をよく聞けば、ライノーがやってみせたそれは十分な戦果であることがわかる。

「くそ！　だめだ、外した！」

「こっちもかすっただけだ。当てたやつはいるか！」

「懲罰勇者の、あのデカい金髪野郎だ。直撃か。くそ、結構やるな……！」

「もう少し近づければいいんだが、風は強いくせにこの霧が——なんだこりゃ、濃すぎるぞ」

「まずいな。他の船と連携がとれなくなる……！」

どうも、砲撃をまともに当てられたのはライノーだけらしい。

しかも彼らの言う通り、やたらと濃い霧が流れてくる。これはたしかに異常かもしれない。霧に乗じて攻めてくるぐらいにずる賢い異形《フェアリー》もいるが、そうした自然現象とは違うように思えた。

「我が騎士……まさか、この霧。魔王現象の仕業でしょうか？」

テオリッタが緊張していた。いまだ俺の腕を摑んだまま、燃える目を霧の向こうに据えている。

「なぜだか、すぐ近くにいる気がします」

「どうだろうな。ただ、この霧は明らかに普通じゃない」

この霧が誰の仕業だろうが、警戒しなければならないことはある。小型の異形《フェアリー》に忍び寄られることだった。仲間の死骸を踏みつけるようにして、船体を這いのぼる場合がある。

「ライノー、あのデカい連中はお前がどうにかしろよ」

「おっと。僕への期待かな？」

ライノーはまた一撃、砲を起動させながら大げさに言った。

「ぜひとも応えようじゃないか！　任せてくれ」

「そこまで言ってねえよ。とにかく近寄らせるな。こっちは忙しくなりそうだからな」

俺が言うと同時に、近くで悲鳴があがった。

甲板から海面を覗き込もうとした兵士が、首を押さえていた——その指の隙間から、血が噴き出している。テオリッタが呼吸を詰め、俺の腕を握りしめるのがわかった。

船縁《ふなべり》から、濃緑色の塊のような何かが飛び出してくる。

全身を藻とも毛ともつかないもので覆われた生き物。これも異形《フェアリー》の一種でケルピーという。巨大なナメクジのような個体だ。ただし、海のこいつらは少し形状が違う。触腕が生えている。その触腕の先端に、いま不幸な兵士の首を掻き切ったような、鋭い爪を持つ。

全身が少し焦げて、煙を発しているのは、船体の聖印防御で負傷したためだろう。

「乗り込んできたな。そろそろ出番か」

海中から跳ね上がり、船体に張りついて、強引に乗り込んでくる連中への対処。これが海での戦いの次の段階だ。こういうやつらはもともと砲では狙いにくい。

「応戦！」

誰かが叫ぶ。

「砲手たちに近づけるな！」

兵士たちが曲刀を抜いて、妙に甲高い叫びをあげた。跳ねるような独特の歩法と、空気を裂くような刃の扱い。なるほど。第十聖騎士団、グィオの部隊らしい戦い方だ。

この聖騎士団には東方諸島出身の者が多い。団長であるグィオ・ダン・キルバという男は毎日が葬式であるかのように陰気な顔つきをしているが、どうやらかつて存在したキーオ諸島連合では王族の近縁であり、島一つか二つ分くらいの領土を持っていたと聞いたことがある。

「――なあ。あの噂は本当か？　仮に、お前が王家ってことは」

と、俺は以前、グィオに確認してみた。

「もしかしてイルカの背中に乗ったり、口笛で樹鬼を操れるわけか？　伝説の王子様みたいに」

どちらも、そういう伝説がある。東方諸島の王族は、魚と言葉をかわすことができ、樹鬼と呼ばれる東方産の変わった生き物を意のままに操るという。

　これに対する答えは、ただ一言。

「それは歪曲《わいきょく》された民間伝承による欺瞞《ぎまん》情報だ」

　とのことだった。俺はそれ以来、やつに冗談を言うことはなかった。

「行け！　海に叩き落とせ！」

　鋼の擦れる音。何かがぶつかる音。そして半鐘が鳴っている——霧がますます濃くなってきた。甲板上でさえ、もうお互いの姿が見えなくなりそうなほどに感じる。

　だから俺はテオリッタを抱え上げた。

「こっちも行くか。祝福してくれよ」

「ええ。当然です！」

　テオリッタが指を差す——続々と船縁を乗り越えて、ケルピーどもがやってくる。

　とにかく砲兵連中、それから配備についた狙撃兵連中には近づかせたくない。俺は軽く跳躍した。船上は揺れる。俺の場合、できるだけ跳躍を繰り返して攻撃を行う方がいい。

「頼む」

　と、テオリッタには言葉にするまでもなく伝わっている。

「任せなさいっ」

　空中を撫でると、火花が散って、虚空から剣が降り注ぐ。船縁を乗り越えかけていたケルピーどもを貫き、そのまま海へと追い落とす。

俺はその剣の一本を掴み、最小限の聖印の力を浸透させて、這うように寄ってきたケルピーを叩き斬った。小規模な爆破。首から上が吹き飛ぶ。

甲板の上では、ザッテ・フィンデの使用は控えめにするべきだ。爆発は最小限の規模に抑えて、援護に回る。幸いにもグィオの部下の兵士たちは優秀だ。剽悍《ひょうかん》という言葉がぴったりくる——俺はさほど苦労せず、討ち漏らしを狩っていくだけでよかった。

「よし。快調だ、味方が強いと楽ができる」

「負けていられませんよ、我が騎士！　私たちの実力を見せるのです！」

「見せる暇もないのが一番だけどな」

事実、霧は厄介だが、異形《フェアリー》は手強《てごわ》くない。数も多くない。これなら後は空をジェイスたちが片づけて、大物をライノーが潰しきるのまで耐えればいいだろう。

——そんな筋道が見えかけたとき、やはり問題は起きた。思えば俺たちはいつもそうだ。

「ザイロ！」

鋭い声。パトーシェだ。その影が分厚い霧の向こうに見えた。

「ライノーはどこだ！　砲を回せ！」

やつはさすがに甲冑を着込んでいない——軽量の具足で、剣だけがいつものやつだ。そいつで青い閃光《せんこう》とともにケルピーを切り捨てながら、怒鳴っている。

「大型が寄ってきている！　異常な大きさだ！」

「グリンディローか？」

砲で仕留めきれなかったやつが、思ったよりも早く近づいてきたのだろうか。俺はテオリッタを抱えて走る。

甲板で刃《やいば》を振るう、パトーシェの戦技には文句のつけようもない。一呼吸で三度。剣の切っ先を閃《ひらめ》かせ、ケルピーを斬る。おそらく斬るときに遮甲印を使っている――触れた相手の体を分断するように障壁を発生させ、攻撃に転用しているのだ。

あいつは俺たちを振り返って叫ぶ。

「ザイロ――見ろ！　船尾だ！」

背後に回られていたのか。いつの間に、霧に紛れて？

がぎっ、と異常な音が響く。何かが木材を砕くような音。不気味に濡《ぬ》れた鉤爪《かぎづめ》が、船尾の船縁を摑んでいた。なにか、とてつもなく大きなものがそこにいる。グリンディローではない。やつらに比べてデカすぎる。ただの異形《フェアリー》ではなかった。

上がってくる。

その姿――異様に長い四肢を持つ、巨大な鰐《わに》のような姿を、俺はすでに資料で知っていた。

「タニファ、か！」

パトーシェもさすが優等生、しっかり判別できたらしい。

「船底から海中を潜《くぐ》り抜《ぬ》けてきたというのか？　聖印兵器の攻撃はどうした！　雷壊弾頭が効いていないのか……！」

「ふざけてるな。防御の権能か、高速治癒の類か……」

俺は苦笑するしかない。タニファが持つ魔王現象としての権能は謎が多かった。海中の敵を攻めあぐねていたせいでもある。

要するに、早くも対タニファの方針が瓦解してきたということだ。

やつに接舷されてしまった以上、鋼の《女神》イリーナレアが呼び出す兵器もそう簡単にぶっ放すわけにはいかない。それをやるのは、俺たちもろとも吹き飛ばす肚《はら》を決めたときだろう。

そう考えたとき、案の定、唐突に陰鬱な声が聞こえた。

『芦風号。応答せよ』

グィオの声だ。このとき、俺たち以外に反応できたやつはいなかった――倒れて甲板に伏せる通信兵。その手元から投げ出された、小型の盾のような通信盤が点灯している。

『状況の報告を要請する。こちらは魔王現象の接近を感知。イリーナレアの特殊攻撃の射程距離に入った――そちらはどうか？』

何人かの兵士が顔を見合わせたとき、タニファが空を仰いで咆哮をあげた。

鋼を力ずくで断ち割るときのような、ひどく耳障りな咆哮だった。

刑罰：ヴァリガーヒ海峡北進突破 3

ヴァリガーヒ海峡を北上する戦艦は、その数四十隻に達している。

それに『猟艇』と呼ばれるやや小型の船が付き従い、補給艦はさらにその後ろを護衛されながら進んでいく。

この大艦隊の中でもっとも目立つのは、中衛よりやや後方を移動する戦艦だった。あまりにも異質な黒い船。聖印船とも明らかに違う、滑らかすぎる外観の一隻。謎めいた機械仕掛けで照準を合わせる砲塔をいくつも備え、その船が航行する軌跡は青白い光を曳《ひ》く。

これこそは、鋼の《女神》イリーナレアが召喚した異界の船だった。

――その艦長室で、第十聖騎士団長、グィオ・ダン・キルバは低く呟いた。

「霧が深いな」

溢れるように北方から流れてきた霧が、艦隊を丸ごと包み込もうとしている。当然、これがただの霧であるはずがない。この船に積まれた様々な探知兵装も、徐々にノイズを発生させる度合いを増していた。

（この霧。なんらかの妨害か。おそらくは……）

グィオにはその見当がつく。しかし、重要なのはたったいま、船団の最先頭を航行する『芦風』号が魔王現象タニファと思しき存在と遭遇したということだ。状況は切迫している。

だから、グィオは通信盤に向けて言う。

「……時間をかければ、そちらを襲っている魔王現象タニファを逸失する可能性がある」

通信盤の向こうにいるのは、『芦風』号の船員たちだ。それに懲罰勇者どもが乗り合わせている。あのザイロ・フォルバーツと、それから剣の《女神》テオリッタ。

「『芦風』号。即刻、タニファから離脱しろ。いまのままでは、確実に攻撃に巻き込まれる」

第十聖騎士団の部下に命じたつもりだった。

が、通信盤から返ってきたのは、常に怒り続けているような――そういう態度が身に染みついた類の男の声だった。当然、聞き覚えがある。

『そいつは無理だ』

ザイロ・フォルバーツ。

『魔王現象の野郎が舷に取りついてやがる。摑まれちまって逃げられねえよ』

グィオはあの不可解な男の顔を思い浮かべた。

声も言葉遣いも顔もいつも怒っているように見えるが、そのくせ軽口が多い。ふざけているのか真面目なのか区別がつかないという聖騎士団長だった。なぜか一部の部下からは、やたらと信望があったという。

同じく不可解な男として、聖騎士にはビュークスという人物もいるが、そちらの方がまだグィオにはわかりやすい。

「ザイロ・フォルバーツ。なぜお前が応答している？」

『いま忙しいんだ。あんたのところの通信兵もそれどころじゃない！』

「魔王現象に、そこまで接近を許したのか」

グィオは頭の中に艦隊の配置を思い浮かべる。

聖印船同士が互いに、互いの索敵と迎撃の隙を補うような配置にしていたはずだった。緊密な防衛網。その構築をしくじったとは思えない。たとえ霧の中でも、見逃すはずはなかった。

「タニファは、いったいどうやった？」

『知らねえよ。実際目の前にいるんだから、どうにかしたんだろ』

その投げやりな言い方には憂鬱な気分にさせられるが、グィオは我慢強く続けた。忍耐は彼の得意とする分野だった。

「……だろうな。なんとか引き離せないのか」

『お前の部下の兵隊が、総がかりでやってる。けどな……くそ！　これじゃ近すぎて大砲が使えねえし、雑魚の異形《フェアリー》が多い！　多すぎる！』

ザイロの舌打ちが聞こえた。

『他の船は何やってんだ！　援護が必要だ』

グィオは手元の索敵盤に目を移す。

そこに刻まれているのは、探査印ローアッドという。音の反射を捉える仕掛けにより、敵と味方の所在を探る――そういう聖印だ。

（これは）

と、思わずグィオは眉をひそめた。

最前線からゆっくりと後退しはじめている戦艦が三――いや、四隻。まだいるか。その抜けた穴によって索敵と迎撃の備えに綻びが生じていた。それを補うために、他の戦艦が激戦を強いられている。この状況が、敵の接近を許したのか。

グィオは速やかに理解した。心当たりはある。

「後退を始めている戦艦がある。離脱するつもりなのかもしれない」

『ああ？　なんだそりゃ、ふざけてんのか！』

「貴族連合。そしてガルトゥイル西部方面軍……それに私の艦隊の一部」

貴族連合に関しては、もともと危惧はあった。あまり期待もしていない。名誉と周囲への面子《メンツ》を立てるために参戦を表明したが、彼らは戦意に乏しい私兵の部隊だ。ガルトゥイルから回された軍にも士気が低い部隊はいた。

よって万が一、彼らが戦闘を放棄しても問題とならないように艦隊の配置は考慮していた。

だが、グィオの率いる第十聖騎士団にそのような部隊が出るとは思えなかった。いま離脱しつつある『紅流』号と『白陽』号についても、グィオが信頼を置いている部隊が乗り込んでいる。

何かがあったのかもしれない。ならば、それは――

「――グィオ！　『紅流』号と『白陽』号から連絡だ」

背後から声が聞こえた。すらりとした印象の、背の高い少女。一つに束ねた長い金色の髪がかすかな火花を散らしていた。頬には聖印。鋼の《女神》イリーナレアだった。

「航行系と索敵系の聖印機構に不調だとさ！」

イリーナレアは腕を組み、吐き捨てるように言った。乱暴とさえ言えるような口調。このような態度が似合う《女神》は他にいないだろう、とグィオは思う。

「後退するしかねえってよ。整備はきっちりやってたはずだから、もしかしたら壊されたのかもしれないとか言ってるぜ！」

「……そうか」

破壊工作。あるいはそれは、共生派と呼ばれる者たちの手によるものだろうか。

その可能性については対策していたつもりだった。が、グィオはその手の策謀に対する専門ではない。暗闘に長けたアディフの第八聖騎士団は、いま西方の陸路進軍を支援している。

「そうか、じゃねえよ。グィオ、どうする？『芦風』号のやつらをまとめて吹き飛ばすか？」

「……いや」

グィオは首を振った。

乱暴なイリーナレアの言葉の裏に、かすかな怯えがあるのを感じ取ったからだ。《女神》は人間に危害を及ぼすことを嫌う。イリーナレアも例外ではない。すでに召喚した兵器を射出するのはグィオの役目だし、実際に『芦風』号ごとまとめて吹き飛ばすことは可能だろう。

が、その後のイリーナレアへの影響を考えると、強行はできない。最悪の場合、イリーナレアは精神的な損害を受け、一か月——下手をするとそれ以上の長期にわたり、戦闘不能に陥るだろうことは予想できる。

グィオはこの《女神》の内面が、その態度と裏腹にとても繊細であることを知っている。それに、『芦風』号にはテオリッタも乗っていた。この遠征の趨勢《すうせい》を左右しかねない《女神》だ。

だから、グィオは通信盤の向こうのザイロに告げる。

「どうにかタニファを船から引き離せ。距離さえとれば、イリーナレアの兵器で撃滅できる」

『簡単に言うんじゃねえよ。それができれば苦労してねえ』

ザイロの声の背後から破壊音が響いている。悲鳴、怒号、金属音。なるほど、簡単な仕事ではないだろう。しかし——

「できなければ、お前たちごと沈める以外にない。打てる手は可能な限り試行するが、最後の手段としてそうならざるを得ないことを警告しておく」

『あっ！　てめえ、この』

そこでグィオは通信を切った。

イリーナレアを振り返る——強気な笑みを浮かべてはいるが、それは表情だけだ。グィオには彼女の感じている、嫌悪感と恐れが伝わっている。

「……心配だろうな。我々の船員と、剣の《女神》まで乗っている。きみの姉妹だ」

「心配してるように見えるかよ、オレが」

イリーナレアは鼻で笑った。

「暗い顔でいつも悩んでるのはグィオの方だろ」

「ああ。……そう。そうかもしれない」

グィオは認めた。イリーナレアと口論するほど無駄なことはない。その代わりに、この不愉快な事態を引き起こした連中へ怨嗟《えんさ》をぶつけることにする。

「これが終わったら、貴族連合とガルトゥイル西部方面軍への厳罰が必要だ。私の指示なく後退したことは命令系統を無視したものになる。後悔させてやる。だが、いまは」

グィオは歩き出す。

「タニファへの威嚇射撃、陽動、牽引用《けんいんよう》の大型銛《もり》の射出。通常兵器による攻撃。打てる手はすべて打つ。『芦風』号を巻き込んだ砲撃は最後の手段だ」

そう、最後の手段だ。本来ならば。剣の《女神》と第十聖騎士団の精鋭を犠牲にする必要があるほど、大きな戦略的目標ではない。本来ならば。問題は――。

「――グィオ・ダン・キルバ！　何をしている！」

荒々しく鑑長室の扉を開け、何人もの配下を引き連れて、大柄な男が怒鳴り込んでくる。

「総帥」

グィオは努めて真面目に対応した。真面目であればあるほど、彼の声は陰鬱に響くという。

「現在、魔王現象タニファを始めとする脅威に対応中です」

「ならば、さっさとするがいい。なぜ鋼の《女神》の兵器を使わんのだ？　出し惜しみしているつもりか？」

マルコラス・エスゲインは、苛立《いらだ》ちを隠そうともしない。

「これだから、神官どもは！　己を神秘の帳《とばり》で隠し、価値を高めようとするのだ」

神殿の者に、何かひどく侮辱を受ける機会でもあったのだろうか。個人的な憎悪もこもっている気がする――それとも己を装う態度の一種か。こういう神を恐れない態度はもしかすると、一部の兵卒には受けがいいのかもしれない。

ただ、イリーナレアが身を強張らせるのがわかった。彼女が何か言う前に、グィオは口を開くことにする。

「《女神》の御前です。控えてください、総帥。聖騎士団長として、あなたと対立したくはない」

エスゲインはかすかに鼻を鳴らした。

「ならば、さっさと敵を倒すことだ。秘密兵器があるならばいますぐに撃て。必ずタニファを撃滅できると言ったのは、ダン・キルバ、貴様だろう！」

「はい。疑いなく」

腹芸や口先のごまかしは、あまりにも自分には不向きだとわかっている。すべて正直に告げるしかないだろう。

「ですが、それと同時にタニファとの一戦は私にお任せいただいたはずです。最小の被害で打倒できるなら、それに越したことはありません。いま少しお待ちください」

「いいだろう。だが、失敗したときは貴様の責任でもあり、何より――この決戦で最終決定権を持つのは私だ。わかっているな？」

「当然です」

結局のところ、自分に釘を刺しに来たのか。部下を引き連れているのもそのためだろう。不本意だがエスゲインが本当に砲撃命令をすれば、撃たざるを得ない。それが軍人というものだ。

「……霧が出てきたな。嫌な霧だ」

エスゲインが窓の外に目をやったとき、イリーナレアは小さく舌打ちをした。露骨にエスゲインを睨んでいる。

（わかっている）

グィオは祈った――この短気な総帥がしびれを切らす前に、第十聖騎士団の精鋭たちが、あるいはザイロ・フォルバーツたちが、あの怪物を仕留めてくれることを。

（切り札はある。剣の《女神》がいる。聖剣さえ使えば勝てるだろう……だが）

それこそが罠かもしれない。その可能性は捨てきれない。嫌な予感がしている。

◆

「くそっ！」

俺は通信盤を放り投げた、というよりその場に叩きつけた。

それをパトーシェのやつが見咎めて、小言を言ってくる。

「何をする。壊れたらどうするつもりだ！　グィオ団長は何を言った？」

「援護には期待するな、このタニファをさっさと引き離さなきゃ船ごと吹き飛ばすってよ——テオリッタ、頼む！　行くぞ！」

「はい！」

テオリッタの髪が火花を散らす。俺が指差した方向に、無数の剣が生まれる。俺もナイフを引き抜いた。全力で投擲《とうてき》する。

それを見て、甲板の狙撃兵長が声を張り上げた。

「撃て！　斉射、一度！」

剣の雨と同時に、雷杖が一斉に起動した。

それは甲板に乗り上げようとしていた魔王、タニファを狙っている。逃げ場所のない飽和攻撃。あの図体で回避などできないはずだし、その予想は完全に敵中していた。いくつもの稲妻と剣が命中して、その肉体を削り取る。

だが、それだけだった。

まるで巨大粘土を相手にしているようなものだ。出血も傷口も与えられていない。稲妻も剣も、俺の放ったナイフの爆破も、ただ巨体の一部を削っただけだ。それでも多少の痛みはあるらしく、苦しげに身をよじり、タニファは空を見上げて咆哮をあげる。そして、反撃が来る。

「来るぞ、伏せろ！」

と、誰かが叫んだ。言われなくてもわかっている。俺はテオリッタの肩を掴み、そのまま甲板に転がる。

タニファが前足を振り上げ、振り下ろす――その腕が唐突に伸びた。

ぐぶ、と、熱した飴細工《あめざいく》のように長く細く伸びて、先端の爪が物騒な鋼色に輝く。風の音。立ち込めていた霧が渦巻く。その爪による一撃は中央の帆柱を傷つけ、また軌道上にいた不幸な兵士をまとめて吹き飛ばした。

「……ふっ」

隣でパトーシェの短い呼吸音。

あいつだけは伏せながらも剣を振るい、伸びてきた爪を弾くという芸当もやってみせた。遮甲印による光の障壁が一瞬だけ展開され、タニファの爪があらぬ方向へ捻じ曲がるのを見た。

おかげで少しは軌道が逸れ、帆柱がへし折れるのは免れたか。

遮甲印は起動時間と展開範囲が狭いほど強力な効果を発揮する。つまりパトーシェはとてつもなくこの聖印の扱いに長けている――たいした反応と手際だと思ったが、本人の顔は険しい。

「これは、厳しいな……！」

パトーシェが伏せたまま唸った。

「やつの皮膚と、皮下脂肪――それに筋肉から骨に至るまで、極めて柔らかい形状を維持できるらしい。硬化も自在だ」

「ふざけてるな。チーズみたいに伸び縮みしやがって」

「内臓器官を破壊するしかないな。あの体表構造を貫いて……！」

俺も同じ意見だ。伸縮する体。それがこの魔王タニファの特性であるようだった。動きはそう俊敏でもない、むしろ緩慢ではあるが、この体が厄介だ。

攻撃がまるで通じない。それに、問題はもう一つ。

「ザイロ！　来ましたよ、またです！」

テオリッタが注意を促す。

もちろん敵はタニファだけではない。背後から船縁を乗り越えて上がってくるのは、ケルピーとフーアども。そちらにも対処しなければ、砲兵が危ない。

「……私が、聖剣を呼ぶべきでしょうか？」

テオリッタは俺の腕を掴んできた。緊張しているのがわかる。瞳の炎が燃えている。

「きっとやれます。ザイロ、あなたの判断を聞かせてください」

たしかに、テオリッタの聖剣ならばタニファを消し飛ばせるだろう。ただ、それは一度限りの切り札だ。いま使うべきか。こいつを倒せば異形《フェアリー》どもは撤退するだろうか？

迷うところだ。逡巡《しゅんじゅん》している間に被害も出る。ここで最後の手段を切るか？　いや。わざとらしすぎはしないか？　こんな、いかにもテオリッタの聖剣が有効そうな相手は――。

「懲罰勇者ども！　こちらはいい、雑魚の相手をしろ」

俺が結論を出す前に、グィオの部隊の指揮官――つまりこの船の船長が鋭く言った。

「この船はタニファに有効と思われるイリーナレア様の兵器を積んでいる。あれは、我々がやる」

「仕方ねえな」

俺はあえて軽口を叩いた。

「大物は譲ってやる。パトーシェ、暇なら手伝えよ」

「……なぜ貴様は、そういう人の神経を逆撫《さかな》でするような冗談ばかり言うのだ」

「まったくです。陸にあがったら礼儀作法の勉強をしてもらいますからね」

パトーシェとテオリッタの抗議は無視した。いまさらだし、もう言われ慣れている。

構わずケルピーどもの方へ向かう。藻だか毛だかに覆われた獣が二匹。水中航行に特化した型のフーア個体も一匹。兵器を準備する船員たちを守ってやる。

俺はテオリッタの呼び出した剣を摑み、同時に甲板を左拳で叩いた。探査印ローアッドの振動が伝えてくれる。他に敵はいない。まずは、こいつらだ。ケルピーとフーアの混成部隊。

「パトーシェ、カエル野郎は任せた」

「いいだろう！」

と、言うが速いかパトーシェは跳んだ。甲板が悲鳴をあげるような強い踏み込み。鋭い斬撃は、逃げようとしたカエルの化け物を正確に捉える。切っ先が食い込むと同時、光る障壁がそいつを体の中から切断していた。

ケルピーどもの方は突進しながら、俺にしがみつくように腕を振り回してきた。

その先端に鉤爪――食らってたまるか。飛翔印による急激な、短い跳躍。たやすくかわして剣を叩き込む。首筋。刃にはザッテ・フィンデの聖印を浸透させてある。よって、浅い切り込みでも簡単に頭が吹き飛んだ。

これで一匹。もう一匹は振り返りざまのナイフ投擲――を、するまでもない。

テオリッタだ。虚空から呼び出した剣がそいつを貫き、動きを止めている。俺としては、あとは蹴とばして海に叩き落とすぐらいしかすることがなかった。

「どうです！」

テオリッタはふふん、と鼻を鳴らした。

「偉いでしょう！　『さすが《女神》テオリッタ』と言ってもいいのですよ」

「さすが《女神》テオリッタ。ただ、ちょっと敵の数が多すぎるな……！」

俺はテオリッタの頭を軽く一度だけ撫でた。次から次へと、異形《フェアリー》どもが乗り込んでくる。

「他の船は何やってんだ！　明らかにこっちの負担がデカすぎるだろ！」

「離脱している船がある……！　迎撃態勢に穴が開いているぞ！」

パトーシェはさらに一匹のケルピーを切り捨て、後退する。また新手が乗り込んでくる。

「このままでは押し切られる！」

俺もそんなのは御免だった。なんとかするには——俺は手持ちの武器を思い浮かべ、やり方を考えようとした。味方の離脱を防ぐ方法。

(船の上だから、炎は厳禁。まとめて一網打尽にする方法じゃなくても、止めればいいんだ。せめて戦線を維持できれば——)

離脱しようとする船。あれが止まってくれたと考えて、俺は彼方を睨んだ。それが失敗だった。

こういうときだけ、勘の鋭いやつがいる。

「……ああ、なるほどね」

ライノーの声が聞こえたのは、そのときだった。

「わかったよ、同志ザイロ」

「わかるな、アホ」

俺は反射的に答えた。ライノーの声があまりにも爽やかであり、振り返って見たやつの顔がいつも通り寒気のするようなふざけた薄笑いを浮かべていたからだ。

ただ、俺の制止は遅すぎたし、そもそもライノーはそんなものを聞く男だっただろうか。

「任せてほしい」

と、言ったと同時に、ライノーは砲を放った。その狙いは前方や側面の異形《フェアリー》――グリンディローどもではなく、後方に向けられていた。砲弾の軌跡は、腹が立つほど正確だった。

着弾。光が炸裂《さくれつ》して轟音を放つ。海が震え、風が吹いた気がする。

その砲の標的となったのは、味方の船だった。それも、戦場を離脱しようとしていた戦艦。やつらの後部の航行系聖印がある機関を、ライノーの砲はうんざりするほど正確に破壊していた。

「足を止めたよ。これでみんな協力して戦えるね」

ライノーは俺が止める間もなく次の砲弾を装填しており、即座に撃ち出している。

「異形《フェアリー》たちは彼らにも引き受けてもらおう。対魔王迎撃網の復活だね」

さらに一隻。

ライノーの砲撃を食らって、煙を吐いて戦艦が逃げる足を止めた。あれではその場で抗戦するしかない。異形《フェアリー》の群れも引き受ける羽目になるだろう。

俺は開いた口を閉じる前に文句を言っておこうと思った。

「いつも思うけど、お前……」

「お前は、何をやっているんだ！」

俺の気分が伝染したように、パトーシェも血相を変えて怒鳴った。

「味方の船を砲撃する馬鹿がいるか！」

「でも、戦況はマシになっただろう。港湾都市ヨーフでの作戦を参考にしたんだ。味方の船を砲撃して、否応《いやおう》なく戦いに巻き込む。僕も勉強しているだろう？」

ライノーは褒めてほしい、とでも言うように笑った。ふざけている。

「あのときとは意味が違うだろ……！」

ヨーフで味方の船を砲撃するよう指示したのは、あれが無人の貨物船だったからだ。ただの貴族たちの財産。死者や負傷者が出ないから攻撃した。今回のこれは、まったく意味合いが異なる。

「お前、後で覚えとけよ……！」

「もちろん、忘れるはずがない！　こんな楽しい戦いは久しぶりだからね」

ライノーは俺の言葉の意味を、まったく取り違えていた。たぶん意図的なものではないだろう。

そのことが余計に腹が立つし、なんだか絶望的な気がする。

「さあ、反撃しようじゃないか」

味方の船を攻撃したのだ。このことを糾弾されたら、後でどんな目に遭うか——俺は八つ当たり気味に、跳びかかってきたケルピーの一匹を蹴り飛ばした。

刑罰：ヴァリガーヒ海峡北進突破　4

北方からの風が強い。

濃い霧を運んでくる、寒々とした風だった。船室の窓が白く濁っている。前衛の船団は交戦状態にあるというが、この旗艦の周辺は静かなものだ。戦闘の音だけは、遠くかすかに聞こえる。

ただ、この静けさは、どこか不吉な予感がする。

（いや。ここは安全だ。《女神》イリーナレアが呼び出した船だ……）

マルコラス・エスゲインは、不安をごまかすように西方産の酒を呷《あお》った。

慣れ親しんだ葡萄酒《ぶどうしゅ》とは違う。米から作られた酒だという。どこか甘みがあるが、舌を刺すような味もする。『紺碧の庭』と銘打たれた酒だった。

かつてはこんな酒を目にすることさえ叶《かな》わなかった。戦場の只中《ただなか》で、このような休息をとることも総帥ならば叶う。すべては自分が強いからだ。あるいは、優れているから。あるいは、運がいいから。そのいずれかに違いない。

つまり――何が原因にせよ、自分はうまくやっている。そういうことなのだろう。

軍人として戦い続けてきた。

それが評価されたからこそ、ガルトゥイルの総帥の地位にまで上りつめている。

あとは、魔王を討伐する。この攻勢計画を成功させ、己と家の名を歴史に刻み込むだけ。幾人かの妻を娶《めと》り、子を成し、繁栄させる。そうすることで、自分の死後もマルコラス・エスゲインの名は称賛されるだろう。

（魔王現象タニファ。手こずっているようだが、《女神》イリーナレアの兵器ならば討てる）

そう判断している。グィオ・ダン・キルバは子飼いの部下と、《女神》の同類の犠牲を惜しんでいるようだったが、時間の問題だ。

部下たちの手前、あのように強硬な態度で怒鳴り込んだが、その実、マルコラス・エスゲインは《女神》とその聖騎士に対して一定の信頼を置いている。それでも、一部の兵士たちの前で神殿関係者を叱責するのは、人気がとれる行為だった。

将校以外の、徴兵された兵士の中には、神殿への不信感を持っている者が多い。神の加護もなく生まれ故郷が滅ぼされた者であったり、悪質な神官の勧めによって、神殿への過度な献金で身を滅ぼした家族を持つ者であったりする。彼らに対して、神殿への批判は効果的だった。

マルコラス・エスゲインは、神々よりも自分自身を信じている――と公言しているが、そこまで強固な信念はない。信念などよりも、その場でもっとも有効な態度をとることが重要だ。

（自分ならうまくやれる。その資質はある。証明し続けてきた。もう二度と、惨めな暮らしには戻るものか）

――そうした思考を破ったのは、ドアを性急に叩く音。

それから、このところもう聞き慣れた声だった。

「……そ、総帥閣下！」

聖女、ユリサ・キダフレニー。その上ずった声が聞こえた。

「至急、お耳に入れたいことが──、ご、ございます。どうかお話を」

マルコラスは眉をひそめた。愉快ではなかった。

おそらく前線での戦いの話だろう。魔王現象タニファを撃破する戦いについては、完全に第十聖騎士団を率いるグィオ・ダン・キルバに一任している。ガルトゥイル本軍は戦力を温存することになっていたし、ましてや聖女の出る幕はない。そのはずだった。

（それでもこの『聖女』は）

と、マルコラスは考える。

きっと、戦のことについてまた意見をするつもりだろう。仕方がない。この娘はいまだ田舎から出てきた軍事の素人であり、英雄たらんとする夢想を抱いている。なんらかの『援護』を前線に行えないか、という話をしようとしているに違いない。

それを窘めるのは自分の役目だ。ため息を一つして、許可を与える。

「入れ」

「はいっ」

ユリサ・キダフレニーは遠慮がちにドアを開いた。背後には長身の女が控えている。名前をなんと言ったか──レヴィ？　ゼフィ？　どちらでもいい。とにかく聖女の護衛だ。名家より選抜された武装神官の一人。

その二人を横目に見るのは一度だけで、すぐにマルコラスは視線を戻した。手元の酒杯と、窓の外の霧へ。

「問題が起きたか？」

「え、ええ、その」

促すと、ユリサは口ごもった。

そういうところは、まだ直っていない。早く適応させねば、と思う。どこでボロが出るかわからない。聖女には聖女の、ふさわしい振る舞いというものがある。

結局ユリサはしばらく逡巡した挙げ句、護衛の女に励まされ、次の言葉を継いだ。

「戦いが始まりました」

「知っている。それのどこが問題だ？」

「わ、私たちも、戦いに加わらなければ……いけない、かと」

「その必要はない」

マルコラスは聖女を見た。どこか卑屈な表情をする娘だ。彼女は卑賤《ひせん》の出で、小領主ですらないと聞く。それにもかかわらず、特殊な聖痕を持ち、こうして戦の象徴として祭り上げられた。

おそらく後ろめたい気持ちがあるに違いない、とマルコラスは思う。だから過剰に戦いたがる。己が犯している罪——のような何か。分不相応な身分と待遇に関する何かを贖《あがな》うために、戦いに身を投じたがる。そうすれば許されるとでも思っているようだ。

マルコラスに言わせれば、それは意味のないことだった。

「何度も言わせるな、ユリサ。『聖女』が危険に身を晒《さら》す必要がどこにある」

「しかし、あの、前線では被害が出ているらしく……私の、この身に宿る《女神》の力があれば、少しでもそれを減らせるのではないかと……」

「くだらん。却下する」

マルコラスは断言した。

「人間の命には価値があると言いたいのか？　価値であるからには大小の差がある。そうでなければ価値などという表現は不適切だ。私やお前の命は、兵卒のそれより価値が大きい。やつらを救うために労力を割く意味はない」

「お、お言葉ですが、閣下。私は、あの……」

「お前の意見など聞いていないぞ。以上だ。下がれ。お前が前線に出るのは、それが必要なときだけだ。つまり私が判断する」

第一、いま彼女に活躍させても、それは第十聖騎士団の手柄の一部となるだろう。それはまったく賢いやり方ではない。聖女の存在感を示すため、貴族と商人たちへの宣伝は必要だが、いまはそのときではない。

「もう少し賢明になってもらわなければな。知っているだろう」

マルコラスは子供をあやすような口調で言う。

「——お前には、私の妻となってもらう計画がある」

軍と神殿が進めている、この魔王現象との戦いの後を見越した計画だ。聖女と将軍。その強固な結びつきは、人心を掌握し、内政を安定させるだろう。

「そろそろ、お前の見た目には及第点をやってもいいが」

マルコラスはもう一度だけユリサに目をやった。最初は田舎娘然としていた容姿も、貴族らしく整えればある種の魅力として映るようになってきた。純白の外套。『聖衣』とやらも、なかなかに似合っている。

「その自己主張は控えてもらわねばならん」

「……はい」

ユリサはうつむいて沈黙した。マルコラスはそれを承服の意と捉え、大きくうなずく。

「では、下がれ」

◆

破壊の光が閃いた。

俺のザッテ・フィンデではない。爆音の類をまるで生じさせない、奇怪な一撃だった。グィオの部下たちが持ち出した、筒型の兵器が使用されたのだ。

そこから青白い光が放たれ、槍のように虚空を穿《うが》った。

具体的にどんな原理の武器なのかは俺にもわからない。だが、それはたしかに効果があった――

あのタニファの軟質な肉を焼き、泡立たせ、抉り取った。右の前脚が根本から千切れる。

ただ、その分だけ反撃は手痛いものになった。タニファのやつは喉の奥底から絶叫し、ひどい行動をとった。残った左前脚で船縁を砕けるほど摑み、飛び上がり、甲板に突っ込んできやがった。

謎の筒型兵器を構えていた兵士たちは、その突然の突進に対処し損ねた――俺もパトーシェも救援が間に合わなかった。兵士たちはあっさりと吹き飛ばされて、筒型兵器が甲板を転がる。

「くそ！　杯星《はいせい》の幹が！」

杯星の幹。それが兵器の名前だろうか。兵士の誰かが叫んでいた。

そして俺たちは、甲板に「上陸」してきたタニファへの対応を余儀なくされた。まず、やつの体重それ自体が脅威だった。船体が悲鳴をあげる。亀裂が走り、船縁が割れていく。

「前に出るな。負傷者は下がれ！」

パトーシェは即座に前進を選択していた。振り回されるタニファの左前脚を、刃から展開される光の装甲で弾く。遮甲印ニスケフ。

パトーシェの防御が万全なら、こっちは攻撃に移れる。自然とそういう役割分担になった。幸いにも隙はある。というか、できる。

俺はタニファが大口を開けるのを見た。後ろ脚の爪にも力がこもっていた。パトーシェの防御を下手な攻撃では崩せないと見て、力ずくで突っ込んでくるつもりだろう。

「テオリッタ、デカいのを準備しろ」

「はい！」

テオリッタの髪が火花を散らす。俺はすでにナイフを引き抜いていた。望むのは派手な爆発——刃が焼けそうなほど強く聖印を浸透させた。それと三歩分の助走。大きな腕のしなりで投擲する。ちょうど、大口を開けたタニファの口内に放り込むように。

我ながら古典的な手だとは思う。しかし効果はある。

口の中での光と爆発——ザッテ・フィンデの爆破はタニファの舌を焼き、あるいは抉ったかもしれない。少なくとも牙は何本か吹き飛んだ。タニファが天を仰いで絶叫する。

苦し紛れの、残った前脚を伸縮させての鞭《むち》のような打撃が来る。パトーシェが守りについているから、そんなものは通用しない。むしろ反撃されることになる。

「ニスケフ」

パトーシェは短い言葉で、聖印を起動させる。

「ラダ」

光の盾が剣の先に生まれ、振動した。光の盾はタニファの前脚を大きく弾き返す——ここだ。

俺は大きく跳躍し、さっき兵士たちの手から放り出された、謎の兵器を手にする。たしか、杯星の幹といったか。

「……イリーナレアの武器ですね」

テオリッタはどことなく不満そうに呟いた。

「他の《女神》が召喚した武器を使うなんて、いいですか、本当に今回だけですよ。そういうのはよくないですからね！」

「わかってる」

使い方は、さっきから何度か見た。

腰だめに構える、レバーを押し上げる、ランプが点灯。引き金を引く。それだけだ。単純な仕組みだが、威力の方はもう知っている。

光が虚空に閃いた。

そいつはのけぞったタニファの喉元あたり——だか胸元だかどっちか——を射貫き、瞬時に沸騰させた。弾けて裂ける。

さらに、爆音と炎が一度。こっちはライノーの援護だ、振り返らなくてもわかる。俺が狙ったところへ、寸分たがわず砲撃を打ち込むなんて、他にできる砲手がいたらマジで驚く。

タニファがぼぉぅっ、と、低く響く叫びをあげた。

「いいね」

ライノーの声。いつもの薄笑いで言っていることだろう。

「素晴らしい連携だと思わないかい、同志ザイロ！」

知るか、と思ったが、とにかくタニファはそのまま船の外へ弾き出された。

こうなったらもう「詰み」だ。

「テオリッタ、とどめを譲ってやるよ。任せた」

「——ええ！」

テオリッタの瞳が燃え、髪が火花を散らす。虚空に剣が生じる。とんでもなく巨大な剣だ。塔のようなデカさ。

「やっぱり最後を決めるは、偉大なこの私！　ですよね！」

馬鹿みたいに巨大な剣は、そのままタニファに突き刺さった。

その剣の質量がやつを海中に叩き落とす。沈んでいく。ただ、往生際の悪いことに、やつは尾を振り回し、伸縮させて船の舷に引っかけた。これもまさに苦し紛れだ。もう遅い。

『見えた』

上空から、急降下してくる影がある。青く冴えた翼だ。白く立ち込める霧を貫いて、ニーリィは鋭い咆哮をあげた。

『手こずってるじゃねえか。何をノロノロやってんだ』

ジェイスは腹の立つ台詞《せりふ》で煽《あお》りながら槍を投擲した。そのタイミングを決して外さない、賢いニーリィの炎も弾けた。槍がタニファの頭を貫き、炎はタニファの尾を焼き切って、完全に海中へと叩き込んでいる。

盛大な水しぶきが上がって、それで終わりだ。

あとはグィオがやるだろう――俺は転がっていた通信盤を拾い、呟いた。

「おい。あのワニ野郎、あらかたこっちで片づけちまったよ。ゴミ掃除は任せた」

『……把握している。承知した』

グィオの陰気な声。

『やっておく』

やつはいつもこの調子ではあるが、どこか自信家でもある。特に鋼の《女神》は強い。こと直接的な破壊力という点に限った話であれば、イリーナレアはすべての《女神》の中で最大級の出力を発揮するだろう。

水中で轟音が響き、『芦風』号の船体が軽く跳ねたような気さえする。強烈な閃光。海が沸騰したような炸裂。水蒸気。

「わ、あっ？」

と、転びかけたテオリッタの腕を、俺はかろうじて摑んだ。引き寄せ、支える。

それからタニファの残骸が浮かんでくるまで、そう長いことはかからなかった。

「……私が仕上げの役をするはずだったのですが」

俺の腰あたりにしがみつきながら、テオリッタはどこか不満そうに唸った。

「ニーリィとイリーナレアに譲ってしまいましたね」

「倒せればなんでもいい。ジェイスのやつがデカい顔するのは腹立つけどな」

「そんな覇気のないことを！　ザイロ、あなたという人はいつも——あっ！　ニーリィが帰ってきますよ！　ほら、手を振ったように見えませんか？　可愛《かわい》いですね！」

「そりゃよかった。挨拶してやれ」

いまだ霧の満ちている空へ、はしゃいだように手を振るテオリッタに背を向け、俺はゆっくりと歩き出す。

甲板はひどい有り様だが、沈没はしないだろう。おそらく。むしろ兵士への被害が大きい。他の船ともだいぶ離れてしまったが、さっさと合流して怪我人の収容が必要だ。俺はたいして船の構造には詳しくないが、ここまで損傷していれば、この船も捨てるしかないかもしれない。

船縁では、パトーシェが座り込んでいるのが見えた。

「どうした、もう限界か？」

「そんなことはない」

乳白色の霧をかきわけて近づく。俺が声をかけると、パトーシェは険しい顔をした。

「次の魔王現象が来ても、私はやれるぞ」

剣を握って、立ち上がろうとしてよろめく。パトーシェが顔をしかめるのがわかった。

「無理をするなよ。足だろ？」

「……捻っただけだ」

とは言うが、こいつも『捻っただけ』を甘く見るようなタイプではないだろう。俺は手を貸してやることにした。異形《フェアリー》の群れは瓦解したが、半狂乱になったやつらが襲ってくるかもしれない。

それに、パトーシェ・キヴィアにはそろそろ借りがいくつもできてきた。

「医務室行きだな、諦めろ。骨も診てもらえ」

「う、ぁ」

ほとんど抱え上げるような形になった。それくらい痛むのかもしれない。パトーシェは少し身じろぎをした。

「……や、めろ……必要ない。余計な手助けだ」

「そうか。ここだけの話だが、打ち明けておこう」

「ん、んん？　な、なに、なんだ？」

「俺はこういうとき、だいたい余計なことをするやつだ。いまさら気づいたとしたら間抜けだな」

パトーシェに肩を貸して強引に立たせる。やつはひどく嫌がったが、たぶん本気で抵抗しようとしたわけではないだろう。こいつが本気なら俺は重大な負傷を覚悟しなければならない。

「……前々から尋ねようと、思っていたことだが」

怒ったような顔で、パトーシェは俺を睨んできた。よほど腹に据えかねることがある、といった顔つきだった。

「なんだよ」

「貴様は、その……なんというか」

一瞬、パトーシェは口ごもり、なにかをぶつぶつと口の中で呟いて、そして意を決したようにまた俺を睨んだ。

「こういうことは、誰にでもするのか？　この、――」

ごぉおん、と、船が揺れたのはそのときだった。

おかげで危うくパトーシェは転倒しそうになり、どうにか俺が抱えてやる羽目にもなった。振動は船の前方。何かがぶつかってきやがった。

俺はそちらを見て、思わず唸り声をあげたと思う。

「冗談きついな」

「……同感だ」

と、パトーシェも呻いた。

俺は深い霧の向こうにそれを見た。異形《フェアリー》でもなく、魔王現象ではない。いくつかの船と、そいつらが掲げる大きな旗。そこに描かれているのは、どうやら巨大な赤蛇のようだった。深すぎる白い霧の向こうでもよく見えた。

その船に乗り込んでいる、武装した人影さえも。

「人間……ですか？」

テオリッタが怯えた声で呟いた。

たしかにそうだ。異形化《フェアリー》していない人間。そして味方ではない。ここまで条件が揃えば、俺たちが導き出せる答えは一つしかない。

「海賊、かよ。ふざけてんな」

俺の罵倒に答えるかのように、弓矢が飛んできた。それから砲撃も。

俺はテオリッタとパトーシェを庇《かば》いながら、こちらの戦力を考える。見える範囲で動けるのは、甲板に二十と少し。しかもほとんど負傷者だ。その倍いたところでどうしようもない。頼みの綱の仲間の船とは、かなり距離が開いてしまっていた。

そして何より、この霧——霧が濃すぎる。さらに濃度が増している気もする。それも、あの海賊船を中心に立ち込めているように思えてならない。

「我が騎士」

と、俺の腰にしがみつくテオリッタの腕に力がこもる。そうだ。《女神》は人間を相手に、攻撃的な能力を振るえない。敵の船は三つ。もしかしたら霧の向こうにまだいるだろうか？

絶望的な状況、と言うしかなかった。

◆

「グィオ」

と、イリーナレアが振り返ったとき、すでにその眉間に焦燥感を滲ませていた。

何かよくないものを見た顔だ。厄介ごとに違いない。そういう要素は、この一見しただけではそうと見えない完璧主義者の《女神》にとって、大きなストレスになるらしい。

彼女は手元の索敵盤を指差していた。

「ヤバいことになったんじゃないか。おい、妙なやつらが接近してきたぜ。数が多い」

「……そのようだな」

グィオは『妙なやつら』が意味するところを考える。イリーナレアが一目見ただけでわかるほどの『妙なやつら』。手元の索敵盤を見る。

水をはった器に砂を沈め、『ローアッド』での音波探知を行う聖印兵器。浮き上がる砂粒の塊が、敵の姿を意味している。その大きさと速度までわかる。

「異形《フェアリー》ではなさそうだ」

「ああ。旗がある……これは……船かよ」

うなずくイリーナレアは、すでに望遠レンズを手にしている。

彼女が召喚した特別製のレンズで、本来は狙撃用兵器に取り付けられているものだ。霧は深いが、その向こうに垣間《かいまみ》見えるものがあったらしい。

「あの旗。蛇……蛇みたいだ。赤い蛇……」

「ゼハイ・ダーエ」

グィオは反射的に呟いた。その赤い蛇には、心当たりがある。

「よくないな……。ここで、出てくるとは……まるで私への嫌がらせだ」

「はあ？　なんだグィオ、知り合いかよ」

「そうだ」

グィオはうなずいた。やつらの船が接近しているのは、艦隊のちょうど先頭の部隊だ。距離がありすぎ、霧も深い。おそらく助けに行くのは間に合わないだろうと思う。

「あの船団はゼハイ・ダーエ。海賊だ」

言った途端に、船が大きく揺れた。

高波が見える——日は西の彼方《かなた》に沈み、闇が深く、海が荒れ始めている。

刑罰：ヴァリガーヒ海峡北進突破　顚末

砲弾が炸裂し、帆柱が折れるのがわかった。

燃え上がる炎で闇が照らされる。

赤い蛇の紋章を掲げた、海賊どもだった。やつらが霧に紛れて近づいてきた、とわかったときにはもう手遅れで、『芦風』号は攻撃を立て続けに喰《く》らっていた。

「マジかよ」

俺は思わず呻いた。

「砲も持ってるのか、この海賊ども」

「ザイロ！　乗り込んできました、後ろです！」

テオリッタは、人間が相手では有効な反撃などできはしない。守るのは俺の役目だ。振り返りながらナイフを放つ。ザッテ・フィンデを使う余裕はない——狙いは大腿部《だいたいぶ》。転倒させ、倒れた相手を海に蹴り落とす。

「くそっ」

俺は悪態をついた。周囲の状況を素早く確認する。

明らかな劣勢だ。

ライノーなんかはすぐさま砲撃して一隻に大きな損傷を与えたが、それが限界だった。海賊どもから砲弾を矢継ぎ早に浴びせられ、雷杖での射撃もあった。着弾すると炎を発生させるように調整された特別製の狙撃杖だ——開発名称は、たしか『スイレン』。

おかげですぐに船は炎上し始めた。そんな有り様だったから、接舷されたとき、まともな反撃はできなかった。パトーシェが足を痛めていなければ、もう少しは違ったかもしれない。

やつはそれでも刃を振るい、寄ってきた海賊を二人ほど斬って捨てた。

俺はテオリッタを守るので精一杯で、とてもそこまで手が回らない。次々に新手がやってくる。振り回される手斧《ちょうな》をかわし、蹴とばす。

テオリッタから剣を借りることはできない。俺は《女神》の精神について、痛いほどよくわかっている。自分が呼び出した剣が人間を傷つけるところを見たら、そのダメージは深刻だ。

結果、ナイフだけで渡り合うことになる。

「ザイロ！　テオリッタ様を逃がせ！」

と、パトーシェも叫んでいた。こんな状況で人の心配とは恐れ入る。

だが、もう逃げ場もない——もともと俺たちの船は最前線を先行していたし、二度にわたる魔王現象との戦いによって孤立していた。霧も異様なほど深すぎる。

こういうときは仕方がなかった。俺はある意味で、グィオ・ダン・キルバという男の軍事的な能力を信用している。想定外の敵が出てきたなら、被害を最小限に抑える判断をして、他の船を守るべきだろう。

だから、この状態になったら、奥の手でもない限り助けはまず来ない。とすると、逃げに徹するのが有効だろうか。

「テオリッタ、俺にしがみつけるか」

「……ええ」

俺の質問に、テオリッタは絞り出すような声で応じた。

「だ、だいじょうぶ、です。きっとできます。足手まといには……なりません……！」

嘘だ、と俺にはすぐにわかった。

まるで顔色に血の気がない。顔を上げることすらきつそうだった。異形《フェアリー》ども相手の大立ち回りの疲労に加えて、人間から敵意を向けられている。《女神》はこの手の状況に弱い。

「無理そうだな」

「そんなことは……」

「無理だ」

「あう」

俺は強く言って、テオリッタの肩を軽く押した。ただそれだけで、倒れ込みそうになる――その直前で抱え込んだ。大人しくしていろ、という意味を込めて、その小柄な体を強く摑む。

「いいか。襲ってきてるやつらは魔王現象じゃない――なんとかなる、かもしれない」

「何を、根拠に……」

「相手が海賊だからだ」

海賊には海賊なりの目的がある。それは間違いなく金か、軍や連合王国に対するなんらかの要求だろう。単なる殺しのために、わざわざこんな危険な海域で活動する馬鹿はいない。相当に気合の入った殺人鬼だ。

（やつらの最終的な狙いが金だとしても、他のなんらかの要求だとしても――この場での目的は、つまり価値のある人間そのもの。身分の高いやつを捕虜にすることだ）

だとすると《女神》は最高の取引材料になるだろう。下手に動いて危害を加えられるより、大人しくしていた方がマシだ。選ぶべきは、降服。いまはそれしかない。

「じっとしてろ。投降する。交渉の余地はあるはずだ」

「しかし」

と、テオリッタは言った。震える指で空を差す。

「ニーリィと……ジェイスが」

俺はつられてそれを見て、舌打ちした。

「アホか、あいつは！」

ジェイスはまるで大人しくするつもりはないようだ。しかもあいつはアホなので、まずは他のドラゴンを逃がし、自分とニーリィは最後に脱出しようとしやがった。

そのため、海賊どもの砲撃に捕まった。誘導弾の一斉射撃。

あそこまでの集中砲火はニーリィの翼でも避け切れない。いずれは撃ち落とされる。

「テオリッタ」

「援護、して、あげなくては……」

テオリッタは俺に向かって、死にそうな顔で口の端を吊《つ》り上《あ》げた。生意気なやつだ。こんなときでも虚勢を張っている。こんな笑顔を、俺はどこかで見た気がする。

「ザイロ。あなたが私のために戦うことを躊躇《ためら》っているとしたら、大きな間違いです。我が騎士ならば、きっと……やるべきことをわかっているはず」

俺は一瞬だけ沈黙した。

一瞬だけだ。本当にテオリッタの身を案じるなら、徹底抗戦なんてするべきじゃない。ましてや、自分の命を賭けて他人を救おうなんて話は大嫌いだった。そういうことをしていいのは、殺しても死なない、クソ犯罪者のクソ集団である俺たち懲罰勇者どもだけだろう。

「ニーリィとジェイスを、助けなくては。私たちの仲間です」

「わかってる」

俺はナイフを抜き払い、立ち上がった。

「いまのは、ここでゲロ吐くなよって言おうとしただけだ」

「でしょうね」

テオリッタは気丈に笑った。

そうして、俺はザッテ・フィンデの聖印をたっぷり浸透させたナイフを投擲する。短いステップによる助走。狙いは接舷した海賊どもの船、その砲手たち。

「行け」

破壊の光が閃いて、ジェイスとニーリィを狙っていたやつらが何人か吹き飛ぶ。それを二度か、三度――俺たちの援護は、たしかに効果を発揮したはずだ。

ニーリィの翼に何発かの被弾はあったものの、致命的なものではなかった、と信じたい。海賊どもへ反撃こそできなかったが、ニーリィはそのまま北の空へと流れていく。味方の艦隊と合流できる方向へはさすがに弾幕が激しすぎた。俺もそこまで敵の砲手を崩せなかった。

そうする前に、海賊どもが寄ってきたからだ。当然のことだ。派手にやりすぎた。

「そこだ！　いまの爆発――連合王国の船にも、まだ無事な砲手がいるぞ！」

どうやら、ザッテ・フィンデを砲撃の類と勘違いされたらしい。攻撃が集中してくる。

雷杖による射撃。稲妻をかわす。テオリッタを抱えて、跳ぶ。転がる。火の手のあがる甲板では、そもそも逃げ場所は限られていた。炎と閃光が乱れ飛んでいる。その一つが、たぶん右の二の腕をかすめた。いや、結構しっかり命中したか？

「ザイロ。無茶なことをするな、後退しろ！」

よせばいいのに、動いたやつもいた。パトーシェだ。剣を振るって、俺とテオリッタが囲まれないように切り結ぶ。ただ、それも長くは続かない。数が多いし、足首に負傷もあった。一撃、二撃と受けに回る。

たちまちのうちに劣勢だ。強打を受け、転倒しかけたところを、俺が受け止める。パトーシェには文句の一つも言いたくなった。

「無茶なことをするのは、お前もだろ。鏡を見ろ、鏡を」

「ぐ」

図星だろう。パトーシェの顔が赤くなった。

ただ、さすがに彼女も言い返すことはできない。その暇がない。こちらの足が止まったと見て、襲いかかってきたやつがいる。

黒い帽子に、傷だらけの顔の男。たぶんそれなりの手練《てだ》れだ。先ほど、こいつが兵士を二人ほどまとめて斬り倒すのを見た。そのうちの一人の剣が、足元に転がってきている。

「パトーシェ、テオリッタを頼む」

俺は足元に転がっていた剣を摑む。黒い帽子の男と刃を交える。一合。鍔元で受けた。背丈も膂《りょ》力《りょく》も俺の方が上だ——探査印ローアッドの振動で手元を崩し、こちらから押し返す。

「へえ。なんだ？」

黒い帽子の男は、少し感心したようだった。

「妙な技を使いやがる。でも、海の戦いには慣れてねえな？」

振動。足元が揺れた。大きな波が来たのか、砲撃でもされたのか。

俺は体勢を保つために努力しなければならなかったが、黒い帽子の男は違う。揺れを利用するようにして、体を捻った。押し返される。俺はたたらを踏むようにして後退し、その隙に、黒い帽子の男は次の一撃を撃ち込んでくる。

いかにも東方剣術らしい、剣の切っ先をまっすぐ空に向けた構えからの、苛烈な一撃。

どうにか受ける。ぎかっ、と、鋭い刃の衝突音が響く。

「おっ。いまのも防ぐのか？　だが、どこまで続く？」

二度、三度。刃を受けるたび、俺は体勢を崩される。もちろん俺だって反撃のために細かい刺突を繰り出してはみたが、相手の頬を裂いて、顔の傷を増やしただけに留まった。しまいには肩口からの体当たりで吹き飛ばされる。船の揺れを利用したような突進。転倒してしまう。

（こいつ、かなり使えるな。船の上の剣術じゃ、まともにやったら勝てない）

これで立ち回りも限界だ。すでにほとんど制圧を終えた海賊どもが、俺たちを取り囲んでいる。

パトーシェもテオリッタを背に庇うような状態で身動きがとれない。

こうなってしまえば、あとは膝をつくぐらいしか選択肢はなかった。

「よくわかった。もう無理だな、俺たちはここで降参する」

俺は海に飛び込むべきか、少し考えながら言った。

「なあ、このお方を誰だと思う？」

テオリッタの、左の頬を指で示す。《女神》の証明である刺青。この海賊どもにわかるとは思えないが、とにかく教えておくべきだ。

「《女神》だ。見ろ、この高貴な顔を。十三番目、剣の《女神》のテオリッタだ――身代金《みのしろきん》が目当てなら、生かしておかない手はないぜ」

「おいおい。強気だな、この状況で」

黒い帽子の男がせせら笑った。傷だらけの顔が歪む。

「見てたぜ。お前、砲手なのか？　それとも連合王国の新しい聖印兵器の類か？　おれらの船に何かぶち込みやがったな」

「悪いが、俺も必死でな。なんとしても守らなきゃいけない相手がいる」

俺はテオリッタの顔を一瞥《いちべつ》した。彼女の呼吸が荒くなっている。《女神》が人間から敵意を向けられるというのは、ひどい不快感を伴うことだ。

「俺たちは降服する。あんたらの目的が何か知らないが、皆殺しってわけじゃねえだろ」

「まあ――そうだな。お前の言う通り、そこの金髪の娘。普通の子供じゃなさそうだ。しかし……しかし、だ。捕虜を身代金として使うには、生きてさえいりゃ十分なんだぜ」

黒い帽子の男は、やや長く細い形状の雷杖をテオリッタへ向けた。

「何をするつもりだ。無礼な」

パトーシェが両手を広げた。いざとなったら、自分が盾になるつもりでいやがる。火の出そうな目つきで黒い帽子の男を睨む。

「《女神》に武器を向けるとは、恐れ多いぞ」

「ふん。なにが《女神》だ。おれたちはそのご加護に与《あずか》ったことがなくてね」

黒い帽子の男が鼻を鳴らすと、テオリッタがわずかに身を固くした。

「殺しはしねえさ。耳か指の一本でも切り落として送り付けるってやり方もある。すごく残酷なやつだって思ってもらえるし、損することは何もない。そう思わないか？」

「やめておきなさい」

テオリッタは、鋼でできているような視線を向けた。この状況で、よくもまあそんな顔ができるものだ。固く握った拳が震えているのは、気づかなかったことにしてやろう。

「いま、人類同士が争っている場合ではありません。あなたたちの行いは、結局は自分自身を窮地に追い込んでいるだけです」

「神殿のやつらの物言いにそっくりだな。さすがは《女神》か？」

黒い帽子の男はまた笑った。よく笑うやつだ。

ただ、その笑いをすぐに引っ込めることもできるらしい。次の瞬間には真顔になって、テオリッタの眉間に雷杖の先端を向けた。ぴたりと静止する。

「そういうやつ、おれは嫌いなんだよな」

テオリッタは怯まない。パトーシェは剣を握る手に力をこめ、俺を見た。言いたいことはよくわかる。どちらかが盾になり、この男を吹き飛ばす。あとは海にでも落ちるしかないだろう。

が、それ以上致命的な事態に発展する前に、黒い帽子の男の、腕を摑んだやつがいる。

白く細い手。女だ。

「――そこまで。やめなさい、トゥゴ」

と、白い手の女は言った。冷淡な無表情で、トゥゴを見ていた。

「捕虜は丁重に扱うように、約束したでしょう。忘れていませんね」

この場に不釣り合いな人間を見た、と俺は思った。

赤髪を三つ編みにして、鮮やかな緑色の耳飾り。神殿の司祭が着るような、装飾の多い白い服。

これはたぶん、単なる海賊の娘という感じでもない。明らかに日焼けが足りていないことと、黒い帽子の男の態度でそれがわかる。

「私との約束を決して破らない。皆、その誓いを立てたはずでしょう」

三つ編みの女は周囲に視線を向けた。睥睨《へいげい》した、という表現の方が正確かもしれない。

「戦いは終わりです。捕虜を傷つけることは許しません。我らはただの賊徒ではなく、正統のキーオを担う者なのだから」

両手を広げ、朗々と声を張り上げる。芝居の役者のようだ、と俺は思った。

「我々はゼハイ・ダーエの子！　波と太陽の加護を抱き、偉大なる戦いに勝利する宿命を背負う！　栄光ある者として、ふさわしい誇りを失ってはなりません」

おお、と、同意とも感嘆ともとれない声があちこちであがった。海賊どもはその言葉で大人しく武器を下ろす。そういう統率がとれる程度には士気は高く、この三つ編みの女は一定の影響力を持っているようだった。

（ひでえ演出だな）

いわば、この三つ編みの女が神官のようなものか。この芝居みたいな喋り方も、集団としての体裁を保つために必要なのかもしれない。

「トゥゴ、あなたもです。雷杖を渡しなさい」

「わかってますよ。もちろん」

黒い帽子の男は、雷杖を三つ編みの女に渡す。その口元が歪んでいた。笑っているような、困っているような顔になる。

「ただの冗談です。降伏した相手に手を出すつもりはありませんよ。ですが——聞いてましたか？　この小さい金髪の娘。《女神》様、だそうですよ」

「え。……め」

三つ編みの女が目を見開き、ついでに口も半開きになった。まるで無表情に亀裂が入ったようにも見えたが、すぐに戻る。

「め、《女神》？」

「そうらしいです。こいつらの言うことが本当ならね。たしかに、タダモノじゃない感じですぜ。魔王現象を攻撃するところから見てましたが、剣を召喚したように見えました」

「……そうですか」

冷淡な表情を取り戻し、三つ編みの女はテオリッタから視線を外した。さして注意を引かれるものでもない、という風に。

「では、なおさら丁重に扱いなさい。賓客としてお招きします」

「了解です。それじゃ、あとは略奪して引き上げってことでよろしいですかね？」

「略奪ではありません」

女の声に、ごくかすかな非難の響きが混じった。

「接収です。我らは賊徒ではないのだから」

「了解——わかったな、野郎ども！　好きに接収しろ！」

「おおう！」

黒い帽子の男が怒鳴ると、荒々しくはあるが、意外なほど揃った返答があった。やはり海賊の割に統率がとれている。

（いったいどういう連中なんだ）

と、俺は思う。海賊とは思えないような三つ編みの女が、この集団の長《おさ》らしい。何か背後に事情があると見えた。あまりかかわりたくもない類の事情が。

（いずれにしても、ここまでだな）

俺はパトーシェを振り返った。肩をすくめ、二本指で首筋を叩く。軍隊の演習で『参った』と宣言するための合図だ。これはパトーシェには伝わったらしく、あいつも小さくうなずいた。武器は足元に放り、両手を上げる。

問題は、それでも抵抗しようとするやつがいたことだ。

「……くそっ」

それは、この船の船長だった男だ。三つ編みの女の背後、密かに――死角に回るようにして雷杖を摑んでいる。あれはまずい。気づかれている。

「やめろ！」

俺は叫んだが、もう遅い。船長は雷杖を起動させていた。

「ククシラ。私を守りなさい」

三つ編みの女が短く命じた。大きな影が、俊敏に動いていた。確実に俺よりも図体の大きな人影だった。そいつが自分自身を盾にするように、稲妻を防ぐ。ばちっ、と、何かがかすかに爆ぜる音がしたが、それだけだ。

その巨体は、自分の体に稲妻が当たった場所を見下ろす。だが、何も言わない。そこから小さな破片、のようなものがこぼれた。木屑《きくず》によく似ていた。

この光景に、テオリッタは目を丸くした。

「ザイロ、あれは」

気持ちはわかる。明らかに人間とはかけ離れて見えるやつだった。

輪郭は人、というより熊のそれに近い。両腕をたらすような独特の歩行。分厚く赤黒い外套で体を覆っているが、雷杖で撃たれた穴から、その内側が垣間見えた。

樹木だ。小さな葉も枝もくっついたままの、樹木の塊が自立し、三つ編みの女を守るように佇んでいる。眼球にあたる部分は、暗く虚《うつ》ろな木の洞そのものだった。

「人、ではないのですか?」

「ああ。樹鬼だ。そう呼んでる」

いままでは東方諸島にしか生息していない生き物だ。ゼフ＝ゼイアル王国のドラゴンや、ウォン・ダオランのコカトリス、北部のウンディーネたちと並んで、大陸の五大古生物と称されている。

はるかな昔、獣の《女神》によって召喚されたという古い生物。種子によって繁殖する彼らは、明らかに召喚期限が切れたいまとなってもこの地に残ることになった。獣の《女神》の権能の詳細は謎だが、そういうことができるらしい。

東方諸島では軍用の樹鬼を飼っており、戦闘に使っている氏族もあるという。ただ、それもかなり限定的なものであるようだ。樹鬼は基本的に神経質であり、縄張り意識が強く、人に馴《な》れた例は少ないとされている。

それが、こんなに素直に人の言うことに従っているとは――ちょっと信じられない。

「――繰り返して告げます。降服する者は、両手を頭上に上げて伏せなさい！　私に危害を加えなければ、赤き嵐の蛇たるゼハイ・ダーエの名において、この場では命をとりません。これをもって降服の約定とします」

そう宣言してから彼女は、二度ほど手を打ち鳴らした。

その音を待っていたように、馬ほどもある大きな影がいくつも、俺たちの船に乗り込んでくる。樹鬼たちだ。ククシラと呼ばれた個体よりはみんな一回り小さい。それが降参したやつらを、片っ端から捕まえて担ぎ上げていた。

明らかに異常な光景だ。これほどたくさんの樹鬼たちを使役するという例は聞いたことがない。それも、ただ手を鳴らしただけで。信じられないものを見ている気がする。

これでは、逆転の目はもうないだろう。この場は大人しくするしかない。俺とパトーシェは揃ってその場に伏せる。もちろん、言われた通り頭上に両手を上げて。

「……ごめんなさい、ザイロ」

テオリッタが、強く唇を噛んでいるのがわかる。

「私が、もっと強ければ」

「人を殺す覚悟のことを、強さなんて呼ぶな。お前には必要ない」

「でも。少なくとも、魔王現象を——もっと迅速に撃破できていれば」

「そいつは俺もだ」

テオリッタの『聖剣』を使うのを躊躇《ちゅうちょ》した。結果として、それがまずかったのだろうか？　いや。他にも打てる手はあったはずだ。ジェイスとライノー。それにパトーシェまでいながら、後手に回った対応しかできなかった。

勝てなかったということは、何かが足りていないということだ。

俺に足りていないもの。それはなんだろうか？　『自分を過小評価しすぎる』——いまさらビュークスの言葉が脳裏をよぎるが、馬鹿げている。あんな言葉は忘れた方がいい。

「各位、賢明な判断です」

三つ編みの女は、抵抗をやめた俺たちにはもう視線を向けない。踵《きびす》を返《かえ》して歩き出す。ふ、と、吐息が聞こえた気がする。それは彼女の安堵《あんど》のため息だっただろうか。

「トゥゴ。後は任せました。すべて終えたら、塔まで来なさい」

「わかりました、姫」

と、黒い帽子の男は答えた。ついでに大げさなほど恭しい一礼。

（なるほど。姫か）

俺はうんざりした気分にさせられた。どうせそんなことだろうと思った。確実に面倒な事情を抱えたやつらだ。絶対に深入りしてなるものか。

「立て。両手を後ろに回せ」

海賊の一人が俺の首に刃物を触れさせた。緩やかに湾曲した刀。よく手入れされている。

「そっちのデカいの、お前もだ。早くしろ」

俺の背後にも声がかけられる。

嫌な予感がしたので振り返ると、案の定、そこには妙に爽やかな笑みを浮かべる男が一人。ライノーだ。なにか喜ばしいものを受け取るように、速やかに両手を後ろに回す。

「やあ、どうも。面倒をかけるね。よろしく」

そんな台詞まで口にしながら、自らに縄を打たせている。

「お前」

俺は呆れるという段階を通り越して、虚ろな気分になってきた。

「なんでそんなに楽しそうなんだよ」

「新鮮な体験だからね。同志ザイロや《女神》テオリッタとともに連行されるなんて、なんだか楽しいな。僕らは仲間として見なされているんだね」

こいつ、どういう神経をしてやがる。何を返答しても負けた気がするので、俺は逆に海賊たちに声をかけてやることにした。

「忠告しとく。いや、助言かな。とにかく——お前ら、あんまり自分たちの得にならないことをしようとしてるぜ」

「なんだァ、説教か？　ご神託の類か？」

黒い帽子の男が、鼻を鳴らして振り返った。

「お前、どう見ても神官ってツラには見えねえが、もしかしてそうなのか？」

「いや。そうじゃない。ただ……」

なんというべきか迷ったが、結局は正直に言うことにする。

「手を出すべきじゃないやつに手を出したんだよな——いまさら、もう遅いけどな」

「あ？　なんだ、何が言いたい？　新手の命乞いか？」

「いや、ホントにもう遅い。残念だ。お前らニーリィを、あの青いドラゴンを撃っただろ。しかも何発か当てた」

俺は肩をすくめた。後ろ手に縛られているいまは、それがいまできる最大の同情の表現だった。

本来なら指で大聖印を切っているところだ。

「温厚な俺と違って、ジェイス・パーチラクトはお前らを許さないんじゃないか。これだけは確実に予言できるけど……ひどい目に遭うぜ」

何を言っているのかわかるまい。

その証拠に、黒い帽子の男には、大笑いされた後に真顔になって殴られた。

——だが、本当のことだった。

刑罰：リッセカート山塊北進突破　顚末

ザイロたちが海路を行き、自分たちが陸路を迂回する。

その決定を聞いたとき、ツァーヴはおよそ一刻におよぶ不満をベネティムにぶちまけた。

「どう考えても船旅の方がいいでしょ！」

自分たちが歩いて山を越えなければならないのに対して、ザイロたちは船で悠々とヴァリガーヒ海峡の北岸へ向かう。

「明らかに不公平じゃないスか！　やる気なくすなあ。士気が超下がるんスけど！　どうなんスかベネティムさん、指揮官として！　由々しき事態じゃないスか！」

「そう言わずに。やる気出してくださいよ、こっちの部隊はツァーヴが頼りなんですから」

と、ベネティムは腰を低くしてそう言ったものだ。

「タツヤとノルガユ陛下の面倒で限界なんですよ。ドッタはトリシールが監督してくれてますが、もう正直、胃に穴が開きそうで……」

「穴ぐらい開いた方がいいっスよ、ベネティムさんの場合。自業自得でしょ」

「そんな……」

「ってか、なんで自分が『面倒を見る側』みたいなツラしてるんスか。ベネティムさん、歩くの超遅いし、荷物だってかなり持ってあげてるでしょ。面倒見てるの、オレっスよね！」

「そのことには大変感謝しています。今回ばかりは……どうも昨日から具合が悪く……おまけに寝不足でして……」

「いつものことっスよね、ベネティムさんの場合！　昨日もぐっすりだったじゃないスか！」

これにはもうベネティムは何も答えなかった。

陸路の行軍は全体的に不満だったが、特にツァーヴにとって最悪だったのは夜襲だ。異形《フェアリー》が仕掛けてくるたび、何度も繰り返し迎撃に駆り出された。ときには、せっかく場が温まりつつあった賭場を放棄しなくてはならなかった。

（大一番の勝負が二度も流れちまった）

そのことがツァーヴにとっては悩みの種だった。眠らなくてもたいして困りはしないが、数少ない楽しみが奪われるのは苦痛だ。

（あいつらもバラバラ仕掛けてくるんじゃなくて、まとまって攻めてくりゃいいのに）

おそらく、魔王現象の主に率いられていないのだろう。なんとなく群れでまとまって、人間を見つけて襲いかかっているだけのことだ。しかし頻度が多い。山奥の向こうからやってくる異形《フェアリー》どもの群れは、北の地から間断なく無数に湧き出しているように感じられた。

その夜の襲撃も、眠りにつこうとしていた寸前で発生した。

「どうなってんスかね」

と、ツァーヴは狙撃を繰り返しながら呟く。

雨が降りしきる夜だった。増水した川の向こうから、渡河を強行してくる一群がいる。フーアだとかカー・シーだとか、そのあたりの小型の異形《フェアリー》だ。両生類を基本にしたフーアには水上移動ができる個体がいるし、カー・シーも水中を巧みに泳ぐ。どちらもよく見る異形《フェアリー》の尖兵《せんぺい》だ。

「敵が多すぎるんスけど。ほとんど毎日来てるし、もう行列ができる店みたいなもんでしょ。オレの狙撃、そんなに噂になってるんスかね？」

「くだらん冗談を言っている場合ではないぞ！」

と、厳めしい顔で答えたのはノルガユだ。

「黙って手を動かせ。次が来る！」

いま、夜襲の迎撃に当たっているのは、懲罰勇者部隊では自分とこのノルガユと、あとはタツヤだった。あの無口な懲罰勇者は、もう少し北の方の渡河地点の抑えに回っている。

それから、背後にもう一人。こちらは懲罰勇者ではない。

「いやまったく、すごい腕だな。ツァーヴ。きみは……」

金色の髪の男だった。瞳は青く輝き、がっしりとした顔つき。偉丈夫といっていいだろう。その軍服の胸元には、いくつかの勲章が輝いている。

「懲罰勇者に、こんな狙撃手がいるなんてね。うちの部下に見習わせたいくらいだ」

そうやって興味深そうにツァーヴの手元を覗く、この男の名をロレッド・クルデールといった。

ツァーヴとノルガユの当面の上司である。聖騎士団ではなく、北部方面軍に所属する、上級将校の一人だという。

「教わりたいなら、喜んで付き合いますぜ」

ツァーヴは皮肉っぽく笑った。

「それがロレッド閣下のお望みならね」

「検討しておこう。いや、本当にね」

ロレッドの笑みには自然な明るさがある。ツァーヴには決して真似のできない類の明るさだ。

(よほどいい環境で育てられたお坊ちゃんなんだろうな)

と、ツァーヴは推測する。ただし、家柄だけではない。指揮もなかなかに的確だし、有能には違いなかった。だからこそ、こうして迎撃の一部隊を率いている。

「うん、いいね。この調子なら、被害はゼロに抑えられるかもしれない——けど、やはりきみの言う通り、敵が多すぎるな」

ロレッドは思案するように、濡れた金髪を指先で払った。

「このままでは遅れが出てしまうだろう。第十聖騎士団の艦隊は苦戦しているらしい。よほど激しい抵抗があるようだね」

本来ならば、いまごろとっくにこのリッセカート山塊を抜けているはずだった。

が、進軍は滞りがちで、多くの襲撃にも晒されている。その原因はわかりきっていた。ヴァリガーヒ海峡を抜け、北岸を抑えるはずだった第十聖騎士団の艦隊が遅れているためだ。どうやら沿岸の制圧に手間取っているらしい。

漏れ聞く噂によれば、海賊の襲撃を受けたようだ。そのせいで、攻略計画に顕著な遅れが出ているのだという。

「海からの部隊は何やってんスかね」

ツァーヴは雷杖の狙撃を繰り出し、バーグェストの頭部を撃ち抜きながら呟く。大きな四つ足の体が傾き、流れの激しい川に沈む。それは何匹かの異形《フェアリー》を巻き添えにした。

「ザイロの兄貴たち、どっかで呑気《のんき》に釣りでもしてるんじゃないっスよね？」

冗談のつもりだったが、これには、ノルガユが厳めしい顔で応じた。

「ふん。そうだとしたら、厳罰に処さねばならぬな」

「はは！　勇者以上に厳しい罰なんてありますかね——あ！　閃いた。陛下、いますっげー凶悪な罰を思いついたんスけど、聞いてくださいよ。まずは超デカい棺桶《かんおけ》を用意して……」

「喋っていなければ戦えぬのか、貴様は」

ツァーヴの言葉を遮り、ノルガユは雨に濡れた髭《ひげ》を指先でつまんだ。さらに片手を上げ、大きな声で怒鳴る。

「——いいぞ、やれ！　第三班から第七班、『銀獅子《ぎんじし》の顎を開け』！」

その言葉が号令になっていたようだ。

ノルガユの声が響き渡って数秒、川岸で数人の影が動いた。と、思った瞬間、川面《かわも》にぎらりと輝く銀色の炎が走った。それは雨も濁流ものともせずに燃え上がり、渡渉中だった大小の異形《フェアリー》を見境なく焼き尽くす。

「すっげ」

ツァーヴは単純な感想を述べた。

「あれ、陛下の仕込みっスか？」

「うむ。余が自ら手掛けた仕掛けと、精鋭である」

ノルガユの呟きには、わずかに不満そうな響きがあった。

「いささか炎が風に流されてしまったな。点火もやや遅い……改善の余地がある」

「いや。実に見事だ！」

ロレッドは手を叩いて称賛した。

「きみの聖印兵器の設計と、その大胆な発想には驚かされる。やはり支援部隊を運用してもらって正解だったな」

ノルガユは懲罰勇者の『支援部隊』から、百ほどの手勢を駆り出して作業していた。

朝から迎撃用の仕掛けを担当していたはずだ——まさか水の上を走る炎とは。どんな仕組みで実現しているのかは、ツァーヴにもちょっと理解できない。油とはまた違う、聖印による炎であることは確実なのだが。

「いったいきみがどこで聖印技術を学んだのか、知りたいものだ」

ロレッドは単純な好奇の瞳でノルガユを見た。

「神殿の学校を出ているのかな？」

「……うむ。そう……神殿の学校で、余は……学んでいた。そうだ」

ノルガユが頭を押さえた。顔色がやや青く見える。どうやら頭痛に襲われているようだった。こういうとき、ノルガユは錯乱したような言動になることをツァーヴは知っていた。そうなったら役に立たなくなってしまう。

だから、すぐに口を挟むことにする。

「陛下を見てると、オレも自分の手下が欲しくなるなあ――どうっスか、陛下、十人くらいオレにも回してくれません？」

「……許可せぬ」

と、断言したノルガユはいつも通りの顔だった。

「貴様が訓練をつけたという兵たちがいただろう。やつらは絶対に貴様の指揮下では戦いたくないと言っていたぞ」

「うわっ。ひっでえな！」

ツァーヴは笑った。

「戦場で簡単に死なないために、丁寧に教えてあげたのに。おかげでうまくいってるでしょ」

それは事実だ。海路の部隊が遅れている以上、強引に前進することはできないが、夜襲はほぼ完全に防ぎきっているといっていい。第十聖騎士団の噂以上の戦闘力もさることながら、ツァーヴたち懲罰勇者と、その支援部隊もよく戦っている。

フレンシィが率いる南方夜鬼を中心とした騎兵部隊は言うまでもなく、歩兵の動きもなかなか悪くない。嬉しい誤算、というものだろう。

ちょうどいま、渡河を強行した異形《フェアリー》に歩兵隊が襲いかかっているのが見える。『オルド爺《じい》さん』と呼ばれる老人が真っ先に切り込んで、瞬く間に二匹、三匹と斬り捨てる。笑いながら飛び跳ね、バーグエストのような大型の異形《フェアリー》まで斬り殺している。あの老人の腕前は異常なくらいだが、そのおかげで勢いがつく。

そして突出しすぎないように、意外によく兵隊をまとめているのが、マドリツという男だ。どうやら冒険者集団の長としてそれなりに年季を重ねているらしく、指揮も堂に入っている。

「よせ、まだだって！　まだ！　もっと引きつけて……よし！　雷杖部隊、撃ってくれえっ」

粘り強く防ぎ、反撃の機会は見逃さない。冴えたところはないが、こういう持久戦ができる指揮官は貴重だ。堪えきれずに攻めに打って出て、すべてをさっさと終わらせたがるやつは多い。いつ終わるとも知れない現状維持の戦いを繰り返せるのは、得難い才能だとツァーヴは思う。

(掘り出しモノだよな、あれは)

戦場においては、少なくともベネティムやドッタなんかよりはよほど役に立つ。この調子なら、いくらでも持つだろう——攻勢に転じることができない以上、不毛な持久戦にすぎないが。

とにかく、海路部隊の合流が必要だった。ザイロは何をやっているのか。やはり自分が面倒を見てやる必要があるのだろうか、と、ツァーヴがため息をついたときだった。

「——懲罰勇者部隊、二名。ノルガユとツァーヴは、そこにいるな？」

不意に、背後から声が聞こえた。

ツァーヴもこの遠征の間、そろそろ聞きなれてきた声だった。振り返ると、夜目にも鮮やかな赤毛を無造作に伸ばした、大男の姿があった。大股に歩きながら、感情のない鉄のような瞳でこちらを見ている。彼に対しては、ロレッドが背筋を伸ばし、敬礼した。

「ビュークス聖騎士団長。新たなご命令ですか」

ビュークスは答えない。ただ甲冑で雨を弾き、濛々《もうもう》たる水蒸気をあげながら近づいてくる。

「いるなら返事をしろ」

彼が話しかけたのは、ツァーヴとノルガユだった。

「ツァーヴ、お前は持ち場の移動だ。上流側に当たれ。あのタツヤという歩兵が善戦しているが、敵の数が多い」

「忙しいなあ。上流っスか、聖騎士団長閣下」

ツァーヴは軽口を叩き、また一匹の異形《フェアリー》を狙撃しながら笑った。

「閣下自らお出ましなんて、そんなにこの天才ツァーヴくんの腕前をご所望ってことっスかね！」

「私はお前の天才性など知らん。判断するだけの情報がない。が、技量が一定以上の水準にあることは同意する――急ぎ上流へ回れ」

ビュークスは笑いもせず、動揺もせずに告げた。

（ノルガユ陛下とはまた別の意味で、冗談が通じねえ）

思わず苦笑いをしてしまう。やりにくい相手だ、とツァーヴは思う。理屈だけでできているような人間。

「この持ち場はいいのか、ビュークス・ウィンティエ聖騎士団長」

ノルガユは何かを探るようにビュークスを見た。

「ツァーヴが抜ければ、相応に被害が出ると思われるぞ。余の仕掛けだけでは持たぬ」

「理解している。が、大きく破られることはない」

ビュークスはまるで数学の問題でも解答するように応じた。

「死者はせいぜい五十名程度と予測される。それより、上流を押さえる方が先決だ。明日にはそこを抜けて先へ進む。それで、期日までに予定していた行軍距離は確保できるだろう。以上だ」

以上だ、の言い方には反論を許さないような響きがあった。

それが命令なら仕方がない——と、ツァーヴが雷杖を引いたとき、割り込んでくる声があった。

「それは、承服できかねます。閣下、意見を具申させていただきたい」

ロレッドだった。背筋を伸ばしたまま、険しい目つきでビュークスを睨んでいた。

「彼らをここに配置しておけば、損害はゼロにできます。特にツァーヴとノルガユの戦闘力は群を抜いています」

「一考にも値しない」

ビュークスは冷たく言った。彼の挑むような顔を見もせずに続けている。

「被害を抑えても進軍が遅れる。それは許容できない」

「進軍予定を守るために、兵士たちの命を犠牲にするつもりですか」

「そうだ」

「馬鹿げています、そんなことは。上から命じられた行軍距離の数字にこだわるより、いまは犠牲を抑え、万全の状態で――」

「ロレッド・クルデール。そういう名前だったな。お前に聞くぞ。お前はいったい、何のために戦っている」

それは唐突な質問に聞こえた。ロレッドにとってもそうだったのだろう。

「なんです？」

と、訝《いぶか》しげに聞き返した。ビュークスは動ぜず、繰り返す。

「何のために戦っている、と聞いている。答えろ」

「……私は、私の大事な人々のために戦っています。それは家族であり、仲間たちであり、この部隊の兵士たちです」

「そうか。私は違う」

ビュークスは鋼すら切断するような、鋭く感情のこもらない語調で言った。

「人類の勝利のために戦っている。その目的が達成されるなら、命がいくら失われても構わない。よって私は『大事な人々』など持たん」

「それは――」

「そして、私はこの軍の総合的な指揮官であり、人類の中でもっとも戦争に長けている。よって私の方針に従って戦え。進軍予定に遅れれば、さらなる被害が出るからだ」

それは取り付く島もないような言い方だった。ロレッドが呆気にとられている間に、ビュークスは懐中時計を取り出し、文字盤を見た。そしてかすかに首を振る。

「時間を無駄にした。ゆけ、ツァーヴ」

「——はいはい、了解」

と、ツァーヴはそう答えるしかない。皮肉っぽい笑いを浮かべて、敬礼の真似事もした。ビュークスはその応諾の返事を聞きながら、もうツァーヴの方は振り返らない。

「ノルガユ、お前には私の幕舎に来てもらう。現在、我々は聖印技術者を中心に架橋の方法を検討している。あらかた詰め終わってはいるが、瑕疵《かし》や改善点がないとも限らない——よって、お前の意見を聞きたい。どうしても必要だ。いくら死者を積み上げても、ここは万全を期して押し通らねばならない」

「ふむ」

ノルガユは金色の髭を指で撫で、どこか満足そうにうなずいた。

当然だろうな、とツァーヴは思った。ノルガユはよくも悪くも『王様』だ。兵隊の命は戦うためにあると信じている。戦場での死こそ名誉と考えているに違いない。

「よかろう。余が知恵を貸してやる。架橋の手筈《てはず》が整えば、確実に上流を突破できるのだな？」

「九割五分以上の確率で成功するだろう」

「では、ゆこう」

ノルガユはビュークスに続いて歩き出す。その背中を、ロレッドがひどく奇妙な生き物を見るような目で、呆然《ぼうぜん》と眺めていた。ツァーヴは最後に一瞬だけ彼に目を向け、笑いかけた。

「慣れないとキツイっスよね？　こういう無茶苦茶な感じの人たちと、オレは普段から付き合いがあるんで――すみませんね、将軍閣下」

　雨はまだ、数日は続くだろう。

　この川を渡ったとしても、その先にはヴァリガーヒ海峡の北岸がある。

　そこを魔王現象が押さえている限り、合流することは難しい――予定されていた海上輸送されるべき物資も届かない。すべては、海峡の攻略にかかっている。

（まあ、ザイロ兄貴なら）

　ツァーヴは楽天的になろうとした。

（ニーリィ姐《ねえ》さんやジェイスさんだっているし、どうにでもなるだろ）

　あの二人と一翼が敗北するところなど、ツァーヴには想像できない。ジェイスとニーリィ、そしてザイロが負けるなんて、どんなヘマをしたらそうなるだろうか。

（もし、負けてひどい目に遭ってたら……）

　自分はきっと耐ええられず、大笑いしてしまうだろう。

◆

　トヴィッツ・ヒューカーが、妙なことに熱中している。

　ブージャムから見れば、そうとしか表現できない。

　ブロック・ヌメア要塞、と呼ばれているヴァリガーヒ北岸の要塞である。冬の終わり際からそこにこもって以来、トヴィッツの行動は理解しがたくなってきた。

(わからんな)

自分が魔王現象であり、人間について無知であることを差し引いても、ブージャムにとってそれは不可解な行動に思えた。

異形《フェアリー》を集めて、文字を教えている。とはいっても、ほとんどはその概念さえ理解できていない。読み書きができるくらいに知能が高い個体もいるが、ごく稀《まれ》だ。そういう個体は体が小さく、戦闘能力に劣るため、いままで共食いの対象になってきた。

ブージャムが知る限り、それは異形《フェアリー》どもの摂理のようなものだ。

だが、トヴィッツは違った。読み書きができる個体を見つけると、彼は嬉々としてさらに別の課題を課した。

武器を使わせる、ということだ。さらに武器の扱いを覚えると、今度は『じっとしていること』を強要する。一日でも二日でも、ひたすらその場所を動かない。虐待のようなものだ、と思って、ブージャムは彼に忠告することにした。

「あまりにも礼節に欠ける行為ではないだろうか」

トヴィッツの自室だった。ブロック・ヌメア要塞の片隅の物置を、彼はすっかり改装して、人間の居心地のいいように整えていた。

だが、その部屋の主であるトヴィッツは、ひどく痩せているようだった。顔色もよくない。よほどの疲労が重なっているように思える。それでも、どこか楽しそうではあった。むしろその上機嫌な様子が、どこか見ている側の癇《かん》に障るところがあり、ブージャムもつい言葉が厳しくなる。

「トヴィッツ、忠告する。お前の行いは、あの異形《フェアリー》たちに対する虐待だ。それとも、やつらは何かの罪を犯したのか？　あれは刑務に等しいだろう」

「刑務なんて、そんなつもりはありませんよ」

トヴィッツは顔も上げずに応じた。うずたかく積まれた書物の山に、ひたすらなにかを書き加えている。机の上には大きな地図が——北部の地図が、広がっていた。

「我々の勝利のために、必要なことをやっているんです」

「必要か。あんなことが？　読み書きに、武器を持った戦闘。そして忍耐させる」

「はい。それに壁を上ったり、地面を這ったりする訓練も」

「俺にはわからない。なにが目的だ？」

「ぼくはユトブ方面７１１０部隊を増強したいんです。できれば、三百名まで増やしたい」

ユトブ方面７１１０部隊。ブージャムも知っている。突然変異的に高い知性を持った異形《フェアリー》によって構成される、特別な集団だ。この冬の、第一王都での攻防で六名にまで減っている。

「いまの六名は中核です。各自が五十ほどずつ率いて、得意分野を異にする部隊が六つ。合わせて三百になる。それだけいれば、それなりのことができます」

「それなり、とは？」

「すぐにわかります。先行して鍛えた一部隊を、次の作戦に投入する予定なので」

「この砦を、守るためか？」

ブージャムには、それは難しいように思えた。

たしかに海辺にあるこの要塞は難攻不落であり、魔王現象もブージャム以外に二柱が駐留している。しかし人類の数は多く、《女神》がいることで採れる戦術も多彩だ。

「難しいぞ。ブリギッドは強力だが、手の内は割れている。向こうも対策をしているだろう。一方でデアドラは――あれは、まだ安定には程遠い状態にある。苦しんでいる」

「デアドラの様子は、まだ不調ですか？」

「昨晩などは、自らの右腕で喉を掻きむしっていた。危うく自分の腕に殺されるところだったと苦情を述べている。より正確には、あれは泣いていたな」

「なるほど。さすが大地の《女神》の右腕。かなり攻撃的な《女神》だったと伝わっていますし、魔王現象に対する拒絶反応かもしれませんね」

デアドラ、と呼ばれる魔王現象には、《女神》の右腕を移植させた。

人間たちが聖女と呼ばれる存在を作り出したのと、まったく同じことだ。あれは魔王現象でも同じことができる。少なくとも、魔王現象アバドンはそう確信していた。

第二王都の攻防の際に、奪い取った二柱の《女神》の遺骸――その片方、大地の《女神》の肉体をデアドラに移植し、残る一柱はいまだ保管してある。デアドラへの移植は一種の試験だったが、ある程度はうまくいったように見える。

少なくとも、その力自体は問題なく使うことができることはわかった。大地の《女神》の力――すなわち、地形を召喚する権能だ。これを使って海に岩礁を呼び出し、敵の軍艦を近寄らせないという試みは、おおむね成功したといっていい。

ただ、副作用もあった。眠るとき、あるいは召喚能力を行使したとき、《女神》の腕はデアドラ自身を傷つけ、殺そうとする。そのためにデアドラはひどく苦しんでいた。

「デアドラはひどい寂しがり屋だ。寝るときには傍《そば》に異形《フェアリー》どもを侍《はべ》らせる。そいつらを、うなされたときなどには殺したりもする」

「まあ、徐々に馴らしていくしかないでしょう。いまはまだ、消極的な運用ですが、いずれもっと大きな仕事をしてもらう必要があります」

トヴィッツは何かを紙に書きつけながら、傍らの杯に手を伸ばす。それはとっくに冷えた茶で、かすかに顔をしかめた。

「それに、ぼくたちはこのブロック・ヌメア要塞をずっと維持するつもりはありません」

トヴィッツは卓上の地図に筆を走らせる。数字を書き込む。あれは日付だろうか。何かの予定を記しているようでもある。

「この要塞はいずれ捨てます。ここは決戦の場所ではない。もちろん、簡単に放棄していいわけでもありませんが――」

トヴィッツの筆が北へ延びる。それは撤退路だろうか――違う。書き込まれるのを見ていればわかってくる。どうやら敵の進軍予想路と、各地点までの到達予想時間であるらしかった。

「互いに戦力を削り合い、計り合う。こちらの切り札は隠し、相手の限界を見定める。いま、どれだけそれを成し得たかによって、決戦の結果が変わってきます」

「……ユトブ方面7110部隊が、その切り札になるのか？」

ブージャムは首を傾げる。

「やつらに何をやらせるつもりだ？」

「正確には切り札ではなく、切り札を通すために邪魔なものを排除する役目です」

ブージャムにはよくわからないことを言って、トヴィッツはそこで顔を上げた。

「そして、どうも他人事《ひとごと》のように話していますが、ブージャム。あなたにも頑張ってもらう必要があるんですよ」

「当然、俺は死力を尽くすつもりだ。我が『王』のために」

「頼もしい発言ですが、そういうことではなく」

トヴィッツが苦笑する。

「ユトブ方面7110部隊は、あなたに率いてもらうんですよ」

「……俺が、か？」

「ちょうどいい機会です。今回の、この北岸での攻防について、ぼくが考えていることを説明しておきましょう。ブージャム、あなたにどんな役割を担ってもらいたいのかも含めて」

なんだか、妙なことを押し付けられようとしている。

ブージャムは改めてこの人間に、言いようのない嫌悪感を覚えた。

刑罰：ゼハイ・ダーエ岩礁城砦脱出 1

北の海岸線に、炎の帯が見えていた。

煌々《こうこう》と輝く灯火が連なり、そのような光景を形作っている。

ヴァリガーヒ海峡の北岸、魔王現象たちによって制圧されている地帯だった。この状況を知らない者の目には、幻想的な光景と映るかもしれない。

グィオ・ダン・キルバは、艦長室の小さな窓から一人、それを眺めていた。

(厄介なことになったな)

と、結論づけるしかない。ヴァリガーヒ海峡北岸には、異形《フェアリー》どもの拠点が存在している。

ブロック・ヌメア要塞という。

かつては人類が築いた要塞だったが、いまはそこに魔王現象が居座って、異形《フェアリー》どもの巣になっている。それも複数――少なくとも二体はいると見ていい。グィオはそう判断していた。いずれも強力な個体で、上陸を試みた部隊が壊滅したほどだ。

(一体は、巨大な獣。巨大な炎の鞭のようなもので、偵察に放った船が燃えた。間違いなく魔王現象十二号……『ブリギッド』だ。こちらは、よく知っている)

長らくヴァリガーヒ海峡の北岸を支配し、人類の遠征軍を寄せ付けなかった。紛れもなく連合王国史上、最悪の魔王現象の一柱と呼んでいいだろう。その悪名は『アバドン』や『タオ・ウー』といった魔王現象と並ぶ。

（さすがに、強い。兵器の射程にも入ってこない……奇襲が必要だ。手を考えなければ）

報告書を見つめる。これだけでも深刻な脅威だが、それに加えてもう一体。

（……二体目は、さらに問題だ）

ほとんど情報はない。だが、人型の魔王現象であり、迂回して上陸しようとした船がことごとく座礁したという。浅瀬の岩礁に引っかかったと言うが、それは不可解な状況だった。ヴァリガーヒ海峡北岸の海底の地形は、調べ上げておいたはずだ。

これでは慎重にならざるを得ない。ブロック・ヌメア要塞そのものではなく、接近可能な周辺の制圧から始める必要が出てきていた。おかげで攻略は遅々として進まない。

また、こちら側の貴族連合の動きが鈍いことも問題だ。特に、ガルトゥイル総帥のマルコラス・エスゲイン。あの男の決定により、『聖女』とその部隊による支援も当面は望めない。

エスゲインに言わせれば、

「聖女といえど、もともとは民間人であり、我々の都合により偶像として仕立て上げられた。そうである以上、まず我々軍人が積極的に血を流さずしてどうする」

ということらしい。

（『我々軍人』とはな）

よくもそんなことを言えたものだ。当のエスゲインと、その子飼いの部隊に血を流す覚悟がないというのに——おかげで完全に聖骸旅団は予備隊扱いだ。

結局、正攻法での攻略を試すしかない状況だった。

補給線を守り、海上に進出してくる敵戦力を叩きながら、上陸を試みる。敵の守りを削る。

（この手の持久戦は、得意分野ではあるが）

腰を据えての戦いは望むところだった。

おそらく連合王国において、この手の戦闘に最も長けているのは自分だろう、という自負はある。特に海上で、同数の戦力を率いた戦であれば、ビュークス・ウィンティエにも負けはしない。

ただ、この状況における問題が一つ。

『……いいですかね、グィオ団長。こいつはなかなか面倒ですよ』

通信盤から声が聞こえる。相手はリュフェン・カウロン——同じ聖騎士団長の肩書を持つ、いわば同僚だ。第六聖騎士団を率い、連合王国における兵站機構の大半を差配する、怪物的な軍人と言っていい。やや規則を軽視する面はあるが、ザイロやビュークスといった団長に比べれば、はるかにマシだろう。

『このままだと、もってあと三日ぐらいじゃないですかね？　長期戦は無理がありますよ』

「……補給物資の面では、問題ないと認識している……きみの編成した、兵站部隊はうまくやっている。一か月でも海上に展開できるだろう。他の問題があるのか？」

この試算に、そう間違いはないはずだ。そう答えると、リュフェンは通信盤の向こうでため息をついたようだった。

『そりゃ何がなんでも物資は送りますけど――問題は士気の低下ですね。いくら食料や物資を充実させても、海の上での持久戦ですから。耐えられるのはグィオ団長の麾下《きか》だけですよ。貴族連合と方面軍は無理でしょう』

「……そうだな」

その点であれば、グィオにも理解できる。実際、それを心配してもいた。自分の手勢が無事でも、その他が崩れてしまえば沿岸部の包囲は瓦解する。

「何か手はあるだろうか、リュフェン団長。このまま隙を見せさえしなければ、削り切れると判断しているが。エスゲインの統率する貴族連合に問題が発生すれば、犠牲が大きい」

『ええと……それなら、もう数日くらいは、引き延ばす工夫はありますがね。いいですか？』

「内容を聞こう。お前の意見なら、だいたいの要望は受け入れる用意がある」

『そいつはどうも。買いかぶり、ありがとうございます』

リュフェンの声には、どこか投げやりな笑いが含まれていた。この自嘲癖さえなければ、とグィオは思う。もう少し付き合いやすい人間であっただろうに。ザイロと仲がよかったのも、そういう部分が共鳴していたのかもしれない。

――という考えがリュフェンに伝わるはずもなく、彼はそのまま続けている。

『こちらで、娯楽船を進発させてます』

「それは？」

『デカい酒保みたいな船です。いま、陸の方じゃあ春冠祭の時期ですからね。花籠をたくさん積んでいきますよ』

春冠祭、というのは、この時節にやる祭りの一種だった。

厳しい冬がその玉座を去り、春が戴冠するという意味を持つ祭礼である。「花籠」と称される春の草木で編み、花で飾りつけた籠に、酒や菓子を入れて配るという習慣があった。

『ついでに賭場やら、娼館《しょうかん》やらもくっついてるんで、そこだけ許可ください』

グィオは沈黙した。何もそれは、彼の中の倫理観によるものではない。

酒保はいいし、春冠祭もいい。しかし、賭場と娼館は少し迷う。グィオはどちらも嫌いだったし、そうした要素は、兵士たちの間のいさかいに発展することもある。それに、所詮は閉鎖的な海の上での娯楽——持久戦の最中だ。どこまで効果があるだろうか？

「……リュフェン聖騎士団長。その案で持ち直す見込みが、あるんだな？」

『そこのところは、まあ、宣伝と演出の工夫ですかね。鼻先につるしたニンジンくらいの役には立つでしょ。俺も精一杯、立派なニンジンに見えるようにがんばりますんで……』

「わかった」

リュフェン・カウロンがそう言うのならば、おそらく、それ以上の案は存在しない。他にも様々な手を検討した結果なのだろう。

「やってみてくれ」

『もう十日間くらいは、士気を持たせてやりますよ……たぶんね。それまでに、落とせるといいんですが。北岸、大変なんですか？』

「優勢だが、あと一手が足りないという状況だ――陸路のビュークスたちはまだ足止めを？」

『ですね。山塊から荒野に展開しましたが、なかなか。……でも、遊撃隊ってことだったら』

リュフェンはそこで、どことなく投《な》げ遣《や》りな口調で言った。

強いてそのように言おうとしているようだった。

『懲罰勇者部隊を使ってみるってのはどうです？《女神》様に加えて、最強の竜騎兵までいるって話じゃないですか』

「……いや。その竜騎兵も含めて、やつらの半分は行方不明だ」

そう告げたとき、リュフェンからの答えはなかった。仕方がないので、続けて言う。

「どうやら、海賊に捕まったらしい」

『かっ……か、海賊？』

それからリュフェンは、弾けるように笑った。笑いごとではないだろうと思ったが、投げ遣りな口調は消えている。心の底からの笑いだった。

『そいつは笑えますね！　すごいな。何やってんだ、あいつ』

「笑いごとではない」

『……はい。ですよね、すみません』

咎めると、明らかに委縮して謝罪する。滑稽でさえある。こういうところがザイロ・フォルバーツとの違いなのだろう。

「私の配下も捜索しているが、まだ行方は摑めない。首輪代わりの聖印の反応も途絶えた」

対岸の安全が確保できていない以上、仮に第十二聖騎士団が動いていたとしても接近することさえ困難だろう。彼らはおそらく実在するのだろうが、明らかに戦闘は専門外だ。

「海賊どもは『ゼハイ・ダーエ』という一団で、かなり厄介な海賊だ」

『え。それは、数が多いっていう意味で？』

「数も多いが、連中を率いている者が問題だ」

グィオの声は、いつも以上に陰鬱なものになった。自覚できるほどだ。

「旧キーオの王家の末裔《まつえい》が、彼らを率いている。スアン・ファル・キルバという名の女だ」

『え。それって』

当然、気づかれるだろうと思っていた。その通りだ。グィオ・ダン・キルバにとっては、縁が浅いとは言えない名前だった。

「私の従妹だ。私よりもあの女の方が王位に近く、キーオの反連合王国主義者――つまり王統派の旗頭となった。その王統派の残党が、ゼハイ・ダーエだ」

『そいつは、また』

リュフェンは言葉を選んでいる節があった。彼らしい、と思う。

『その……姫君の説得とか、できないんです？　妥協できるところを探ったり……』

「いまさら和解は不可能だと私は考える。リスクが大きすぎるからだ。旧キーオの王党派には指名手配がかけられている。事実、脅威と思えるだけの理由はある」

『わかんないですね……そんなに危険なんですか、グィオ団長の従妹どのは？』

「……理由は、聖痕だ。スアン・ファル・キルバは……」

グィオはわずかに逡巡した。本来なら、この情報を提供するのは避けるべきかもしれない。キーオの王族には、この聖痕を持って生まれる者が多かった。キーオの独立を支えていた力の一つでもあり、重大な機密でもあった。

ただ、スアンが手勢を率い、積極的に軍の船を攻撃し始めたとなれば話は別だ。

「スアンは特異な聖痕の持ち主だった。『密約』の聖痕という。言葉によって交わした契約を遵守させる。そのことを知らずに接触すれば被害が大きくなる可能性がある」

『……なるほど』

「同時に、彼女はキーオ王家の後継者の印をも保有している。聖炉、タウラウ・ユム」

そのように呼ばれている道具だ。古い時代に作られて、いまなおその機能を保ったまま継承されている。ゼフ＝ゼイアル王家の三つの秘宝や、メト王家の聖衣と同じ種類のものだ。

「タウラウ・ユムの聖炉は、大規模な霧を発生させる。姿を隠し、あらゆる探索や通信の聖印を阻害する霧だ。魔王現象どもでさえ、この霧の中では迷うという。この炉の力で、やつらはヴァリガーヒ海峡の北岸に潜伏し続けてきた」

聖痕に、聖炉。二つの要素が、彼女が率いる海賊団を極めて厄介な性質のものにしている。

「私の部下たちも捕縛されたとみていい。いま、ザイロ・フォルバーツを含めた懲罰勇者どもの死亡処理を執行するべきかどうか悩んでいる。《女神》テオリッタがいる以上、慎重にならざるを得ないが……聖炉の効果によって、やつらの位置を捕捉することも困難だ」

『なるほど。面倒ですね……でもまあ、そういうことなら』

リュフェンはなぜか、ひどく明るい声をあげた。

『問題ないでしょう。たぶん』

「……どういう意味だ？」

『ザイロ・フォルバーツと、あの懲罰部隊どもを甘く見てますよ』

リュフェンの声は、先ほどまで自分の意見を口にする以上に自信に満ちていた。

『俺はゼハイ・ダーエの海賊団に同情しますね。絶対、ひどいことになる』

グィオが何も答えられなくなるほど、それは確信に近い物言いだった。

◆

海賊、ゼハイ・ダーエの一団の根城は、入り組んだ島々の一つに存在している。

かつては、キーオ王国が使っていた砦の一つだったのだろう。

ヴァリガーヒ海峡の北岸に近く、複雑な海流と岩礁に護《まも》られた砦。そう簡単には海の異形《フェアリー》も侵入できない。見つけることさえ不可能だろう。常に立ち込める霧が、その島を守っていた。

トゥゴ・チエウ・マティクにとって、そこは小さな王国だった。ただの賊ではない、という意思が全員の胸にある。そこには明確な規律があり、法がある。非戦闘員はいない。生きる糧の調達のために農耕もやる。ただ、有事には全員が戦闘を行えるように鍛え上げている。

それがトゥゴの生きがいのようなものだ。整えられた規律がもたらす緊張感が好きだ。その中で生きていたい。それは東方キーオの軍人であった頃から変わらない。

しかし、その規律が、今日はどうも緩みがちではあった。

（昼から酒盛りか。略奪を終えた日だ。許容してはいるが――）

中庭で、酒を酌み交わしている者たちがいつもより多い。笑い声もよく響いている。その理由もわかってはいた。

「トゥゴ司令！」

と、中庭を歩くトゥゴに声をかけてきた者がいる。まだ若い男で、その立場は将校といっていいだろう。彼はトゥゴの直属の一人であり、海戦の際には船を一つ指揮する立場にある。

「《女神》を捕らえたというのは、本当ですか？　出撃した者から聞きました」

「ああ――」

トゥゴは少し迷ったが、その迷いを顔には出さない。

「捕らえた。ここからは姫様が直々に交渉にあたる」

「ついに……！」

ぐっ、と、彼は唇を噛んだ。

「やりましたね。姫君のお力ならば、連合王国と交渉ができる……！」

「どうかな。それは、姫君がお考えになることだ」

「いずれにしても、賊の真似事は終わりですよね」

若い将校は、拳を握っていた。その顔はひどく明るい。

「これで外に出ていけます。息を潜めている必要もなくなるんでしょう?」

「苦労をかけてるな。姫様もお前たちを案じてらっしゃるよ」

そう、案じている。その部分は嘘ではない。

「大手を振って、島に帰れるのが一番なんだがな」

「いえ。俺たちはただ……霧の外に出られるだけでも嬉しいんですよ。みんなそうです」

もともと、ここにいる海賊たちは、キーオ王国の兵士たちだった。略奪行為を喜んでいる者は多くない。いつかは日の当たる場所に戻れる。その希望があるからこそ、規律を守ることができた。

(いまさら、言えるもんかよ。その可能性はほとんどないってな)

《女神》を捕らえたとしても、それは変わらないだろう――というより、余計に連合王国との関係が悪化する可能性は高かった。

その話をするために、トゥゴは彼女の下に向かっていた。いまは部下の将校の肩を叩き、希望を抱かせておくしかない。

「まあ、少し待っとけ」

それだけ言って、トゥゴは足を速める。中庭を横切り、北端に聳《そび》える尖塔《せんとう》へ向かう。

目指しているのは、その尖塔の最上階にある部屋だ。天守の間と呼ばれている。あまり居心地はよくないだろう。この尖塔自体、いつでもどこか寒々しい。滑らかな石造りの壁は堅牢《けんろう》だが、あらゆる温度を吸い取ってしまうように思える。

（こんな部屋が、かつての王族の姫君の自室とはね）

トゥゴはこの部屋の主である、数奇な女の運命を思う。彼女がいなければゼハイ・ダーエの一党はとっくに瓦解していただろう。

赤毛を三つ編みにした女――スアン・ファル・キルバ。彼らにとっての姫君だ。

トゥゴが足を踏み入れたとき、彼女は窓辺の椅子に腰かけ、東の海を見つめていた。そこから昇る朝焼けの光も、この一帯に立ち込める霧に遮られ、おぼろげなものでしかない。おかげでスアンの横顔にはいっそ神秘的な陰影がある。

「姫」

トゥゴは彼女の横顔に声をかけた。

「捕虜の収容と、戦利品の回収が終わりました」

「……承知しました」

スアンは眉間に皺を寄せていた。冷淡な表情は取り去られ、そこにあるのは焦燥だろう。

「では、引き続き警戒してください」

「牢に入りきらなかったんで、捕虜はある程度、分割して監禁していますよ」

「それも承知しています。余計な報告はいりません」

「そいつは失礼。じゃ、追っ手に備えた索敵態勢ですが、いかがです？　グィオの船団はきっと探していますぜ」

「心配には及びません。タウラウ・ユムの霧が私たちを守っています」

スアンは小さなテーブルを指し示す。その上には小さな香炉がある。キーオ王家に伝わる聖なる香炉——タウラウ・ユム、という。うっすらと白い霧が立ち上っている。それはこの岩礁一帯を覆い隠し、敵を迷わせる霧として機能する。

いまではもう忘れられ、再現も不可能な聖印が、その内側に刻まれているという。これを使えるのは王家の血統であるスアンだけだ。この聖なる炉が、いままで彼らを守ってきた。

「では、姫、あとは……そう、本日の食事の予定ですが——」

「トゥゴ」

スアンの声に鋭さが混じる。

「いい加減にして。さっさと本題に入ってくれる？　時間が惜しいから！」

叱責。その表情はもはや『姫』として期待されているものではない。本来のスアンだった。

これが、幼い頃から護衛を務めてきた、トゥゴの知っているスアンの最大の資質だった。演技の才能。人前で表情を崩さず、その場に応じて臨機応変の台詞を考え出す。海賊の頭領として自身の身を守り、そして統率する。

それができてしまう、ということが、スアンの悲劇的な——あるいは喜劇的な運命の原因だ。

「捕虜の話をしたんだから、そのままアレの話をすればいいでしょう？」

「アレ、と言いますと？」

「……《女神》！　《女神》テオリッタよ。口にするのも憂鬱……！」

スアンは堰《せき》を切ったように、一気に喋り出す。

「どういうこと？　偶然に拿捕《だほ》した船に、《女神》が乗り合わせてるなんて。普通、思わないでしょうよ。最前線で孤立した船に《女神》が乗ってるとか……なんなの？　連合王国軍は。もっと安全な戦艦に乗せてあげなさいよ！」

「魔王現象と交戦している連合王国の船を襲撃する。その案はよかったんですけどね」

最大の敵である魔王現象と戦っている以上、彼にこちらを本格的に討伐する余裕はないだろう。そう踏んでの作戦だった。うまくいけば、貴族の捕虜が手に入るかもしれない。そうすれば身代金も期待できるはず――と、考えたのだが。

手に入ったのが《女神》では、状況が不透明になってくる。

「まさか、偶然《女神》を捕らえるなんて。どれだけ運が悪いわけ？」

「運がいいかもしれませんよ。みんな喜んでます。これで連合王国と交渉できる、とかね」

「交渉！　馬鹿なこと言わないで……！」

スアンはテーブルを拳で叩いた。本当に腹が立つ。

《女神》の命を盾にするって……《女神》は殺せるの？　どんな方法で？　トゥゴ、知ってる？」

「無茶言わないでくださいよ。たとえば鉛の鎖で体を縛ったうえで、一千の罪人の血を吸った槍で心臓を貫けば殺せる――とかって昔話を聞いたことがありますが」

どうも眉唾ものの話だ。実際に試した者がいるとも思えない。ただ一人の例外がいるとしたら。

「連合王国には、《女神殺し》の男がいるって話ですけどね」

「そいつに聞けって？　無理でしょ！　そもそも《女神》を使った脅迫なんて意味がない！」

誘拐と脅迫というのは、極めて繊細な交渉手段だ。常に主導権を握り続けながら、適切なところで人質を解放――あるいは処分して、最終的な利益を得る必要がある。

「金をもらって退散すればいい誘拐犯とは違うんだから！　《女神》を人質にとって、私たちへの指名手配を撤回させて、その後どうするの？　人質を返したら最後、どんな目に遭うかわからないと思わない？　ずっと《女神》を人質にしておけってわけ？　それも無理でしょ！」

もっと単純に、どこかの貴族の子息であればよかった。身代金で解決するような立場であってくれさえすれば、これほどの問題にはなっていない。

「ですがね、みんな《女神》を捕まえて盛り上がってますよ。姫の聖痕を当てにしてます。連合王国を相手に『約束』さえ結んじまえば、こっちのものだって」

「……無理よ。それは……！　私の聖痕が作用するのは、個々人に対してだけ。直接に約束を交わしていない第三者には、通用しない」

スアンの聖痕は強力な支配力を持つが、それが有効なのは直接に約束を交わした者のみだ。たとえばガルトゥイルや、連合王国の行政室と書面で約束したとしても、意味を持つのは書面を書いた当事者だけでしかない。

「それに、厳密な規定も必要。私は、私自身に関することでしか聖痕を使ったことがない」

たとえば彼女が降服する相手と結ぶ約束では、『私に危害を加えないこと』という言い方をする。

『我々』や『ゼハイ・ダーエの海賊団』などという括《くく》りは曖昧すぎるためだ。相手が人間であれば

『我々』の範疇《はんちゅう》に含まれることもあるし、相手が『ゼハイ・ダーエ』を一方的に名乗ってしまえば、相互に手出しのできない状況が生まれることになる。

だから、聖痕を使うときはいっそう慎重になる必要がある。しかし――

「申し訳ないんですが、みんなはそう思ってませんよ。姫の聖痕は無敵だって信じてます。国家にも組織にも有効なんだってね」

「……ええ。それはそうでしょうね」

スアンは絞り出すようにそう言った。うなずき、うつむく。

「私がそういう風に振る舞ってきたんだもの……！」

自分の聖痕には、そうした無敵の力がある。連合王国の行政室と、書面を交わせるような取引の材料さえあれば――いつかきっと、スアンの聖痕の力で指名手配を取り消し、かつてのように安全で平和な生活ができる。そう信じさせてきた。

「ねえ。どうすればいい、トゥゴ？」

「おれに意見を求められても困りますぜ。なにしろおれは軍人だ。……でも、その顔はみんなの前ではやめた方がいいでしょうね。『姫』ってのはいつも神秘的で、超然としてないと」

「……わかっています」

スアンの声に冷淡さが戻った。そのまま目を閉じ、口の中でなにかを呟く。独り言と瞑目《めいもく》は考えるときの彼女の癖のようなものだ。自分で自分と会話を繰り返す。

「《女神》……ああ。《女神》が相手よ。バカバカしい。だから、そう……方法は一つしかない」

再び顔を上げたときには、なぜか笑顔だった。かすかな自嘲と、半ば自暴自棄にも似た激しさを含んだような笑み。トゥゴはなんとなく嫌な予感がした。

「どうせ賭けるなら、大きく張らなきゃね」

「あの。姫？　何か思いつかれましたかい？」

「ええ」

目が据わっている。ゼハイ・ダーエの頭領になるときも、この目をしていた。

「あの《女神》と約束を交わす。きっと私の聖痕は、《女神》にも通じる」

人間以外にも効果が及ぶことは確認している。樹鬼にさえ通じたのだから、一定以上の知能があって意思疎通さえできれば有効なのだろう。さすがに異形《フェアリー》には試していないが。

「たしかに、聖痕は有効かもしれませんが。どんな約束をするんです？」

「私を新たな聖騎士にしてもらう」

今度はトゥゴが沈黙する番だった。あまりにも突拍子はないが――聖騎士。たしかに、あり得ない話ではない。スアンの聖痕ならば、条件次第でそれができる。

「《女神》が相手なら脅迫も有効。聖騎士になれば、連合王国も簡単には手出しできない。そうして魔王現象と戦う中で、行政室と取り引きする。少しずつ、約束する相手を増やしていく」

行政室の中枢に存在する、一定以上の人間と約束を交わすことに成功すれば、連合王国でも簡単には手を出せないだろう。時間も稼げる。

「そうすれば……連合王国に、キーオ諸島連合の自治領を認めさせることも、できるかもしれない」

スアンは顔を上げ、鳶色《とびいろ》の瞳でトゥゴを見た。キーオ王朝を成立させた、初代王もそのような瞳の色であったと言われている。

「キーオ自治領の復活。それがみんなの願いだったでしょ？　トゥゴ、あなたも」

トゥゴは何も言えなかった。その通りだからだ。

スアンを旗頭とすると決めて、王統派は彼女に対して懇願した。正統なるキーオの王家を保つためにその力を振るってほしい。自分たちは手足として戦う——と。すべて本当のことだった。

「キーオの宮殿を脱出するときに。必ずキーオの所領を復活させる……私がいれば可能性はある。そのためなら、いかなる犠牲も支払う覚悟があるって、あなたは言った。違う？」

「……いいえ。その通りです」

まったくその通りだ。

「約束しましたからね。ついていきますよ、姫」

「私はこれから《女神》と交渉する。契約者であるあの女も、一緒に呼んできて」

あの女。《女神》を守るように剣を構えていた、あの長身の女が、契約を結んだ聖騎士と見て間違いない。明らかに他の連中とは顔つきが違った。当然、彼女は個別の牢に入れてある。

「いままでだってずっとそうしてきた。どんな手を使ってでも、乗り切ってやるわ……！」

◆

俺たちが連行された海賊どもが根城とする島は、複雑な岩礁地帯の只中に存在していた。

城門には、大きな蛇の浮彫が刻んである。海賊どもが掲げている旗と同じ、赤い蛇の印だ。

俺はそいつに見覚えがあった。このゼフ＝ゼイアル・メト・キーオ連合王国が成立するよりずっと前に、東方キーオ諸島を束ねていた王族の紋章だったはずだ。たしか、『ゼハイ・ダーエ』と呼ばれる王族の守護獣。

そんなものを旗印にしているということは、こいつらはつまり、あれか——旧キーオ王国の王統派ってやつか。連合王国が成立するにあたって、キーオ諸島にはそういう連中がいた。

ゼフ＝ゼイアル王国との統合——というか合併をよしとせず、キーオ王国の独立を維持しようとした一派だ。少なくとも、『同盟』という形で国家を保とうとした。やつらの言いたいことはわからなくもない。

丸ごと併合されてしまったメト王家や西方諸王連邦は、見るも無残に解体されてしまったからだ。南部の豪族たちに至ってはいまや跡形もない。かろうじて夜鬼の一族が独立民族としての体裁を保っているぐらいだ。

だが、キーオ王統派の奮闘は、結果としてはうまくいかなかった。

それはそうだ。ゼフ＝ゼイアルはその手の政治闘争に長けていた。キーオの有力氏族を懐柔し、一方で王統派には武器を横流しして武装蜂起を焚《た》きつける。最終的に王統派は反乱を起こそうとして失敗、そのまま散り散りになっていまに至っている。

その王統派の旗印が、この紋章の赤い蛇。

嵐を食らい、太陽を従える守護獣、『ゼハイ・ダーエ』というわけだった。

「――なるほど、彼らは連合王国という制度に反対する人々なんだね」

俺が軽く説明してやると、ライノーは初めて聞いたような顔で言った。

「それは困ったな。人類はいまこそ一丸となるべき状況なのに」

憂鬱な顔でため息をつく。なんとなく大げさでわざとらしいが、案外それが一種の本音なのかもしれない、と最近は思う。そうだとしても得体の知れない男だ。

とはいえ、俺にはライノーと話すぐらいしか暇の潰しようがない。いま、この部屋にはこいつしかいないからだ。

俺たちがぶち込まれたのは、もともとは使用人か何かが使っていた部屋なのだろう。多少の改造が施されているようで、特に窓なんかは木で打ちつけられて塞がれていた。

これだけ小さな城砦だと、牢獄は俺たち全員を捕らえておくのに手狭すぎるのだろう。同じ船に乗っていたグィオの部下たちと、テオリッタやパトーシェがどこにいるのだろうか。それはわからないが、何組かに分けて隔離されていることは予想できた。

特にテオリッタと、その従者と見なされたパトーシェは特別扱いだろう。あの赤毛の三つ編みの『姫』がいかにも丁重な態度で連れていった。

――そういう状況だったので、俺がまず手始めにやったことは、部屋の隅にある寝台でぐっすりと眠ることだった。

こんな機会はそうそうない。むしろ普段、地下牢や寝袋や藁《わら》で寝ている身としては、まるで高級な旅館に泊まりに来たようなものだ。寝ている間はライノーもさすがに話しかけてこなかった――おかげで目が覚めたときは、すっかり朝になっていた。

「しかし、ひどい霧だな。夜はもう明けてるはずなんだが」

俺は窓から外を見る。深く白い霧が、あたりを閉ざしている。あの海域に立ち込めていた霧は、いまはこの城砦を中心に発生しているように思う。

とすると、やはりなにかの仕掛けがあるのだろう。このヴァリガーヒ海峡の北岸で、魔王現象の脅威に晒されずに活動ができていた、海賊どもの秘密。おそらくこの霧が、なんらかの迷彩効果を発揮しているのではないか。あのとき、通信用の聖印も雑音が混じりがちだった。

「この霧では、味方の軍勢が僕らを見つけることは難しそうだね」

と、ライノーは呑気に言った。

「いまごろ僕らは行方不明扱いじゃないかな?」

「見つけてくれなくてよかったぜ。おかげで、久しぶりによく眠れた。あとは朝飯が出てくれば文句ないんだけどな」

俺は欠伸をしながら、自分の身に着けているものを確認する。ナイフの類はさすがに没収されている。火打ち石などの野営具も同様だが、調味液を入れた瓶まで没収されたのは痛手だった。あれだけはなんとか取り戻したい。

ひとしきり探ってから、ライノーを振り返る。

「ライノー、何か聞いてないか？　朝飯のメニューとか、いつ出てくるかとか。あと、散歩とか運動の時間とか」

「散歩と運動はわからないけど、朝食はヒヅリ魚《うお》のシチューだよ。黒パンもあるそうだ」

冗談のつもりだったが、予想外の答えが返ってきた。

「おい、本気か？　待遇がよすぎるぞ」

「いまのところ、僕らには利用価値があると考えているらしい。どうやら《女神》テオリッタを人質にして、連合王国と取り引きをするつもりのようだ。彼らも長い海賊暮らしで鬱屈してはいるけれど、その反動として、この計画に懸ける士気は高そうだね」

「やけに詳しいな、おい。まさかここの海賊の一味だったことがあるのか？」

「うん？　違うよ。外で巡回してる見張りの人に色々と話しかけてね、彼らの財務状況や兵力や士気がだいたいわかってきた」

「え」

俺は耳を疑った。

「なんつった？　お前まさか一晩中そうやって、見張りを相手にして延々と話しかけてたわけじゃないよな」

「あれ。よくなかったかな？」

ライノーは首を傾げた。ついでに眉も傾いている。本気で困惑しているようだった。

「明け方くらいから、こっちの方には巡回に来なくなってしまったんだけど……もしかして悪いことをしたかな？」

「……いや。むしろ、よくやった。なぜか気分的に、お前をあんまり褒めたくないけど……」

「それは、いいことをしたってことかな？　何か役に立ったとすれば、嬉しいね」

「まあな」

とだけ答えて、俺は床を左手で叩いた。探査印ローアッドがその効果を発揮する。石造りの建物は理想的な状況だ。拳で二度。手の平で三度。見張りは不在。足音が三人分――かなり遠い。巡回しているとしても、だいぶ遠い場所だ。

（これなら、やれる）

手に取るように、周囲の状況はわかる。

（窓からじゃなくて、正面から行った方がよさそうだ）

俺は窓の外に目を向ける。乳白色の深い霧が立ち込めている。どこか遠くで、甲高い鳥のような鳴き声が響き渡っていた。この様子では鳥も飛ぶのに苦労するだろう。

「だいぶ手っ取り早く行けそうだ。十分寝たし、そろそろ今日の朝飯を受け取りに行くか。腹が減ってきた。ヒヅリ魚のシチューとか言ってたよな」

むしろ眠りすぎたせいか、頭が少し重たい気がする。耳鳴りがやまない。

「なるほど、いいね。僕もお腹《なか》が空いてきたよ。もう脱出するのかい？」

「ああ、そうだ」

俺はドアノブに手を触れる。金属製だ。

「ちょっと散歩するから、その間にお前が仕入れた情報を教えてくれ」

そもそも俺から装備を奪ったくらいで、身柄を確保できると思われては困る。おそらくここの連中は懲罰勇者のことを知らないのだろう。体に聖印を施すような技術のことも知らない。

俺はドアノブにザッテ・フィンデの力を浸透させていく。

「たっぷり寝て、ちょっと運動して散歩して、朝飯なんてな。すげえ久しぶりに超健康的な一日を過ごすことになりそうだ」

「素晴らしい」

ライノーは朗らかに笑った。ベネティムとはまた違う、胡散臭《うさんくさ》い笑い方で。

「そういう生活を、僕も一度はやってみたかったんだ」

それはまるで、そんな暮らしを一日だってしたことがないというような男の言い方だった。

刑罰：ゼハイ・ダーエ岩礁城砦脱出 2

脱走するにあたって、問題はそれほど多くはなかった。

海賊どもの持つ雷杖はほとんどが二世代、三世代前の旧型で、しかも粗悪品だった。照準はいかにも甘い。高速で動く小型の標的にはまともに当てることができない。

あとは常に意表をつき、連携した戦闘をさせないことだ。やつらが冷静に、集団としての戦い方をすれば、もっと手こずっていただろう——負けることはないにしてもだ。

その点、俺の戦い方は屋内でも有効に機能した。

探査印ローアッドは敵の配置を完全に把握できる。ほとんどの遭遇戦は奇襲になった。飛翔印によって壁を蹴り、瞬時に肉薄する。乱戦に持ち込めば誤射を恐れて雷杖など使えない。

「うおっ。なんだ、こいつ！」

と、海賊の一人が仰天した。混乱して曲刀での反撃を試みてくるが、簡単にかわせる。足元が揺れていない陸上ならば、こんなものだ。

「まさかお前、異形《フェアリー》か！」

俺の体のことを知らなければ、実際にそう見えるかもしれない。蹴とばせば壁まで吹き飛ぶし、探査印ローアッドで頭を打てば脳が揺れ、腹を打てば悶絶《もんぜつ》させる。

そうして適当に攪乱《かくらん》したら、あとはライノーを突っ込ませるだけで十分だった。こいつの格闘技術も妙に喧嘩慣れしているようなところがある。たとえば窓から相手を投げ捨てるような手口や、組み合ってからの捌き方、転倒した相手への追撃なんかだ。

動作の端々からよほど荒っぽい場所で喧嘩を繰り返したらしい痕跡があった。

「ん。おおっと……ちょっとやりすぎたかな？」

最後の一人の頭を壁に叩きつけて沈黙させながら、ライノーが言った。どうやらこいつは力の加減が非常に苦手らしい。

「話をもう少し聞こうと思ったんだけど。申し訳ない」

本当に申し訳なさそうな顔で、意識を失った相手に謝る。なんだか滑稽な姿だ。

「人間を相手に戦った経験があまりないから、どうも加減が難しいね……」

「その割には喧嘩慣れしてるな、お前」

「まあね」

ライノーは曖昧に答えて、少し笑った。俺はそれを横目に、倒れている海賊どもの身体検査に勤《いそ》しむ。まずは武器が欲しかった。特にナイフがあれば上等だ。が――

「なんだよ、ひでえナマクラだな」

ナイフの切っ先を指で辿り、刃の粗末な出来を確かめる。

おそらく、金属を鍛造する際の焼き入れで問題が発生したと見える。かなり大きな亀裂が走っていた。ここにはまともな鍛冶技術者がいないのかもしれない。

「土産物屋でも、もう少しまともなやつを売ってるぜ。こんな武器で海賊やってたのか……」

「ただ、剣は立派だね」

と、ライノーは海賊が取り落とした曲刀を拾い上げる。

「よく手入れされているよ」

深い反りの曲刀だ。いかにも東方の戦士が扱うような代物。島国から成る海洋国家であるキーオでは、船の上でまともな甲冑を着ることができないため、この手の鋭さを追求した武器が発達したという。

この形式の曲刀は、キーオの伝統的な武器で、『波手』と呼ばれる。かつてのキーオ王朝の正規兵が使っていたものだ。

「上等なのはその刀だけで、食えるものは持ってねえな。がっかりだ」

「たしかに、そうだね。やっぱり先に食堂を探そうか？」

「冗談だ。別に本気で優雅な食事をしたいわけじゃないし、そんな暇はない」

ライノーにはどうも冗談が通じない。それを判別する感性に乏しいというか、もともと欠けているとしか思えない節がある。

「ライノー。ここから脱走するとして、まず何をするべきだと思う？」

「うん。まずは島から脱出するために船を――いや。それより、捕まっているみんなを救出するのが先だね。そうだ、ともに魔王現象に立ち向かう仲間たちだ、置いてはいけない」

ライノーの口から出る言葉は、なぜどこか白々しく、不気味な響きがするのだろう。

「どうかな、合っているかい？」

「まあ、悪くはねえな。でも俺はそれより効率的なやり方を思いついた」

「へえ！　興味深いな。ぜひ教えてほしい」

「この集団の頭を叩く。今度はそいつを俺たちが人質にして、海賊一味を乗っ取る」

勝算はある。この海賊どもには致命的な弱点があるからだ。

「姫って呼ばれてるやつがいたよな。赤毛の三つ編み。あいつが頭領だ。あの女を確保できれば、こいつらは言うことを聞くしかなくなるはずだ」

ライノーの話から、俺はこの海賊どもの正体と現状をおおむね理解できていた。

(普通の賊じゃない。兵隊としての動きができてるし、規律も厳しいはずだ)

やはりこの連中は旧キーオ王朝の残党に違いない。いまだに連合王国に対して抵抗運動を試みている集団で、結果として連合王国からは海賊活動に見えているというわけだ。

これだけ長期間にわたって、魔王現象の真っ只中で活動できているのだから、相応の理由があるに違いなかった。その原因は、思いつくだけでも三つはある。

一つ。俺たちの船団を分断した、あの白い霧。そういう権能を持つ魔王現象を味方につけているのか、それとも他になんらかの仕掛けがあるのか。古代に作り出された聖印兵器ならば、それも可能かもしれない。

二つ。樹鬼の軍勢。あの生き物を兵力として使えるのなら、相当に強力だ。大抵の兵士を退けることができるだろう。雷杖の稲妻が直撃しても、まるで意に介さず動いていた。痛みも感じていないかもしれない。

それから三つ目。『姫』と呼ばれる女の存在だ。どうせ王族の末裔とか、その類なのだろう。事実でも自称でもどっちでもいい。とにかくその正当性に十分な説得力があって、海賊どもの士気を支えているのは間違いない。

この三つのうち、もっとも簡単に攻略できそうなのは、もちろん『姫』だ。

弱点があるなら狙うに限る。あの船の上で、俺がテオリッタを庇うしかなかったように。

「作戦は簡単だ。あの『姫』ってやつを力強く誠意をもって説得して、海賊どもには俺たちの手下になってもらおう。わかったか？」

「――おお」

ライノーはとても嬉しそうな顔をした。やや興奮気味に何度もうなずく。

「素晴らしい！　さすが同志ザイロだ！　そうして彼らも立派に人類を守る戦士として役立てるというわけだね。この海賊のみんなと僕らはもう仲間も同然だ」

「……まあな」

いちいち言うことが大げさで、そのままうなずくのは抵抗がある。それでも、おおむね方向性としては事実だ。

「だから、こいつらから『姫』の居場所を聞き出したいわけなんだが……おい、そろそろ起きろ！」

俺は倒れている海賊の一人を、強引に引き起こした。胸倉を掴む。

「いつまでも寝たふりをしてんじゃねえぞ！」

「ひぃっ」

と、俺が揺すった瞬間に、海賊の男が過剰な反応を見せた。背をのけぞらせ、こちらを見て悲鳴をあげる。全力でもがいて逃れようとしやがった。もちろん俺は逃さない。

「お前こら、人の顔を見て悲鳴あげるやつがいるか。反応が過剰なんだよ！　怖がるならそっちの薄気味の悪い男にしろ！」

「ち、ちがっ、違います！　あれ！　あっち見てください！」

「アホか、そんな古典的な手口で俺が――」

「同志ザイロ。たぶん違う。顔を上げて見た方がいいよ」

ライノーは静かに呟き、片手で曲刀を構えた。

「なんだよ」

仕方がないので、俺もそちらを振り返り、とても嫌な気分になった。大柄な人型の影が、廊下の向こうに佇んでいた。ぼろぼろの外套のようなものを羽織った、異常なほど猫背の生き物。

「樹鬼だね」

ライノーがその生き物の名を呼んだ。その通りに木の幹が寄り集まり、腕や足を形作っている。稚拙ではあるが、頭部は獣の形を模しているように見えた。

「どうやら、僕らを敵視しているようだ」

それを証明するように、樹鬼は口――らしきものを開き、咆哮をあげる。内臓によく響く地鳴りのような低い咆哮だった。

「お前ら、なんであんなの放し飼いにしてるんだよ」

俺はとても呆れた。

樹鬼は繊細な生き物だ。特に縄張りを荒らされることを嫌い、攻撃的になる。動物を食わないことだけが救いだが、威嚇行為の突進で簡単に人間を『轢《ひ》き殺《ころ》す』ことができる。

こんなやつ屋内で放し飼いにできるものではないと思うが、現にこうして闊歩《かっぽ》しているのだから仕方がない。しかも、咆哮をあげて突っ込んでくる。

これにはライノーも苦笑した。

「ううん、砲甲冑が欲しいね」

「俺はまともなナイフが欲しいよ。くそっ」

俺は曲刀を摑み、聖印の力を浸透させた。ザッテ・フィンデの爆破印。振りかぶって投げる——いつもの武器と勝手が違う分、理想的な投擲とはいかなかったが、相手の的がデカいから外すこともない。

閃光と爆音——強い衝撃が樹鬼の突進を阻む、ということを期待したが、無理だった。

「ふざけてんな、あいつ」

着弾した右腕のあたりは、付け根から吹き飛ばした。とはいえ、樹鬼の戦意にはまったく衰えが見受けられなかった。ぶおおぉ、と、風が唸るような咆哮。

よろめき、壁にぶつかって砕きながらも、そのまま突っ込んでくる。

「同志ザイロ。これは少しまずいような気がするよ」

「お前に賛成するのは癪だが、俺もそう思う」

樹鬼という生物の生態については、もともと謎が多い。熊のように力強く、野生で出会うと危険な生き物――という程度の認識しかなかった。痛覚もほとんどないらしい。

「ライノー！　どうにかするから、動きを止めろっ」

「いいね」

どういうわけか、ライノーは笑った。よほど楽しいらしい。

「同志ザイロの相棒らしくなってきた」

「ンなわけあるか」

樹鬼が振り回す腕を、ライノーは軽々と避けた。見た目から想像できないほど俊敏な動きだ――それと同時に、あいつは足元の何かを摑んでいる。人間だった。海賊。それを片手で軽々と、引っこ抜くように振り回す。

ライノーは嘘くさいほど爽やかに笑った。

「ともに戦おう。僕らはもう仲間だ」

めちゃくちゃなことをしやがる。

「ひぃぇっ」

振り回される海賊の悲鳴。そのまま樹鬼に叩きつけられ、白目を剝《む》く。それによって海賊野郎はどこかの骨が折れただろうが、それだけの質量を叩きつけられた樹鬼の方も、ただでは済まない。

さらに大きく体勢を崩したし、海賊の体によって視界が塞がれた。

あとは俺が聖印を浸透させたナイフを、樹鬼の体に突き刺すだけでいい。なまくらだが、その程度はできる。

「伏せろ、ライノー！」

強烈な光と衝撃が樹鬼の体の大半を砕く。それでもまだだ。

（どれだけしぶといんだよ）

短時間でできるだけの爆破の聖印を、ナイフに浸透させた。威力は十分だったはずだが、これでも無理か。体を抉られ、明らかに平衡を崩してふらついても、倒れるには至らない。

「面倒くせえっ」

もう、まともに相手をするのはやめた。樹鬼を全力で蹴り飛ばす。これだけバランスを失った相手に対して、飛翔印の脚力なら可能だ。樹鬼自身の激突によって砕かれた壁から、外へ。

やっぱり風の唸るような咆哮とともに、霧の向こうへ転落していく。

「……やってられるか」

正面から樹鬼の相手をするべきではない。それがよくわかった。

「まずは頭数がいる。味方を増やすのが先だな。だいぶ派手にやっちまったし、警戒されるぞ」

「そうだね。いまはまだ、僕らは三人だ」

ライノーは気絶した海賊を抱え上げた。さっき振り回して叩きつけたやつだ。こいつ、この男もカウントしているのか。どうかしている。

「同志ザイロ、武器も必要だろう？　人間同士での戦いは、兵器の質が大きく勝敗を左右すると聞いたことがある」

「いや。まず、情報が先だ」

自分たちが何を知っていて、何を知らないか。それを把握することが結果を左右する。

「適当なやつを捕まえて情報収集する。武器庫は警戒されてるだろうから、制圧は無理だろうな」

「そうかな。僕は砲甲冑の一つでもあればいいんだけど」

「必要ない。こっちの武器は、ハッタリで十分だ」

俺は右手を開閉した。爆破印ザッテ・フィンデ。十分に大きな物体と、聖印を浸透させる時間さえあれば、砲と似たようなことはできる。戦場で悠長に準備できるものではないが、こういう状況なら意味がある。

「ところで、ライノー」

「なんだろう？」

「朝からずっと、耳鳴りがしないか？」

「同志ザイロもかい？　それなら、これはやっぱり――」

「ああ」

俺は耳を塞いでうなずいた。窓から空を見上げる。

「大変なことになるぞ、これは」

刑罰：ゼハイ・ダーエ岩礁城砦脱出　3

パトーシェ・キヴィアとテオリッタが案内されたのは、どうやら天守として使われていたらしい建物だった。

城砦にぐるりと囲まれた、中庭の北端。そこに聳える尖塔の、頂点にある一室へ呼び出された。

螺旋状の階段は、侵入者を防ぐためか、かなりの急勾配でもあった。パトーシェにとっては軽い運動程度だったが、テオリッタが息を切らし始めたところで、ようやくその部屋に辿り着く。

「ようこそ、《女神》様」

待っていたのは、赤毛の三つ編みの女だった。窓際の机で、銀色の香炉を焚いていたらしい。

（これが、『姫』か）

パトーシェはその女を観察する。

繊細な顔立ちには、憂いのような陰がある――あるいは疲弊か。その『姫』の背後には黒い帽子の男が一人。トゥゴ、と呼ばれていた男か。片手には円形の盾と、雷杖で武装している。

それから、もう一つ――パトーシェは部屋の隅に目を向ける。ほとんど調度品の一部のようにうずくまっている、巨大な人型の樹木。樹鬼だ。間違いない。あの船の上で、赤毛の女を庇ったひときわ巨大な個体。

「私はスアン・ファル・キルバと申します。旧キーオ王朝における最後の王、ディクン・ファル・キルバの、いまとなっては唯一の娘です」

赤毛に三つ編みの女は、滑らかな仕草で一礼してみせた。

「少々手荒なご招待になったこと、お詫《わ》び申し上げます。ですが、《女神》様とその聖騎士の方に、ぜひお話ししたいことがあったのです」

三つ編みの女は、パトーシェをはっきりと見つめていた。

「お名前を伺ってもよろしいですか？」

これには、パトーシェは苦い顔をするしかない。名を聞かれたので、仕方なく答える。

「パトーシェ・キヴィアだ」

自分が聖騎士だと完全に誤解されているが、理由はわかる。ザイロ・フォルバーツ——あの凶暴そうな人相の男が『聖騎士』だとは思わなかったのだろう。ザイロの方がテオリッタの傍で戦っていたはずなのだが。

（聖騎士か。——たしかに私はそうなるはずだった。《女神》テオリッタと契約すべき、十三番目の聖騎士団長）

だが、その役割もいまはない。ザイロ・フォルバーツ。あの男が奪っていった。

一時はひどく恨んだ。というより、いまでも恨んでいるのかもしれない。あるいは、妬んでいるのか。自分にテオリッタの命を救えただろうかと思う。救えたとしても、彼女をここまで自由に生かすことができただろうか。

（きっと、それは無理だった）

悔しいが、そんな気がする。だからこそ、いまでもザイロ・フォルバーツのことが意識から消せないのだろう。あの男のことを考えると、心臓のあたりがざわつく気がする。

たぶんそれは、軍人としての嫉妬や、ありあまる能力を持っているにもかかわらずそれを投げ捨てているような人間性への不満——百歩譲っても羨望の類なのだと思う。パトーシェにはそれ以外に説明する方法がない。

そんなことに思いを巡らせているうちに、反応が遅れた。代わりにテオリッタが口を開く。

「あなたの用件を伺いましょう。スアン・ファル・キルバ」

テオリッタは毅然《きぜん》とした態度で応じた。

一瞬、パトーシェに目配《めくば》せをした——ここは臨機応変に話を合わせろ、ということだろう。たしかにこの誤解も、有効利用できるかもしれない。この《女神》もずいぶんと懲罰勇者どもの影響を受けてしまっている。こんなハッタリのような交渉を行うとは。

「あなたたちは、なにゆえ私たちを攫《さら》い、人類に仇《あだ》なす戦いを続けるのですか？」

テオリッタの物言いには、刃物のような切れ味があった。

明らかな不快感を隠そうともしていない。冷たい声。まるで自分と最初に会ったときのようだ、とパトーシェは思う。

「誤解です。我々は人類に仇なす気などありません。これは連合王国への抵抗です」

スアンの声は冷淡で、感情がほとんどこもっていないように思える。これが王家に生まれた者の振る舞いというものか。その言葉の背後から、強靭《きょうじん》な意志を感じる。

「私たちは、ただ居場所を必要としているだけです。いまの連合王国が、私たちを受け入れるとは思えない。ですから、抗《あらが》っているのです」

「それでは、最初から武力などに訴えるべきではなかったな。ただ、お前たちは庇護《ひご》を求めればよかったはずだ」

パトーシェはそこで初めて口を挟んだ。

「なぜ、敵対の道を選んだ？」

「どうやって和解をしろと？　キーオ諸島連合の恭順派にとって、私と、私たちは目障りな存在でしょう。連合王国の行政室も信用などできません」

スアンの目に怒りに似たものがよぎった。

「キーオ王朝の最後の王が死んだのは八年ほど前。連合王国への反逆を企て、魔王現象の攻勢を利用しようとした。その罪で処刑されたことになっていますね」

その話なら、パトーシェも知っている。連合王国の歴史は必修科目だ。

キーオ王朝最後の王は、東方諸島にて反乱勢力を集め、武力蜂起の準備をしていたということになっている。実際にキーオの王統派を名乗る軍事勢力はヴァリガーヒ南岸の都市に攻撃を仕掛けるに至り、武力衝突が起こった。

連合王国に反逆する者たちの蜂起。その速やかな鎮圧。行政室はその顚末を記している。

「あれこそが欺瞞です。父上に反逆の意志などありませんでした。ただ、王統派の旗印として祭り上げられ、制止することができなかった」

武装蜂起、それ自体が連合王国行政室の陰謀だった、と言いたいのだろう。

（……以前の私なら、一笑に付していたかもしれない）

いまではパトーシェも、その疑惑を否定できない。なぜなら彼女自身が——そしておそらくは、ザイロ・フォルバーツも、その手の陰謀によって懲罰勇者となっているからだ。単なる陰謀についての噂話では片づけられない何かが、たしかに存在する。

「そんな私たちが降伏するには、手立てが必要でした。連合王国が無視できない勢力となること。あるいは、今回のような幸運を利用すること」

スアンは薄い笑みを浮かべた。それは自嘲に似ていた。

「この数年、私たちも消耗しました。キーオ諸島の、かつての王統派諸氏族から密かに支援されてきましたが、それももう途絶えがちです」

「つまり、限界だったというわけか」

パトーシェにとっては、キーオ諸島にいまだ王統派を支援する者たちがいることは驚くことではない。表向きは連合王国に服従したとしても、税制や徴兵を不愉快に思っている者たちも多い。

「兵の中からも、完全な賊徒となる前に連合王国への戦争行為を仕掛けるべきだという声があがっています。いつまで抑え込めるかわかりません——ですから」

そのとき、パトーシェは気づいた。スアンの目は、いまだ鋼のような輝きを持っている。その目はまっすぐテオリッタに据えられていた。

「降服には、私たちが無事である保証が必要です。ですから、あなたと取り引きをしたい。《女神》テオリッタ」

スアンは片手で拳をつくり、テオリッタに差し出した。これはキーオ諸島の者たちが、何かを要求するときにしてみせる仕草だった。

「《女神》様。私を聖騎士に任命してくださいませんか?」

「……えっ。そ、それは……」

テオリッタは沈黙した。口を何度か開閉して、叫ぶように言う。

「できません! 私の聖騎士は、ザ……ではなく! もう決まっているのです。勝利をもたらすと誓いました。他の方と契約を結ぶつもりはまったくありません!」

「そう。それなら——」

スアンの視線が、今度はパトーシェに向いた。なぜだか立ち合いを挑むような目だった。

「パトーシェ。あなたからも《女神》様を説得していただけませんか?」

大きな誤解をしている、と思ったが、あえて口を挟む余地はなかった。傍らに控えていた黒い帽子の男が、雷杖をこちらに向けていた。

「そうでなければ、大事な聖騎士が傷つくことになります。《女神》様。約束しましょう。その者の命は保証しますし、《女神》様の身もお守りします。この城砦は難攻不落——我らの聖炉がもたらす霧は、魔王現象に対して完全な防御となっています。必ず守り抜くことができるはずです」

「……それは……」

テオリッタがパトーシェの腕を摑んでいる。燃えるような瞳が一瞬だけ不安そうに揺れた。

「無駄なことだ」

パトーシェはテオリッタを引き寄せ、胸を張った――少しでも的が大きく見えるように。トゥゴという男が、まさか《女神》を狙うことはないと思うが、万が一の可能性も許されない。

「テオリッタ様も、お気になさらず。私の命が代償であれば、そんなものは取るに足りません」

「……命がいらない、というの？　立派ですね、聖騎士どの」

「我々のことを知らないようだな、スアン。だから脅迫になっていない」

パトーシェは宣言した。

「我々は懲罰勇者だ」

「懲罰勇者？　それは――」

スアンの顔に、明らかな困惑が走った。黒い帽子の男と視線を交わす。

「ふ、不死の……刑罰ですか？　なぜ、そんな人間が《女神》の聖騎士に？」

パトーシェは説明しようとして、すぐに無理だと判断した。経緯はあまりにも奇妙で、入り組んでいて、そして馬鹿げている。たった一人の泥棒がきっかけとなったこの話を信じることはできないだろう。そもそも自分を聖騎士と誤解しているところから訂正する必要がある。

だから、パトーシェはただ笑ってみせた。

「経緯はどうでもいいだろう。無駄だと理解したのなら、雷杖を下ろせ」

余裕のある笑みは崩さない。徹底的に強がる。おそらく、同じ場面ならザイロもそうするだろう。

だからパトーシェは、自分の胸を親指で示す。

「私なら、撃っても構わない。試してみるか？」

「パトーシェ！　あなたまでそんなことを！」

これには、テオリッタがひどく憤慨した。

「命を粗末にするのはいけません！」

「テオリッタ様。私は懲罰勇者です。蘇生《そせい》が可能です」

「あなたまで、我が騎士のようなことを言わないでください！」

パトーシェは黙った。どんな罵倒よりも、その表現は堪えた。

「命は無事でも、何が失われるかわからないのですよ！　あなたもザイロも、もっと自分を大切にしなさい！　ですから――」

テオリッタは両手を広げ、今度はパトーシェの前に立つ。

「私が守ります！　あ、あなたたちを攻撃することは……できなくても！　防御なら！」

「なるほど。いいでしょう、それならば」

スアンは一度目を閉じ、そして開いた。その視線には決意がある。

「殺せば死ぬ者を、交渉の材料にしましょう。トゥゴ、他の捕虜を連れてきなさい。《女神》テオリッタ――あなたがどれだけ耐えられるか、試してみましょうか？」

「……ふざけるな！」

思った以上に、怒りが湧いた。パトーシェは声を荒らげる自分に遅れて気づいた。

「そんなことをする者が、聖騎士になれるものか！　口に出すことさえおこがましい」

「では、あなたは？　大罪を犯した受刑者が、聖騎士になるのは正しいことだと？」

咄嗟《とっさ》には、何も言えなかった。パトーシェも伯父を殺している。殺人。それは確かな罪だ。自分が聖騎士であるというのは誤解だが、問題の本質は変わらない。《女神》に仕え、人類を守る聖騎士たるにふさわしい、その資格の多寡は、この女とどう違うのだろうか？

だが、その逡巡の間に、テオリッタが高らかに声をあげていた。

「――我が勇者たちは！」

堂々と、炎のように目が輝いている。

「たしかに罪を犯しているかもしれません。それも、大変な大罪です――ですが！　戦おうとしています。自分より弱い者を助け、自分が愛する者ではない誰かの願いを叶え、戦い、守り、魔王現象を根絶しようとしています。これを贖罪《しょくざい》と呼ばずして、なんと呼びますか？」

テオリッタはそんな風に言うが、懲罰勇者どもに対する買いかぶりというものだろう、とパトーシェは思う。弱い者を助け、他人の願いを叶える。そんな崇高な連中だろうか？　ドッタが、ベネティムが、ツァーヴやライノーやザイロが、そんな殊勝な者だろうか。

絶対に違う、とは思ったが、口は挟まずにおいた。

少なくともテオリッタはそう信じていると思えたからだ。

「あなたたちのように、霧で守られた城砦に閉じこもることなどしません。私はそんな人たちと一緒に戦うなんてごめんです——よって、スアン・ファル・キルバ！　私は、あなたを聖騎士とするのは断固として拒否します！」

「そうですか。では、やむを得ませんね。トゥゴ、やはり他の捕虜をここ、に——っ？」

言いかけた、スアンの口上は震えて途絶えた。

がぁん、という激しい轟音が、尖塔を揺らしたように思った。砲撃。パトーシェは一瞬それを思い浮かべたし、スアンも同様だったらしい。

「いまのは、爆発……砲撃？　まさか。そんな馬鹿げたことを……！」

スアンが窓に駆け寄る。その肩越しに、パトーシェにも見えた。どこからか煙が上がっている。城砦の一部が崩れているのがわかった。

「トゥゴ！　なにが起きているの？　連絡は？」

「脱獄、ですかね……本気かよ。こんなに早く？」

黒い帽子の男が呻いた。片手に抱えた盾に触れている。あれは盾ではなく、聖印式の通信盤だろうか。その聖印を指先で辿ることで、音声を聞く形式のもの。

それを見ながら、スアンは明らかに焦《じ》れていた。

「トゥゴ、状況把握を急ぎなさい」

「やってます。しかし……いまの砲。どこから撃ってるかわからんが、どうせたった一門ですよ。人数も少ない。……というか、あれっぽっちか？　舐められたもんだ」

すでにトゥゴは窓の外を覗き込んでいる。

「しかも全員ほとんど丸腰じゃねえか。馬鹿か？　あんなもんで勝てると思ってんのか？」

彼の言う通り。中庭を越えて尖塔に向かおうとする集団がいた。

ほとんど素手の集団が五十人足らず。武器らしいものはろくに持っていない。それに対して中庭を守る海賊どもの人数は、明らかに彼らの倍ほどもいるし、これからさらに集まるだろう。

だが、パトーシェには見えていた。その集団の先頭にザイロがいるということを。

「パトーシェ」

テオリッタが小声で囁いた。

「ザイロたちが来ます。この人たちがあまり傷つかないように、守ってあげましょうね」

「……そうですね」

彼女の心配は、もっともだ、とパトーシェも思った。いま危険に晒されているのは、むしろ海賊たちの方だと思えた。ザイロとライノーが負ける光景など思い浮かばない。

「面倒だが俺も行きますよ。姫は、ここを動かないでください」

黒い帽子の男は、雷杖を抜いた。護衛の不在。好機となるだろうか。パトーシェは一瞬だけそう思ったが、誤りだった。意識から外れかけていたが、あれがいる。

「ククシラに任せておけば、大丈夫でしょうけどね」

黒い帽子の言葉に応じるように、部屋の片隅で影が動いた。調度品の一部のようにうずくまっていた個体だった。

ククシラ、と呼ばれた樹鬼は、低く唸るような声で答えた。

◆

最初の一撃は、思った以上にうまくいった。

物置の片隅に転がっていたでかい樽《たる》に、ありったけのゴミやガラクタを詰め込み、ザッテ・フィンデを浸透させた――そして起爆する。こいつには、城砦の壁の一部を吹き飛ばすくらいの威力はあった。とにかくデカい音もする。

つまり、相手に誤解させたことになる。こちらには砲がある、という誤解だ。密集して迂闊に突っ込むと砲撃されるかもしれない。そのハッタリは、中庭という戦場で有効に作用していた。

（ただ、敵の数は多いな。やっぱり普通の海賊じゃねえ）

北端の天守らしき尖塔に続く、開けた中庭だった。

霧が立ち込めていて、おそろしく視界は悪い――海賊どもはそこに戦線を築いていた。それなりの隊列を組み、槍と『波手』のような刃物で武装し、弓や雷杖まで引っ張り出していた。戦闘員の頭数は百を少し超えるぐらいだろう。しかしまだまだ増えそうだ。

対するこちらは、頭数だけは揃えているが、ほとんど丸腰という状況だった。せいぜい棒切れやら石やら、あるいは掃除用具を手にしているにすぎない。

仕方がないので小さな林のようになっている、中庭の木立を遮蔽として、海賊どもに対峙する。いかにも頼りない遮蔽物だが、いまはこれしかない。

「おい……懲罰勇者。こんなもん、本当にうまくいくのか？」

俺にそう尋ねたのは、額のあたりに傷のある男だった。『芦風』号の船長である。こうして正面から見ると、この男も相当に海賊のように見える。

「向こうは砲甲冑まで持ち出してるぞ。比べてこっちはほとんど丸腰だ」

「そうだな。でも、仕掛けてこない」

警戒しているのだ。最初に爆破を見せた――あれでこちらに砲があると思わせた。俺たちが身を隠している木立は建物側に沿って植えられたささやかなもので、尖塔へ続く中庭は、遮るものがなにもない芝生がたっぷり二百歩分はある。そんなところに飛び出せばいい的だ。

だから敵も突っ込んでこない。先ほどから放たれているのも散発的な射撃だけだ。木立に身を隠せばたいした脅威ではない。この深い霧のせいで視界も最悪だ。ツァーヴのように変態的な狙撃手がいない限りは、正確な射撃などできはしない。

「だが、このままじっとしているわけにもいかねえだろうがよ」

船長は焦れている。それに当然のことだが、俺を信用もしていない。

「矢と稲妻を防いで、突っ込む算段はあるのか？」

「ある。あいつらヘタクソだし、それに――ああ、来たな」

「――やあ！」

背後からいかにも堂々と大股で、ライノーが歩いてやってくる。

「遅れてすまない。即席だけれど、結構うまくできたんじゃないかな？」

やつの後ろには、グィオの配下の海兵たちがいた。二十名ほど。彼らはある種、冗談のようなもので武装していた。

つまり、樽やら椅子やら机やら――その辺に転がっていたものを解体した、板の盾だ。自分の体を半分ほど覆い隠して突撃できれば、それでいい。特に頭と胴体。

「上出来だ」

俺はうなずいた。ライノーのやつが馬鹿力を発揮することは知っていたし、意外なほど手先も器用だ。グィオの手下にも船の整備を得意とする工兵のような連中がいた。こういう間に合わせの道具の工作も、うまくやってのけたらしい。

「これならいける。俺が合図したら、盾にして突っ込め。あいつらの使ってる雷杖は、ほとんどが旧式のやつだ。しかも粗悪品」

あれらは二世代半くらい昔の旧型で、『ヒルベッツ』と呼ばれていたものだった。

射撃するとき、蓄光弾倉を排出する機構がついているが、その反動がでかい。おかげで連射がしづらいうえに、面の衝撃力を重視したせいで貫通力が乏しい。射手がヘタクソで急所を外しても異形《フェアリー》を牽制できるように仕上げたものだ。一、二発程度なら分厚い木製の盾で防げる。

――こいつは余談というか愚痴になるが、このヒルベッツが配備されてきたときは、ただの連発花火を送ってきやがったという悪口まで出たほどだ。よって、すぐに製造は縮小されたという。

「では、そろそろ始めるのかい？」

ライノーはえらく上機嫌で聞いてくる。なんでこんなに機嫌がいいんだ、こいつは。

「できれば僕の砲甲冑があればいいんだけど。彼ら、回収してくれているかな？」

「さあな。大人しくさせてからゆっくり聞き出せ」

俺は道中で奪い取ったなまくらなナイフの数を確かめながら、グィオの手下たちを振り返る。

「これから海賊どもを蹴散らすつもりだから、手を貸してくれよ」

「懲罰勇者の指揮でやるのは不満だが」

額に傷のある船長が、どうも不機嫌そうな顔で言った。予想はできたことだ。

「それしかねえだろうな。あんたの仕切りに任せる。グィオ団長には黙っといてくれよ、本当なら軍規違反だ」

「ああ。あいつ、そういうの厳しそうだからな」

「『あいつ』呼ばわりか――いや。そういえば、あんた、ザイロ・フォルバーツか？《女神殺し》で元聖騎士団長、《雷鳴の鷹《たか》》の――」

「その話はやめろ。お喋りしてる場合じゃねえしな」

俺はその場に伏せた。かっ、と空気を割る乾いた音とともに、頭上を雷杖の光がかすめていく。さらに二発、三発。稲妻が飛ぶと、白い霧がかきまぜられたように渦を巻く。海賊どももしびれを切らしてきたようだ。こちらの人数が増えてまた少し躊躇したようだが、このままだといずれ突撃してくる。砲の援護がないことはすぐにバレてしまう。

「ううん――」

ライノーはそのでかい図体をできるだけ縮めようとしながら、低く呻いた。

「あっちはなかなか豊富な物量だね。どうにかなるかな？　増援も来ているよ」

その手には、どこで拾ったものか、弓が握られている。

矢は、聖印を刻んだものが五本だけ。雷杖が開発される前に使われていた飛び道具だ。たしか開発名称は『ベカイッフォ』――着弾して破裂する、簡単なものだ。

それを見て、俺は当然の疑問が浮かんだ。

「ライノー。お前、それ使えるのか？　弓矢だろ」

「たぶん大丈夫だよ。弓で矢を飛ばすのも、ある程度は数学の問題だからね」

「本当かよ」

「同志ツァーヴの雷杖のような精密射撃はできないけどね。攪乱程度はできると思うよ。急がないといけない、こちらは包囲されかかっている」

「そうだな」

俺もナイフを一本、握り込みながらそれを認める。

ライノーの見立ては正しい。相手の戦列を見ると、雷杖と弓矢を持った連中が中央に固まって、曲刀を手にした歩兵隊は左右に展開されている。そして増援は続々と左右に加わっていく。ごくごく普通、別になんの工夫もない戦術だが、向こうの頭数が多いので有効だろう。中庭に進出した俺たちは少数だ。囲んでしまえば、あとは袋叩《ふくろだた》きにでもなんでもできるということになる。

俺はふと、ライノーの戦術についての見識を試してみたくなった。色々と謎だらけの経歴を持つ男だが、軍隊に所属していたかどうかの手がかりにはなるかもしれない。

「意見を聞いとこう。こういう場合、お前ならどうする？」

「同志ザイロに意見を求められるとは光栄だなあ！」

嬉しそうな声に、さっそく俺は後悔した。

「縦列で迅速に突撃するのがいいと思う」

ライノーはまっすぐ手を伸ばし、敵の正面を示す。その腕を狙ったものだろうか、盾にしている樹木に雷杖の射撃が命中し、ばぎっ、と乾いた音が響いた。

「中央の部隊と、左右の部隊の継ぎ目を狙うんだ。的を散らして前進して、中央と左右を分断するのがいいんじゃないかな。そして、指揮官を無力化する」

指揮官。ライノーがそう表現するのは、たったいま到着して、陣形のど真ん中に居座った黒い帽子の男だ。トゥゴ、と呼ばれていた。傷だらけの顔。たしかにあいつが指揮官だろう。

その見立ては結構――だが、少しその策は『ぬるい』。まともに戦おうとしすぎている。

「もしかして、同志ザイロには他の案があるのかな？」

どこか期待するような声。ちょっと腹は立つが、その通りだ。うなずく。

「左右の戦列に隙があるのは、わざとだ。あの陣形の繋ぎ目をよく見ろ。樹鬼が控えてるだろ」

「あの変わった生き物、のことだね。たしかにしぶとい」

「仕留めるには手間がかかるし、やってるうちに囲まれたら不利だ」

「なるほど。では、どうやって？」

歩兵の集団戦は、俺の得意分野だ。空の戦いはジェイスに譲るし、騎兵の戦いならパトーシェの方が数段上だろう。聖印兵器ならノルガユ、狙撃ならツァーヴ。それに——テオリッタ。戦場に対する影響力なら、あいつらの方が上回る。

だが、こういう戦いでは俺もプライドってものがある。専門家だ。聖騎士団長として、こういうことで飯を食ってきた。

「雷撃兵の戦術を見せてやる。『浸透的突破』って呼んでたやつだ」

こういう戦い方ができるのは、雷撃兵だけだ。たぶんこの世で俺だけ。その強みを、相手が知らないうちに活《い》かす。

「俺が突っ込むから、お前はその弓で援護しろ」

「ああ。それは面白そうだね、きみの手際を拝見しよう！　勉強になりそうだ」

ライノーの朗らかな声。いまが攻め時だ。敵の包囲が完成しつつある。

「まだか、懲罰勇者！　もうあいつらが来るぞ！」

焦れた船長が俺を呼んだ。

「焦るな。もう——すぐだ！」

俺が握っていたナイフにはザッテ・フィンデの力が充填されている。それを投げる。目の前の地面に、まずは一本。地面に突き立ち、炸裂し、轟然たる音と光、そして土煙が立ち上った。

それが簡単な煙幕となる。

「行け！」

片手を振り、もう一本。

ナイフを投げて、さらに派手な土煙を作り出し、俺は勢いよく跳んだ。

ほとんどの人間が、この方法でまともな照準をつけられなくなる。地面を駆けてくるはずの俺に対して無意味な射撃を行う。俺が跳べることを知っているやつにしても、命中を成功させる要素として高度や跳躍距離の予測が加わってくる。

これで当たったら奇跡的に運が悪いやつということだ——実は最近密かに、俺は自分がその奇跡的にツイてない人間ではないかと疑っていたが、このときはうまくいった。

雷杖の閃光、風を切る矢をすり抜けて、敵戦列の後方へ。

浸透的突破という、この戦術の要点は、準備されている面倒な敵戦力を無視するということだ。機動力によって後方へ進出して、敵の司令部や補給を攻撃する。これはいつも俺とセネルヴァがやってきた手口だ。雷撃兵がもっとも得意とする戦術の一つ。

土煙の煙幕を抜けた、と思う前に、俺は最後の一振りのナイフを地上へ落とした。

雷杖やら弓矢やらと違って、ザッテ・フィンデによる攻撃は完全に正確な狙いを必要としない。密集地点に投下するだけで十分な損害を与えられる。そのための聖印だ。

光と熱と衝撃が弾けて、地面の方から悲鳴が聞こえた。

(びっくりしただろ?)

と、連中をコケにしてやりたい気分にもなった。

戦列が乱れている。それを無視して、敵の只中へと着地する。

周囲にいるのは砲兵、狙撃兵、弓兵。人間がいきなり空から降りてきたため、まるで反応が間に合っていない。近接戦闘のために武器を引き抜くことすらできない。

一方で、俺はすでに攻撃に移っている。まずは右に一人。手近な海賊野郎を蹴り飛ばす。そのまま左にもう一人、こっちは左拳で頭部を叩いて揺らす。探査印ローアッドの悪用だ。

それから、俺はさらに前へ進む。何人か素早いやつが雷杖を俺に向けてくる。

が、それは悪手だ。

「やめろ！　撃つな！」

案の定、黒い帽子の指揮官――トゥゴがそれを止めた。

「抜刀しろ！　相手は一人だ、囲め！」

それは妥当な判断だ。俺を狙ったら味方に当たるかもしれない。

(判断は悪くないが、遅いな。戦術が真っ当すぎる)

俺は再び地を蹴って跳ねた。

槍を構えて突っ込んできたやつ。これは好都合だ。穂先をかわし、蹴とばして、その槍を奪う。

その柄を使って、次のやつを殴り倒す。それからまた跳躍。三人目の頭上を越える。

一瞬の滞空で、戦場が見えた。

包囲してくる海賊どもの動きにも、すぐに混乱が起きはじめている。ライノーが弓から矢を放っている――なかなか正確な射撃だった。聖印の刻まれた矢尻が炸裂し、混乱を招く。あの射撃の正確さも数学ってやつか、それともやはり狩猟か何かで弓矢を扱ったことがあるのか。

「いいね。風が弱くて助かる……次、行くよ」

ライノーが呟いて、弓を引く。それなりの強弓のはずだが、ライノーの筋力ならば問題ではないらしい。いとも軽々と矢を放つ。混乱はさらに広がる。

グィオの部下たちもこの機会を逃すような間抜けではない。船長を筆頭に、何人かが敵戦列に到達している。混戦。これなら、雷杖は迂闊に撃てない。あいつらに持たせた即席の盾は、こうなると効果的だった。敵の武器を封殺して、殴り合いの泥仕合に持ち込める。

そして俺は、一番の大物と相対する。黒い帽子の指揮官。トゥゴ。

「本気かよ、お前。めちゃくちゃやるなあ」

トゥゴは雷杖を構え、苦笑いのような表情を浮かべた。余裕のあるふりだろう。こういうときの精神のコントロールをよくわかっていやがる。深刻なときに深刻な顔をしても、いいことは一つもないからだ。

俺は俺で、呼吸を詰めて距離を測る。

(少し遠いな)

距離は七歩と少し。跳躍すれば一歩だが、やや遠い。跳んでいる間に一度は雷杖による射撃を加えられるだろう。周囲のやつらも槍を構えている。

「ウチのやつらから聞いたぜ。お前、妙な技を使うみたいだな」

トゥゴは、すぐには突撃の命令を出さなかった。

「『聖痕』持ちか？　それともそんなツラしといて、もしかしてお前も《女神》なのか？」

こいつがやたらと喋る理由もわかる。時間稼ぎだ。俺もよくやる。

より強力な援軍がいるということだ――要するに、左右から樹鬼が突っ込んできている。檻《おり》から放たれた熊のようだ。海賊どもが樹鬼を繋ぐ鎖を外していた。

「ぎぃぃいいいいいっ」

と、軋《きし》むような咆哮が響いた。樹鬼の出す鳴き声、あるいは体表を覆う樹皮が軋む音そのものか。どう考えても、こいつらを相手にするのは無駄だ。負けないにしても時間がかかりすぎる。そしてそれは、このトゥゴについても同じことが言える。戦うのは不毛だ。

戦うのは不毛すぎる。

「おう――あんまり動くなよ、樹鬼どもに当てたくねえんだ」

心にもなさそうなことを言いながら、トゥゴが雷杖を俺に向けてくる。やや杖先の構えが低い。俺が懐に潜り込んで、組み打ちに持ち込んでくると思ったか。

残念ながらそうはいかない。

かつて、俺の教官が言っていたことを思い出す――浸透的突破という戦術の本質は、敵が準備した戦力を無視して後方へ進出することだ。そして戦闘力の低い司令部や兵站を破壊する。とにかく強いやつを避けて、弱いやつを叩く。重要なのはそれに尽きる。

『ザイロ。きみは非常に好戦的だから』

と、教官は言っていた。

『こうした戦い方を知っておくべきです。どんな相手にも弱みはありますよ』

だから俺はもう一度、大きく跳ねた。飛翔印サカラを全力で、上へ。

「……こいつ！」

トゥゴはさすがにすぐ気づいた。俺を狙い撃とうと雷杖を放つ。

その光は俺の足をかすめたかもしれないが、撃ち落とすことなどできなかった。こいつの射撃の腕前は中の上という程度で、最高速度で跳んだ雷撃兵を落とすにはちょっと足りない。

そうして俺は、海賊どもの後方――聳える石造りの尖塔に向かって跳ねた。おそらく天守の役目を果たすのだろう。壁を蹴って、上へと向かう。垂直に近いような壁ではあるが、このくらいなら俺にとっては難しい芸当ではない。

その昔、次から次へと呼び出される城壁を、飛び渡りながら戦ったことがあるくらいだ。

「撃ち落とせ！　撃ちまくれ！」

と、誰かが言ったが、無理だ。高度が上がるたび、霧が濃くなる。あいつらの腕で当たるはずがない。下を気にするのはやめて、俺は上を向く。目指す場所はわかっている。

窓辺で両手を振り、飛び跳ねる小さな影が見えた。

炎のような目をした、金色の髪の少女。つまり、《女神》だ。

「悪いな、テオリッタ。少し遅れた」

ついに俺は窓から転がり込んで、テオリッタを見上げる。

「居心地がよくて寝すぎた」

「――ええ！　そんなことだろうと思いました！」

テオリッタは炎の目を一度だけ瞬かせ、また開いたときには、もう偉そうないつもの彼女だった。

「私も退屈していました。次からもっと早く助けに来るように！　いいですね？」

「そうだな」

こいつもずいぶんと言うようになった。

俺は素早く周囲を見回す。室内には、三つ編みに赤毛の女が一人――背後には巨大な樹鬼。船上での戦いで見かけたやつだ。ちょっと脇腹のあたりが焦げている。こいつは面倒な護衛だ。

「ザイロ、慎重に」

と、テオリッタは小声で囁いた。わかってる。と、その肩に触れてやる。

「……そこで止まって。近づかないで」

三つ編みの女が言った――傍らにパトーシェ・キヴィア。やや強張った顔。その頭部に、短い杖身の雷杖が突きつけられている。人質というやつだ。

「両手を上げて床に伏せなさい、侵入者」

まるで犯罪者扱いだな、と俺は思った。まさか海賊にそんなことを言われるとは――だが、間違いではない。この三つ編みの女は知らないだろうが、懲罰勇者の、それも《女神殺し》の男こそは、この世のどんな犯罪者よりも罪深い。俺のことだ。

少なくとも、この国の裁判でそう決まったからにはそういうことだ。

刑罰：ゼハイ・ダーエ岩礁城砦脱出　4

「動けば、撃ちます」

と、三つ編みの赤毛は言った。

パトーシェの頭部に雷杖を突きつけ、眉間のあたりに緊張を漂わせながら、その手はほとんど震えていない。それなりの覚悟があるのだろう。焦燥と恐怖がわずかに声に滲むのを、押し殺しているのがわかる。

パトーシェの方も動けない。背後から押さえ込まれている。ひときわ巨大な樹鬼の個体が、片腕であいつの体を抱え込んでいた。

「《女神》様には、言うまでもないでしょうけど——大人しくしていただけますか？」

やつはテオリッタではなく、パトーシェを人質にとった。俺は一瞬、その意味を測りかねた。

「聖騎士と《女神》は、互いに一対一の契約を結ぶ存在なのでしょう？」

と、三つ編みの女はパトーシェを顎で示した。

「たとえ懲罰勇者だとしても、聖騎士の死は、連合王国にとっても大きな損失のはず。彼女の命は、《女神》と並ぶ取引材料になるでしょう」

俺はめまいを覚えた。やはり、パトーシェの方が聖騎士だと思われているのか。

たしかに《女神》と契約する聖騎士の方を人質にとるのは、戦術として当然だ――《女神》は人間を攻撃できないから、放置しても問題はない。実際に軍事的な戦力である聖騎士を拘束しておく方がマシ。そういうことか。

おおむねその考え方はわかる。わかるが――

「ザイロ、落ち着いてください」

テオリッタは俺の背中をさすった。やめてほしい、と俺は思う。興奮する獣じゃねえんだぞ。

「成り行き上、あえて誤解を解かない方が、円滑に話し合いをできると思ったのです。その成果もありました。彼女はスアン・ファル・キルバ。旧キーオ諸島王朝の姫で――」

「……いや。説明はいらねえ。海賊どもを捕まえて、だいたい聞いたから……」

俺はテオリッタの説明を止めた。

スアン・ファル・キルバ。この赤毛の三つ編みが、キーオ王朝の最後の姫。海賊どもの旗印というわけだ。こんな迷惑なことをしてくれたやつらの頭領であり、『聖痕』を持つ戦略の要であり――つまり最大の弱点だ。

「なあ、スアン・ファル・キルバ。そいつをさっさと解放した方がいいぞ。凶暴だからな」

「なんだと」

パトーシェは状況を踏まえず、目を剝いた。

「私が凶暴なら、貴様はなんだというんだ！」

「俺は温厚だよ。平和主義だしな。というわけで、交渉しないか？　いまそいつを離すなら、できるだけ穏便に済ませてやるから――」

「二人とも。黙りなさい」

スアンはパトーシェのこめかみに雷杖を強く押しつけた。

「置かれた状況を理解しなさい。私もできれば聖騎士を殺したくはありません。連合王国に求めるのは平和的な交渉です。降服してください」

「……そうか。私も、そちらの立場には同情する」

パトーシェは小さなため息をついた。横目に、自分を捕らえる巨大な樹鬼を確認する。

「その立場では、配下を見捨てるわけにはいかなかったのだろう。挙げ句の果てがこの状況だ」

「何を言っているの？」

スアンは眉をひそめた。そろそろ頃合いだろう。テオリッタ相手なら、合図のためにどんな動作も必要ない。ただ、想《おも》えばいい。思考が伝わる。

「パトーシェ。頭を下げろ。俺の腕前は知ってるな？」

「わかった――」

パトーシェは巨大な樹鬼に抱えられたまま、一度大きくのけぞった。そして思い切り前屈する。

巨大な樹鬼を背負うような動き。一瞬、樹鬼の体が浮いて、スアンが驚愕《きょうがく》の表情を浮かべた。

「任せる！」

「任された。テオリッタ！」

俺が跳ぶのと、テオリッタが剣を召喚するのは同時だった。

「樹鬼が相手なら、私も――」

火花が散り、剣が現れる。

「戦えます。来なさい、炎の刃！」

俺はそれを空中で摑む。爆破印は必要ない。

テオリッタの召喚能力は、確実に向上している。だから、こういう剣も呼べる――俺が摑んで振るった剣は、炎を発した。第一王都の、聖選を巡る暗闘で何度か見た。発火の聖印を刻んだ剣。

それはパトーシェを抱えるククシラの腕に叩き込まれたが、さすがに両断することはできない。ただ、炎によって焼くことはできる。これは樹鬼にとって効果絶大だった。火炎が腕を走る。

「ゴォおぅっ」

という、足元に響くようなククシラの唸り声。あるいは叫び。ほとんど恐慌状態になって、ククシラは自らの腕を引きちぎった。それはパトーシェを自由にするということだ。

パトーシェは、完全に平衡を失ったククシラの足を払うだけでよかった。ククシラはさらに大きな叫びをあげ、体の重心の均衡を失ってその場に転倒した。

「悪いな。実は、俺の方が聖騎士なんだ」

テオリッタは俺の心を読んだように剣を呼び出した。そのことに、スアンはひどく驚いた顔をしていた。その疑問に答えてやった。

「剣の《女神》の聖騎士、ザイロ・フォルバーツ。ってことになってる。一応な」

「一応、ではありません！」

テオリッタは腕を組み、堂々と胸を張った。

「これこそが我が騎士、ザイロ・フォルバーツです。驚きましたか！　もっと驚きなさい！」

「く」

スアンは慌てて雷杖を撃つ。しかし、無意味だ。

あの雷杖――『ヒルベッツ』は貫通力に乏しすぎる。パトーシェは引きちぎられた樹鬼の腕を盾にした。ばんっ、と、太い腕が砕けたが、パトーシェはスアンに肉薄している。

スアンの雷杖を右手首で払いのけ、左手でそれを絡めるようにして叩き落とす。

「く、そっ」

お姫様らしくない悪態とともに、スアンも反撃しようとした。悪くはない。雷杖を払いのけられても、それを拾いに行くのではなく、格闘戦を選択していた。拳を固めて打つ。腹部を狙う。

パトーシェはそれを避けるでもなく、ただ自分からさらに距離を縮めた。結果、その打撃の速度は殺される。もともと苦し紛れの反撃にすぎない。そうなるとパトーシェの腹筋に対しては、ろくなダメージを与えられない。

「失礼」

とまで、パトーシェには宣言する余裕があった。床を強く踏む音。相手の胸倉と腕を掴んだ投げ飛ばし――が、決まると思ったときだった。

パトーシェの体が、ぎこちなくつんのめって停止した。

「……なんだ？」

スアンの襟首を摑んだままの体勢で、パトーシェは呻いた。顔には疑問と焦燥が浮かぶ。

「体が動かない。でしょう」

スアンは微笑んだ。どこか冷淡な笑い方だった。眉間のあたりにあった緊張が消えている。余裕を取り戻した。そんな気がする。

「私の聖痕には、そういう力があります」

ゆっくりと、スアンはパトーシェの手を摑み返した。襟首を解放させる。本来、パトーシェの握力が相手なら、簡単にできることではない。そして軽く肩を押されただけで、パトーシェはその場に膝をついた。

「あの船の上で、降服したときに約束が成立しました。あなたたちは、私に対して危害を加えることはできない——それはあなたも同様です。ザイロ・フォルバーツ、ですね？」

スアンは俺を見た。まったくその通り。うなずくしかない。

「まあな」

「御存じだったようですね」

「あんたの手下に聞いたんだ。『密約』の聖痕」

俺はパトーシェと、テオリッタにも聞かせるつもりで答えた。

「約束を守らせる力みたいだな。そいつを破ろうとすると、いまのパトーシェみたいに筋肉が弛緩《しかん》するのか？　それとも、麻痺《まひ》に近いのか？」

「どちらでも構わないでしょう。そして、ここまでです」

スアンの目が、部屋の入り口を見た。

黒い帽子の男。トゥゴと、その手下たちが到着していた。手下の数を数える。十人だ。たぶん精鋭なのだろう。

「姫」

と、息を切らしながらトゥゴは手を伸ばす。その手には雷杖がある。

「間に合いましたね。あなたに万が一のことがあったら大変でしたよ……」

ククシラも、その巨大な体をゆっくりと引き起こしている。重たい片腕を失った分だけ、少しふらつくが、戦闘に支障はなさそうだ。

スアンは軽くうなずき、テオリッタをまっすぐ見据えた。

「改めて提案しましょう。そのために、切り札を使います」

スアンは、傍らの机にあった銀の香炉を撫でた。

「必要であれば、私はその懲罰勇者たちの安全を保障できます。この香炉はキーオに伝わる、聖炉タウラウ・ユム。発する霧はあらゆる探知を妨げ、聖印の遠隔起動も機能しなくなります。それはたとえば――勇者の首に刻印される、処刑用の聖印でさえも」

本当かどうかわからない。が、ある程度は認めなければならないこともある。通信の聖印がまるで機能していないし、この島が誰からも見つかっていない。それは一つの可能性を示す。

「私ならば、あなたたちを連合王国から保護できます。この聖炉の霧がある限りは」

「……ザイロ」

テオリッタが俺の手を握った。俺の考えていることは、伝わるはずだ。テオリッタは少しだけ辛そうな笑顔を作って、うなずいた。瞳が炎のように燃えている。

「《女神》の許可が出た……俺から答えてやる。つまり、『だからなんだ』ってことだ」

「だから。あなたが懲罰勇者なら、その運命から逃れたくはありませんか？」

「あんたがその香炉を俺に無条件で譲るってなら、もらってやってもいいけどな」

「この香炉は、キーオの王の血を引く者にしか使えません。……しかし、余裕がありますね。なぜですか？　この状況で、どんな逆転が可能だと？」

「逆転、なんてものじゃない。最初からこっちがずっと圧勝間違いなしだったから、ちょっとそっちに見せ場をくれてやっただけだ」

「減らず口を叩きますね……！」

俺の言葉は、スアンを苛立たせたようだった。冷淡な表情がわずかに崩れている。

「ククシラ、トゥゴ、《女神》の護衛の二人を黙らせなさい。殺しさえしなければ構いません」

その言葉で、トゥゴとククシラはほぼ同時に動いた。トゥゴと、その手下は雷杖を起動させた。ククシラは咆哮をあげながら大きく腕を振り回す。それはほとんど技巧も何もない、腕力だけの攻撃ではあったが、当たれば無事では済まない。

なにより——足元には、明らかに動けないパトーシェがいた。

「テオリッタ！　こいつは人間同士の戦いだ、お前は伏せてろ！」

「はいっ」

というテオリッタの返事を聞きながら、俺は即座に床を蹴った。床で転がっているパトーシェの肩を摑んで抱え、転がる。

「――ひゅわっ」

腕の中で、パトーシェが鳥の鳴き声にも似た悲鳴をあげたが、暴れはしなかった。雷杖の稲妻が飛ぶ只中に突っ込むのは、少々の度胸が必要だった。何発かはかすめた。あるいは体のどこかに命中したかもしれない。よくわからない。

「ザイロ!」

テオリッタの警告。

ククシラの振り回した腕が、めぎっという異様な音とともに伸びていた。瞬間的な成長なのか、それとも別の仕掛けか。腕の先端が、鉤爪のように鋭利に尖《とが》っているのが見えた。それは俺の左肩――あるいは腕のあたりを引っかく。というより抉る。

(いてぇな、くそっ)

痺《しび》れるような痛みが背中へ抜ける。大丈夫、余裕で耐えられる。たいしたことじゃない。

ただ、パトーシェを抱えたまま床を転がる羽目になった。テオリッタの方へ――窓際へ逃れるようにまた転がる。目の奥がちかちかして、回転する視界の端に、目的のものが見えた。

雷杖。さっき、パトーシェがスアンの手から奪ったやつ。『ヒルベッツ』。俺はそれを摑む。

「無駄です」

スアンは俺を見下ろしていた。圧倒的優位を確信している顔だった。

「雷杖であっても、約束を交わしたあなたに、私を傷つけることはできません」

「ひでえな。そこまで凶暴に見えるか？　俺はあんたを傷つけようなんて思っちゃいない」

俺は雷杖を起動させる。窓際の、机の上を狙う。左腕は動かなかったが、このくらいは片手で十分だ。『ヒルベッツ』での射撃は文句を言いながら何回もやった。特性は貫通力よりも衝撃力。少しだけ鈍いような稲妻が放たれて、狙い通りに銀の香炉が砕け散った。

「あっ？」

一瞬の完全な停止。スアンの表情に亀裂が入ったようだった。

「な――何を！　なんてことを！」

駆け寄って、砕けた銀の香炉を抱きかかえようとする。だが、すでに破片にすぎない。それをかき集めようとする行為も不毛だ。

「自分のしたことを、わかっているの？」

言葉の使い方も変わっている。トゥゴたちの顔も青ざめていた。スアンの震える手が、砕けた香炉の破片のいくつかを握りしめる。それが指を傷つけるのも構わないくらいに、強く。

「いまこの瞬間、自分たちまで危険に晒されたってことが理解できない？　島の周りは異形《フェアリー》だらけだし、ブロック・ヌメア要塞には魔王現象だっている！　砦を放棄しなきゃならなくなる！」

スアンの叫びを聞きながら、俺は窓の外を見た。急激に霧が晴れていくのがわかる。太陽の光が垣間見えた。

「そいつはよかったじゃないか。やっと釈放だな」

聖炉と要塞の殻に閉じこもり、隠れ続ける。そんな生活は、永遠に牢の中で過ごすのとなんの違いがあるだろう？

「ずっと薄暗かったから、うんざりしてたんだ」

「ふ……ふざけないで！　いえ、なんでふざけてられるの？　魔王現象がやってきたら、私たちだけじゃない。《女神》様に万が一のことがあれば――」

「それは先を見すぎだな、スアン。あんたたちには、もっと怖がらなきゃいけないやつがいる」

俺は首元を押さえた。懲罰勇者の証《あかし》である聖印。いまなら、それを使って通信ができる。

「ジェイス。こっちだ、一番高い尖塔」

朝からずっと耳鳴りがしていたが、その原因はこれだ。ジェイス。あいつがひっきりなしに連絡を入れようとしていたせいだ。霧に覆われた空から、ときおり怪鳥のようなドラゴンの鳴き声も聞こえてきていた。

俺もそろそろドラゴンの鳴き声について理解しつつある。あれは警戒と怒りの声だ。

「死にたくないやつは伏せろ！」

叫んだ瞬間、部屋が燃え上がった。

窓から炎が吹き込まれる。それは嵐のように荒れ狂い、不幸な樹鬼のククシラを容赦なく焼き尽くした。伏せるのが間に合わなかった海賊も同様だ。

みんな、本当に哀れではあった。ククシラや海賊どもがどんな罪を犯したのか。だが、この炎を吐いた者は、俺たち人間の基準での罪や罰というものを考慮しないだろう。ただ確実なのは、海賊どもが彼らにとっての最大の禁忌の一つに抵触したということだ。

「嘘でしょ」

スアンが呆然と呟く。気持ちはわかる。

「ドラゴン？」

その通り。炎が収まると、ドラゴンの頭部が窓から突っ込んできているのがわかった。

深い森を連想させる、濃緑の鱗のドラゴンだった。でかい鉤爪をかけて首を振ると、たやすく壁が砕ける。積み木のように石が崩れた。外がよく見えるようになる――窓に突っ込んできたドラゴンの背中から、飛び降りてきたやつがいる。

片手に短槍を握った、小柄な赤毛の男。当然、ジェイスだ。地獄のように吹き荒れた炎の陽炎《かげろう》を、かき分けるようにして歩いてくる。そういう魔人のようだった。魔人というのは、第一次魔王討伐の頃に異形《フェアリー》を食らい、魔王現象を狩ったという鬼のような英雄たちのことだ。

「遅《おせ》ぇんだよ、呼ぶのが」

ジェイスは吐き捨てるように言う。

「ザイロ……お前、いままでなにしてやがった？　寝てたのか？」

「そっちこそ、もう少し早く来いよ。霧で迷子になってたのか？」

「うるせえ。クソ邪魔な霧もそうだが、やることがあった」

ジェイスの目には、凄まじい怒りがあった。その理由はすぐにわかった。

「ニーリィが負傷した」

後悔と自責もわずかに混じっていただろうか。一度、ジェイスは奥歯を噛み締めた。

「……手当てが必要だった。だが、まだ足りない」

ジェイスの背後から、空が見えていた。何翼ものドラゴンたちが舞い降りてきている。これで中庭の方の攻防も終わるだろう。どうせ海賊どもにろくな対空用の装備などない。そうである以上、ドラゴンの群れによる襲撃を、人間は防ぐことなどできない。

「あのドラゴンたち、お前が集めたのか？」

「ニーリィのためだ。負傷したことを伝えたら、みんな集まってきた」

どうやって伝えたのか。俺はその方法が気になったが、ジェイスに答える気はないだろう。

実際にそれどころではない。ジェイスは歩みを進め、壁際のスアンに近づく。当然、それを阻もうとするやつがいる――トゥゴだ。

「姫に近づけるな！　囲め！」

手下とともに動き出す。ジェイスを囲もうとする。

「やめとけ。死ぬぞ」

と、俺は言ったが、無意味だった。

瞬時に手下が二人、突き殺された。槍の穂先が血に塗《まみ》れている。残りも相手にはならない。戦意を喪失したやつもいて、どうにか太刀《たち》打ちできたのはトゥゴだけだ。

トゥゴは『波手』の曲刀を振るって踏み込む。強烈な斬り下ろし――それを、ジェイスは造作もなく捌いた。おそらくは西方戦技。後の先を制する、回避と攻撃準備を兼ねた動きだった。

次の瞬間、短槍の柄の方がトゥゴの側頭部を打ち、穂先が肩を突いた。速い。そして腿《もも》のあたりを切り裂いて、蹴とばす。トゥゴが転がる。

「どけ」

怒りに満ちた呟きだった。顔にかかった返り血を拭うと、かえって人間離れした形相に見える。

そのままジェイスは壁際で震えるスアンの襟首を摑む。もう誰もそれを邪魔できない。

「てめえがここの頭領だな？　落とし前をつけさせてやる」

ジェイスの言葉に同意するように、窓から顔を出す緑のドラゴンがかすかに唸った。

「いますぐ皆殺しにしてやりたいところだが、ニーリィの望みだ。俺だって……ただ殺すだけで許すつもりもない……！」

「待って。待って……交渉を……あなたの望みは」

「黙ってろ。俺がどれだけ我慢強く喋ってやってんのか、わからねえのか？　あ？」

何か言いかけたスアンは、壁に叩きつけられた。ジェイスの肩が震えている。スアンの首にかけた手は鉤爪のようだった。

「ルールを教えてやる。俺が言うことには『わかりました』だけで答えろ……それができなきゃ、もっと物わかりのいいやつと喋る」

「わ」

ジェイスが本気だとわかったのか、スアンは三回くらいうなずいた。

「わかりました」

「いいか――まずは薬だ。用意できるだけの薬を持ってこい。いますぐに」

「わかりました」

「それから水、肉、果物。ありったけ。わかったな？」

「わかりました」

「さっさとしろ。なにをボケッとしてやがる！　いま言ったやつをかき集めろ！」

ジェイスは他の海賊どもに怒鳴った。

もしも彼がドラゴンであったのなら、その怒鳴り声はきっと激しい炎の息吹になっていたことだろう。そう確信できる激しさがあった。

「全員焼き殺されたいか？　それとも、俺が一人ずつ突き殺すか？　ああ？　急げ！」

その怒鳴り声で、海賊たちは動き出す。もう決着はついた。

「――まあ、そういうことだな。こっちの要求を飲んでもらう」

俺はスアンを見た。赤毛の三つ編みの女は唇を噛んでいた。その表情はどこか幼く見える。思ったよりずっと若いのかもしれなかった。

「海賊は今日で廃業しろ。砦を守る霧も消えた。いまから俺たちの手下として働いてもらう。それが嫌なら、全員ドラゴンに焼き殺されるぞ」

「……そんなことをしても」

スアンは青ざめた顔のまま、俺を見た。その瞳にすでに戦意はない。代わりに、絶望のようなものがあった。

「私たちは遅かれ早かれ、連合王国に処刑されるんでしょう」

「そいつを避ける方法がある。恩を売ることだ。連合王国だって、いまは少しでも戦力が欲しい状況だ。樹鬼を操る、お前の力は使える。そう思わせるために、せいぜい必死で戦え」

実際、分の悪い賭けではない。連合王国は海賊たちを敵に回すより、恭順の姿勢を見せるなら利用して使い潰すことを選ぶだろう。この規模の海賊なら、捕らえておく労力さえ惜しいはずだ。

人類は、遠征計画なんていう景気のいい話をぶち上げたが、そのせいで追い詰められた部分もたしかにある。ここで勝てなければ後がない。使えるものはすべて使う。使えないものは、使えるようにして使う。

少なくとも、この遠征計画を遂行している間は、海賊を利用できる限り利用しようとする。その後は——こいつらの才覚次第ということになる。そこまでは知ったことじゃない。

「どうだ。乗るか?」

俺の優しい提案にも、スアンは無言だった。

「ヴァリガーヒ海峡の北岸を、魔王現象から取り戻す。それ以外に生き残りの道はないぜ。もう、安全な隠れ家なんてないからな」

銀色の香炉。おそらく聖なる力を宿した古代の遺産は、いま、完全に破壊されていた。

「力を合わせて戦おうぜ。俺たちは仲間だ。そうだろ? 『約束』してもいい」

俺は可能な限り嫌みったらしく笑ってやった。スアンは何か言おうとして唇を震わせ、そして結局は何も言わずに、かすかな呻き声だけ漏らした。

「……私たちの勝利ですね。それはいいのですが、我が騎士」

そのとき、スアンではなく、テオリッタが口を開いた。えらく不機嫌そうに俺を指差している。

「いつまでパトーシェを抱えているのです」

「ああ」

「パトーシェも、いつまで黙って抱えられているのです！」

「……は、はい！　そうだ！　いつまで抱えている！　こ、こんなことは――あっ？」

パトーシェはひどく暴れて、俺の腕を摑んだ。痺れるような痛みがある。左肩、左腕。

そのとき俺は初めて気づいた。

少し、血が流れすぎているような気がする。傷跡がかなり深い。抉られている――パトーシェとテオリッタの顔が青ざめたのがわかった。

「いや、待て……なんだこれ」

俺はなんだか寒気を感じた。ちょっと急激すぎる。あるいはこれは、失血のせいではなく、樹鬼が体内にため込んでいた何かの毒物か？　そういう性質があるのか？　思考がまとまらない。

「少しまずいな。止血だ――それと、聖印。通信、を」

最後まで言葉にできずに、その場に座り込んだ。やけに視界が狭く感じる。床が冷たい。

「グィオの、部下……たちを止めろ。霧が晴れたんだ。あいつらも、グィオと通信しようとするはずだ……そいつはよくない。連絡には、順番がある」

気を失いそうだ。言っておくべきことがある。ジェイスはこういうことに気が回らないだろうし、パトーシェやライノーはなおさらだ。結局、俺しかいない。

重要なのは、霧が晴れたいま、連絡すべき相手の順序だ。グィオは真面目すぎる。海賊どもの処分を法に則《のっと》って決めてしまうだろう。それは避けなければ。これは別に温情とか、慈善事業というわけではない。勝つためだ。

海賊どもを使って、この戦いに勝つ。そのために、順序は必要だ。

「リ……リュフェンが、先だ。あいつに連絡を、とれ」

若干、譫言《うわごと》のようになってしまっただろうか。

「リュフェン・カウロンなら、この方法が最善だって、わかる。海賊どもを味方につけて、ヴァリガーヒ北岸……せいぜい恩を売って……」

なんだか、暗い。そのあたりまでが限界だった。

自分の体が別のもののように見えていた。血を流しているのは、肩から腕。それに足も深く裂けている。足首に嵌めた、銀色の輪の光がやけに遠い。ルフ・アロス開門祭で、テオリッタと買った揃いの銀細工。その内側に刻まれている言葉は『世界一の愚か者と、偉大なる剣の女神』だ。

まったく、言い返す気にもならない。

「ザイロ！」

と叫んだのは、パトーシェだったのかテオリッタだったのか。

たぶんテオリッタだろう――パトーシェがそんな風に叫ぶところは、なんとなく想像ができない。

刑罰：ゼハイ・ダーエ岩礁城砦脱出 顚末

「……なぜですか？」

グィオ・ダン・キルバは、自分の声を努めて押し殺さなければならなかった。

そうしなければ、目の前の相手に刃を向けてさえいたかもしれない。

東部諸島の、海の民の血がそうさせるのか。グィオの内部には見た目とは裏腹な、激しやすい部分があった。それを普段は陰鬱な態度で隠している。今度も隠しきれるはずだ——と、グィオは自分に言い聞かせた。

（堪えろ。軍の頂点との不和は、何の益ももたらさない……）

一度目を伏せ、それから上目遣いに相手を見る。マルコラス・エスゲイン総帥。そのいかにも峻《しゅん》厳《げん》な顔つきを見ていると、机に乗せている片手に力がこもる。

「なぜ、北部方面軍を動かしたのですか」

日没の後、エスゲインが管轄する北部方面軍の一船団が、独断で動いた。

アントム・ブラトーロという、貴族の男が率いる艦隊だった。

夜襲をかけるような体裁で、ヴァリガーヒ北岸へと向かっていった。彼らが狙ったのは、ブロック・ヌメア要塞の西側にある、小さな岬だった。そこには灯台があり、上陸地点として最有力候補になっている。

(そこに、夜襲だと?)

グィオには自殺行為としか思えない。そんな地点を敵が放置するはずがない。守りを固め、夜襲を待ち構えている。戦況を見渡せば、そうであることは自明だった。

そして事実、いままさに、ブラトーロの艦隊は包囲攻撃を受けていた。

先ほど通信が入ったばかりだ。船室にある窓からその光景が遠くに見えている。青白い炎が夜の海を照らしている――異形《フェアリー》の群れと、魔王現象の攻撃によるものだ。蛇のように連なった青白い炎が身をしならせて、海の上の艦隊を打ち据える。燃え上がる。

あれは魔王現象十二号、ブリギッドだろう。炎の尾を持つ魔獣。長射程の攻撃能力を持ち、目下のところ、艦隊の上陸を拒む最大の要因の一つだった。

いまも、夜の闇の彼方で巨大な獣が躍っているのが見える。船に跳び渡り、その牙と爪と、炎の尾で戦艦を焼く。青ざめた炎が走る。空には咆哮が響き渡る。

(絶望的だ。あの岬を攻め落とすために、執拗に他の地点への陽動を仕掛けていたものを)

作戦の変更を余儀なくされる。やるとしても、全軍の力を投入するべき局面だったはずだ。

「私は反対申し上げたはずです。夜襲が成功する目算は限りなく低いと。そしていま、ブラトーロ総督の艦隊は敗北しつつある。それは我々の包囲網に大きな穴が開くことを意味します」

「たしかに、そうだ。ブラトーロの攻撃は性急にすぎ、何より独断であった」

エスゲインは重々しく応じた。そうした言葉の使い方、態度だけは、まさしく軍の頂点にふさわしいと言えるかもしれない。結局、担ぎ上げる人形としては適任である男だった。

あとは、ただ利己的であってくれるだけでよかった。本当にこの男が自分の保身のためだけに生きる人間であれば、もっと消極的であり、部下に無駄な作戦行動をとらせるようなことはなかったはずだった。

マルコラス・エスゲインは、そうではない。

「――つまり、エスゲイン総帥。あなたは――」

グィオは自分の声がいっそう冷えるのを自覚した。

傍らに控えていた《女神》イリーナレアがわずかに緊張した。軍議に飽きたような、あるいはそもそも興味もなさそうな顔つきをしていた彼女だが、グィオにはわかることがある。

イリーナレアはグィオの気配を察して、緊張しているのだ。

(大丈夫かよ)

とでも言いたげに、一瞬だけ目配せをしてきた。理解していることを伝えるために、机の上に乗せていた手を引いた。冷静さを失っていないことは、それで伝わる。

苛立っている自覚はある。

理由は、この独断専行だけではない。海賊に捕縛されたと思しき部下からの連絡が、いまだにないことだ。『芦風』号に乗っていた精鋭――彼らが失われたのだとすれば、その犠牲は小さなものではない。それに夕暮れ前に、やけに多くのドラゴンたちの群れが、東の空で騒いでいたのも気にかかる。なにかの凶兆だとしか思えない。

そうした予想外の事態の積み重ねが、自分の神経を尖らせているのだろう。それを自覚できてさえいれば、抑制もできる。

グィオは大きく呼吸をして、『陰鬱』と評される声を発する。

「エスゲイン総帥。あなたは部下の独断ということで、責任を回避するつもりですか？」

「いいや。部下を止められなかった私にこそ責任がある。それは否定しない」

（……なんだと？）

グィオは眉をひそめた。自ら過ちを認めるとは。嫌な予感がしたし、それはすぐに的中した。

「だが、私に責があると言うのなら――グィオ・ダン・キルバ聖騎士団長。貴公の戦に対する消極的な姿勢こそが、真の原因ではないか？」

「何を言われる」

暴言に近い台詞だった。しかしエスゲインは堂々とそれを口にする。

「いいか、ブラトーロは焦っていたのだ。なぜか？　聖女を戴《いただ》くこの遠征において、あまりにも消極的な戦術しか行っていないからだ。我々は沿岸部にはびこる人類の大敵、魔王現象と戦うべくここまで来た。それがどうだ。遠巻きに眺め、戦力を逐次投入しているだけではないか？」

「決して手をこまねいているわけではありません。我々の船団は、実際に勝利を重ねており――」

「そう。貴公の部隊だけが、その責務を担ってきた。勝利の栄誉もな」

そこへきて、ようやくグィオは気づいた。

この男が何を言いたいのか、ということだ。グィオは顔を上げ、室内に並ぶ顔ぶれを見た。ここにいるのはグィオの率いる聖騎士団からはグィオ自身とイリーナレア。海の精鋭である東部方面軍からは代表者が一名。

あとは北部方面軍の連絡将校と、エスゲインの直属の部隊の長――そして何より貴族連合からは八名ほど、『参謀』という名目で集められていた。

（貴族連合か。マルコラス・エスゲインは、この役立たずどもの頭数を味方につけているのか）

彼らは貴族――あるいはその名代によって統率されている。彼らは、なんらかの『武功』を立てる気になっているのだろう。

いまだ中央や南部の貴族には、前線を知らない者もいる。異形《フェアリー》とは害獣の群れのようなもので、兵を繰り出せば追い散らせるものと思っている。その楽観的な思考を、マルコラス・エスゲインは適切に利用したということだ。

「どうかな、グィオ・ダン・キルバ聖騎士団長」

エスゲインは低く、威厳ある声で言った。

「私はきみの指揮権に制限を与えようと思っている。現在の体制は、あまりにも一人に強権と責務を集中させすぎていると思わないか？」

これは戦だ、と、グィオは言いたくなった。

それも決戦である――戦力と戦術を集約させるべき非常事態だ。軍事行動に対する権限を分割する益はない。だが、無駄だろう。エスゲインの言葉の正当性は関係がない。すでにこの場の、多数決での勝利を手にしている以上は無意味だ。

だとすれば、いま、なにか打つ手はあるのだろうか？　この差し迫った局面で？

「何よりグィオ、私はきみに対するよからぬ噂も聞いているぞ。娯楽船なるものを呼び、兵の士気を上げると言う名目で――」

エスゲインはさらにグィオを追い詰めるべき言葉を発しようとした。

そのときだった。

かっ、と、船窓の外が明るく閃いた。

稲妻のような輝きだった。それが何度も連鎖する。グィオもエスゲインも、誰もがそれを見た。

遠く燃えていたブラトーロの艦隊の方だ。異変が起きている。

一瞬、再び閃いた光で、いくつかの戦艦が近づいていくのが見えた――どこの部隊の戦艦かはわからない。それに、空を飛翔するドラゴンの群れも。あまりにも大群で、第一王都の竜房のすべてのドラゴンが出撃したかのようだった。あんなものはグィオも初めて見る。

夜空を舞うように旋回していた、青白い炎の鞭が動きを変える。自身の身を守るように。沿岸部では空飛ぶドラゴンに対して無防備になるし、砲撃も激しい――魔王現象ブリギッドは、それを嫌って退却を開始しているようだった。

「なんだ？」

エスゲインは目を丸くして唸り、立ち上がった。

「なんだ、あの艦隊は？　どこの誰が救援に向かった？　ドラゴンが空を飛んでいるぞ！　竜騎兵も出したのか？　私の許可もなく、独断で？」

　まくしたて、最後に怒鳴る。

「急ぎ、状況を確認しろ！」

　一方で、グィオは無言で夜の海を見ていた。

　いまだに閃く稲妻のような光は止まっていない。断続的に放たれている——あれは砲撃だ。その光の合間に、グィオは見た。

　見覚えのある旗。翼のある巨大な蛇の紋章。

（ゼハイ・ダーエ……！）

　海賊たちだ。間違いない。やや細身のあの戦艦の形式も、よく見ればキーオ王国が保有していた型のものと同一だった。

「……おい、グィオ」

《女神》イリーナレアは、グィオの腕を肘で突いた。やや乱暴な仕草。

「通信だ。呼び出しが来てる」

　声を潜めて、小さな貝殻のような器具を手渡してくる。いまだ試作段階の聖印器具で、開発名称を『〓貝《コバロ》』という。遠隔の通信を可能とする。ここまでの小型化には、軍の兵器開発局が大いに骨を折ったらしい。

「このタイミングで通信とは……。まさか。海賊に囚《とら》われた部隊からか？」

「いいや。リュフェン・カウロンだ。あいつだよ、あのへなへな野郎」

イリーナレアは顔をしかめる。彼女はどうも、リュフェンのことが気に食わないらしい。グィオは彼女から『砑貝《コバロ》』を受け取り、歩き出す。イリーナレアを伴って、船室の外へ。

「失礼」

と、エスゲインには声をかけたつもりだが、いまは誰もそれどころではなかった。あるいは海上で繰り広げられる戦いに見入り、あるいは自分の通信盤に怒鳴っている者もいる。

『グィオ団長！　これ、聞こえてます？』

耳に『砑貝《コバロ》』を当てると、雑音だらけのリュフェンの声が聞こえた。かなり耳に響く。やはり音量調節がまだうまくいっていないらしい——グィオはわずかに貝殻を耳から離した。

『外のアレ、見えてますよね？　あの海賊どもの船！』

「見えている。どういうことだ？」

『うまくいってよかった。いや、ちょっと前に連絡がありましてね。海賊どもに捕まったそっちの部下が、自力で脱出して海賊どもを手下にしたんですって！』

「私の、部下が？」

違和感がある。聖炉の霧がある限り、通信は途絶していると思い込んでいた。霧が晴れたということなのか。ならば、なぜ最初に自分に連絡をしてこなかったのか。

「なぜ、先にそちらに連絡が？」

『ああ……ええと……グィオ団長が重要会議でお忙しそうだったもんで。緊急事態ですし、こっちの権限で動かしました。暫定的ですが、うちの管轄の補給部隊ってことで……。まあその、ずいぶん荒っぽい補給活動になっちまったみたいですが』

「……そうか。わかった」

何かの邪悪な意図を感じる。本来ならば海賊どもは裁かれるべき連中だ。キーオ王朝の残党。明らかな違法行為を繰り返していた海賊どもを、補給部隊という形で組み込んでしまった。ある種の悪知恵といってもいいだろう。

すぐにグィオは、一人の名前を思いつく。

「懲罰勇者。ザイロ・フォルバーツ……。やつの提案か？」

『えっ。あの。いや、そうと決まったわけでは……』

「嘘が下手だな。それに、きみはザイロ・フォルバーツに甘すぎる」

『はは』

乾いた笑い声。リュフェン・カウロンは、本当に嘘が苦手らしい。

『……それでも実際、海賊どもを相手にしてる余裕は、いまはありませんよ。やつらが連合王国に恭順を誓うなら、コキ使ってやるまでです。恩赦の可能性が鼻先にぶら下げたニンジンになる』

リュフェンの物言いは引っかかるが、合理的ではある。グィオが持つ倫理観という枷《かせ》さえ外してしまえば、戦いの勝利のためには、ずっと利益になる発想だろう。

『グィオ団長。いまは、どんな小さな戦力でも必要だと思いませんか？』

「……私は同意しかねる。法に則っていないうえに、火種を抱え込むようなものだ……」

『ですよね。でも、いまさら火種の一つや二つ……このくらいは、誤差ですよ。猫の手でも借りたい状況ですし……なんなら首輪をつけてもいいんです。懲罰勇者どもみたいに』

そうかもしれない。海賊どもに助けられた形になったのは事実だ。この戦況の膠着《こうちゃく》を予想以上に迅速に打破することができた。戦力の無駄な損耗も避けられた。

（それになにより、リュフェン・カウロンが必要だと言っている）

連合王国の兵站というものを、なによりも理解している男だ。この決戦で、すべてを投入する。それを考えるならば、ほんの一本の藁の重みのようなものであっても、戦力を増強したいと思うのは当然だ。たとえ犯罪者だらけの部隊でも使う。懲罰勇者はその最たるものだ。

しかし、納得はいかない。それはグィオの性格的なもので、飲み込んで耐えることもできた。

「……わかった。なにかあったときは、きみの責任ということだ」

『それは怖いので、何事もないように気をつけますよ』

「そうしてくれ。以降は、やつらを戦力として使わせてもらう」

絞り出すように言って、通信を切る。『谺貝《コバロ》』を必要以上に強く握りしめていた自分に気づいた。

こんな状況を作ったであろう男に対して、グィオは呪詛《じゅそ》のような言葉を吐く。

「ザイロ・フォルバーツ……！」

「ああ。やっぱり、あいつか」

隣で話を聞いていたらしい。イリーナレアは鼻を鳴らした。

「お前、昔からアイツのこと嫌いだったもんな」

「……好悪の感情は特にない。苦手なだけだ」

◆

戦いは、ほとんど一瞬で片がついた。

俺たちを乗せた海賊どもの船が突っ込んで、異形《フェアリー》どもの側面をついた格好だった。

『お前らと、お前らの姫が処刑されるかどうかは、この戦いにかかってる』

目覚めて開口一番、俺はやつらに宣言した。

『勝って初めて、処刑を免れる可能性が出てくる。死ぬ気で戦え』

『わかってますよ』

と、海賊どもの将校の一人が唸るように言った。どいつもこいつも不満そうではあったが、覚悟を決めた顔をしていたと思う。

『これしかねえんでしょ。やってやる……！　それに、人間相手の戦いより、ずっとマシだ』

そうしてやつらは攻撃を開始した。何かから解き放たれたように鬨《とき》の声《こえ》をあげ、狙撃用の雷杖を放つ。砲を撃ち込む。『波手』の曲刀を振るって、船にとりつく異形《フェアリー》を斬りはらう。

――それに加えて、空からは竜の群れが襲いかかった。

ニーリィはまだ動けないらしく、ジェイスはやむを得ず、といった様子で緑色のドラゴンに跨《また》がっていた。チェルビー、とジェイスはそのドラゴンの名を呼んだ。動きは俺から見て、悪くはないと思う――飛行型の異形《フェアリー》を寄せ付けず、追い散らし、軽々と地上に炎の息吹を吐きかけた。

が、なんといってもここで調子に乗ったのはライノーだった。

やつはいつもの赤黒い砲甲冑に身を固め、今度は甲板に腰を据え、即席の固定台まで海賊どもに用意させて撃ちまくった。装塡も海賊の仕事で、だいぶこき使ったと思う。

「やっぱりこっちの方がやりやすいね。よく当たる」

と、本人は言っていた。

「考えてみたんだけど、僕の戦闘方針は間違っていた。海に落下する危険性より、敵を近づけてしまう方が問題だと思うんだ。僕が的を外すことはほぼ無いわけだし」

かなり腹の立つことに、その言葉は間違いではない。

砲甲冑を身に着けたライノーはグリンディローを始めとした、大型の異形《フェアリー》を片っ端から吹き飛ばしていった。それどころか、ヴァリガーヒ北岸の陸地にまで砲弾を叩き込んだ。

どうもそちらには魔王現象の主がいるらしく、ときおり青白い炎の鞭が空に舞い、海を焼くのは見えていた。俺が知る限り、ああいう現象を起こすのは魔王現象十二号。『ブリギッド』だ。

それを黙らせたのがドラゴンたちの猛攻と、ライノーの砲撃だった。

ブリギッドの炎の鞭は何翼かのドラゴンを撃墜したものの、やがて止まった。仕留めたとは思えないので、撤退したのだろう。あとは敵の掃討に専念できた。この気が抜けるほど簡単な勝利は、ちょうど異形《フェアリー》どもが人間側の船団に襲いかかっていたときで、背を向けていたせいもある。

そう考えると、この夜、このとき異形《フェアリー》に包囲攻撃されていた船団――おそらく北部方面軍のやつらは、囮《おとり》のような役目を果たしたわけだ。

「なんなんだ、あの連中は」

パトーシェは納得がいっていないような顔で唸った。

「なぜあんな無謀な突撃を？　……我々にとって好都合だったのはたしかだが……」

「ぜんぜんわからん」

俺はそう答えるしかない。

「ただ、これで片づいたな。このままあの岬を確保すれば、ブロック・ヌメア要塞攻めを援護できるようになる――なあ？」

そうして、背後を振り返る。

「要塞を取り返したら、お前らには恩赦が出るかもしれないぜ。俺たちは無理だけどな。あとちょっとだから、もうちょっと景気のいい顔をしろよ」

「……できるわけないでしょ」

答えたのは、スアンだった。海賊たちの、赤毛の姫君。ある種の人質として俺たちと同じ船に乗っている。やや憔悴《しょうすい》した顔だが、気持ちはわかる。

「納得できない。なんでこんなことになるの……！」

彼女の口調は、すっかり変わっている。姫君らしくないが、おそらくこちらが地なのだろう。

「魔王現象と戦うなんて。しかも懲罰勇者の下で……そんなつもりじゃなかった……」

「そうか？　お前の兵士たちは乗り気みたいだけどな。よく戦ってたぜ」

「あれは自暴自棄っていうのよ。ただの、破れかぶれ……」

「だが、十分だ。うまくやったよ。すぐに処刑ってのは免れるだろ」

「それが一番気に入らない。あんたの口車に乗ったみたいで」

「俺はどっかの詐欺師とは違う。これしかなかった。お互い、得になる話じゃねえかよ」

どっかの詐欺師、という言葉を、スアンは理解できなかったに違いない。複雑な顔で首を振る。

思えば、よく考えなくても哀れな連中ではある。

「お前たちには同情する。残念だったな」

俺は励ました。皮肉ではなく、本当にそのつもりだった。

「最大の失敗は、ニーリィに手傷を負わせたことだな。あれはマジで最悪だった」

「……ニーリィって誰よ？　ドラゴン？　ドラゴンに怪我させたから、なんなの？」

「いまの台詞はジェイスの前では絶対に言うなよ」

「あの男もわけがわからない。ドラゴンをあんなにたくさん操るなんて……あいつだけで魔王現象をどうにかできるんじゃない？　ブロック・ヌメア要塞も陥《お》としてほしいんだけど……！」

「まあ、それができりゃ苦労はない。実際に使うとなると、ドラゴンは色々と面倒なんだよな」

空中で圧倒的な戦闘力を持つドラゴンだが、弱点もある。

たとえば着陸の際の無防備さ、火炎を吐く場合の体力消耗による長期戦の不利、そして要塞攻めで最大の問題は――攻撃が大雑把すぎるということだ。炎によってブロック・ヌメア要塞を焼き払ってしまっては意味がない。

それに今回、ジェイスはひどく落ち込んでいた。いつも以上に不機嫌な顔で戻ってきて、

『サブナとユーラが、殺された。ベイリンも重傷だ……もう飛べない』

と、ざらついた声で告げた。ブリギッドの炎の尾で撃墜されたドラゴンたちだろう。

『みんなは、騎竜部隊と違って戦闘の訓練を積んでいないんだ。ブリギッドと戦うときは、もうみんなの力を借りるわけにはいかない。ザイロ。お前もそのつもりでいろ』

――だ、そうだ。ジェイスがそう言うのなら、俺には口を挟む権利などない。わかった、とだけ俺は答えた。なんとなくわかってきたことがある。駆けつけたドラゴンたちは、民間人のようなものなのだろう。ならば俺も理解できる。

武器を手に取り、戦って死ねとは口が裂けても言えない。

「とにかく、お前たち海賊団には期待してるよ。久しぶりに外に出て楽しそうじゃないか？」

「まあ……たしかに。こっちにとっても、悪いことばっかりってわけじゃない」

意外にも、スアンは俺の皮肉をそのまま素直に受け取ったようだ。

「みんなの士気が高くなってる。それは認めるわ。霧の中で、島に閉じこもる生活には問題があったんでしょう。私は気づかなかったし……いえ。気にしないようにしてた」

険しい顔で、俺を見る。あるいは気まずそうな顔で。

「だから、そのことだけは感謝しておく。そのことにだけは、ね」

「そりゃよかった」

そういう礼を言われるのが苦手だ。だから俺はもう一つ皮肉を重ねることにした。

「たいした素直さだ。その調子で、どうやってグィオに挨拶するか考えとけよ。たしか、親戚なんだよな？　ガキのころは一緒に育てられたって、海賊どもから聞いたぜ」

「……それは嫌。絶対、グィオ兄さんには会わないから……！」

「そんなに嫌いなのか」

「ものすごく。叱られた記憶しかない」

グィオから兄として叱られるのは、相当に難儀なことだろう。俺にも想像がつく。

「まあいいや、そろそろ船の中に戻れ。トゥゴがまた熱を出してるんだろ」

あの黒い帽子の海賊は、ジェイスに手傷を負わされてから寝込んでいる。だいぶうなされているようだ。後でちゃんとした医者に見せた方がいいだろう。

「言われなくても、戻る。あんたたちと会話したくないし……！」

「だろうな」

後ろで去っていく気配を感じながら、俺は夜の海を眺めた。

というより、この夜の俺には、海を眺める以外のことはまるでできなかった――左腕がまるで動かなかったからだ。左足もちょっと動かしにくい。

ククシラという樹鬼から受けた傷だ。

あの海賊の頭領、赤毛に三つ編みのスアンは「一部の樹鬼が持っている、麻痺性の毒」だと言っていた。数日は腕を動かすことができないだろう、と。致死性のものでなくてよかったが、これはとてつもなく不便で、ついでに戦闘にも参加できない。

この有り様は、後でジェイスに相当煽られてしまうだろう。よって戻ってくるジェイスと顔を合わせるのは危険だ。戦いの趨勢が明らかになっている以上、部屋に戻るに限る。

船の中のテオリッタもそろそろ暇を持て余して、何か役に立とうと出てきかねない。

「じゃ、俺もそろそろ戻るか」

パトーシェを振り返り、肩を叩く。

「あとは任せる。つっても、観戦するだけだろうけど」

「部屋に戻るのか……たしかに安静にしておいた方がいいだろうな。わかった、行こう」

パトーシェはうなずいて、当然のようについてこようとする。

「お前も戻るのかよ」

「当然だ。貴様の面倒を見なければならん」

「なんでだよ。別に面倒見てもらう必要ねえんだけど」

「そうはいかない。私の腕に摑まることを許可する。歩くことはできるな？」

パトーシェは片腕を差し出してくる。俺はなんと言うべきか迷った。

「なんだその顔は」

「いや、そこまでしてもらう理由は――」

「私を庇った結果として負った傷だ。私に責任が存在する。……だから、そう。負傷が回復するまではな。転倒しないように私に摑まれ」

睨みつけてくる眼光には威圧感がある――パトーシェ・キヴィアという人間の性格は、俺にも徐々にわかってきた。つまり、自分が決定したことはそう簡単に覆さない。

逡巡し、要求を一部妥協する形で飲むか、と思ったときだ。

「――ザイロ！」

テオリッタの声だった。船室に続く舷梯《げんてい》から顔を出し、こっちに手を振った。

「通信が入りましたよ！　ベネティムからです。なんだかとても困っているようで――ん、んん？」

喋る途中で、その眉がひそめられた。なんだか不審なものを見るように、俺とパトーシェを見た。

「なんですか。なんだか、すごく仲良さそうにしていませんでしたか？」

「そう見えるのか」

「――いえ、そんなことはありません！」

パトーシェは背筋を伸ばし、必要以上に思えるような大声で断言した。

「ザイロの負傷の責任は私にあるため、最低限の面倒を見る責務があるだけです」

「そうですか？　本当に？　最低限？　最低限なら、私も簡単にできますが。むしろ我が騎士の面倒を見るのは《女神》の役目ですよね」

「……しかし、ですね……体力や腕力を必要とする作業についてはテオリッタ様には……」

「待て」

テオリッタは《女神》としての責任感が強すぎるし、パトーシェも自説を簡単に引っ込めるやつじゃない。話が終わらないと思ったので、口を挟むことにする。

「テオリッタ、ベネティムが何か言ってたんじゃないか？」

「あ！　そうです。ベネティム！　伝言があります！」

伝言ということは、懲罰勇者用の聖印経由の通信ではなく、正式な軍の通信盤を使っているということだろう。すなわち、任務だ。懲罰勇者への指令。

「次の作戦です。ベネティムとツァーヴが敵陣に突入することになったため、助けてほしい、とのことです」

「……なんで？」

俺は開いた口が塞がらなくなった。軍の司令部は何考えてやがるんだ。

◆

空から響くドラゴンたちの咆哮を、ブージャムは城砦で聞いていた。

その咆哮は、彼らの憤怒《ふんぬ》を伝えているようだった。

すべてが終わり、撤退してきた魔王現象ブリギッドも負傷していたほどだった。手負いのブリギッドは唸り声をあげ、全身を震わせて不快感を表明し、異形《フェアリー》どもに八つ当たりをしていた。

「そのくらいにしておいたらどうだ」

と、ブージャムは声をかけた。ブリギッドはひときわ大型の異形《フェアリー》を引き裂き、その血を啜《すす》っていたところだった。

「攻撃衝動なら、敵に向けるべきだろう。味方を食らうのは礼節に欠ける行為だ」

『警告のつもり、か？　勘違いをするな』

と、ブリギッドは唸った。彼女は言葉を扱えないが、その思念は理解できる。

彼らの『王』が呼ぶところの、ティル・ナ・ノーグへの接続の恩恵だ。ティル・ナ・ノーグには様々な機能があるが、知性さえあれば、このような意思疎通も可能となる。便利なものだ。

『傷を癒やしている。血肉が必要だ。次は退けぬ戦いになるだろうからな』

「いいや。そうとは限らない」

ブージャムは足元に流れてくる血を見ていた。癒やしのための血肉。彼も他者の血を啜ることで力を蓄えることができる。ブリギッドもその同類なのだろうか。

だから、というわけでもないが、忠告はしておく。それがブージャムの信じる礼儀だ。

「トヴィッツは、この要塞から引き上げるつもりのようだ。無意味な戦いになる可能性がある」

『ふん。無意味、か？　くだらない。この要塞は私の場所だ……私が奪った』

ブリギッドはその爪で、大きなバーグェストの腹を抉った。肉と血を啜る。

『この要塞は、我らの王が直々に——私に与えてくれた場所だ』

「気持ちはわかる。だが、戦えば死ぬぞ」

『それがどうした』

本当に不思議そうに、ブリギッドは首を傾げた。

『我らが王の望みだ。凶暴なる魔獣として、人間どもにとっての災厄となる。戦い続け、幾重もの屍《しかばね》の上で吠える。死ぬその瞬間まで。それが私の役割だ。王の言葉を借りれば——そう』

ブリギッドは夜空を見上げた。冷たい、青い月が昇っていた。

『私は最後まで演じきる。気持ちはわかると言ったな？　本当にお前に理解できる、か？』

「……そうだな」

少し沈黙し、うなずく。

「わからないかもしれない。俺は、『まだ』だ。いずれきみのような役割を得たいものだ」

『それはお前の話だ。私は、ここで私の話を全うする』

「……承知した」

ブージャムは、それ以上なにも言えなかった。無意味だからだ。そのまま中庭を横切り、要塞の隅を目指す。トヴィッツだ。ブリギッドのことは伝えておく必要がある。いまや『事務室』と呼ばれる部屋に入る。

トヴィッツはどうやら部屋を片づけている最中らしく、忙《せわ》しなく書類を箱に詰め込んでいた。

「相変わらずだな。お前は忙しそうだ」

「そうですね。色々と準備があるもので」

「部屋の掃除くらいなら、人間の奴隷たちにやらせてもいいだろう。食用でない者たちも、まだ多く残っているはずだ」

「いえ。これは意外と重要な作業なんですよ」

喋りながら、トヴィッツは箱の中に書類を放り込んでいく。いい加減な手つきのようだが、よく見ると放り込む箱が複数ある。書類の性質によって仕分けているようだ。

「ただの掃除じゃなくて、ここを引き払う準備ですからね」

「そうか。やはり、要塞を放棄するのか？」

「ええ。ただ、無傷で明け渡すのもうまくありません。ある程度の損害は与えたいし、ここら辺で懲罰勇者部隊を叩いておきたい。それに、負けっぱなしは……ちょっと困りますからね」

トヴィッツは少し恥じるように笑った。

「たまには、アニスにかっこいいところを見せたいので」

よくわからない男だ、とブージャムは思う。冗談なのかそうでないのか区別ができない。もともとブージャムはそういうものが苦手だ。だから、人類の文化を知りたいと思う。それは『王』の期待にも添うことだ。

なぜだかブージャムはトヴィッツに対して、ある種の嫌悪感を禁じ得ない。が、『王』はこの人間をひどく面白がっていた。

『きみは素晴らしい』

とまで言ったほどだ。ブージャムは『王』の言葉を一言一句違《たが》わずに思い出せる。第一王都で、彼らは『王』と謁見を果たした。

『トヴィッツ。それだ。私には表現する術《すべ》もないが、きみのその心は非常に素晴らしい』

手を叩き、賞賛する。

『魔王現象どもに見習わせたいね。きみの行いは、世界を変えるだろう』

『世界を変える、とは？』

そのときトヴィッツは、不遜にも聞き返した。『王』はそれに対して、満面の笑みで答えた。

『きみの心が、きっと世界を面白くする』

最大級の賞賛だった。ブージャムはそれを妬ましく思った。自分は、まだ、そうした言葉をかけてもらっていない。どうやらトヴィッツの精神活動が持ちあわせる、なんらかの要素が『王』の望みに適《かな》ったらしい。

いずれ、必ず。と思う。

いずれ必ず、トヴィッツが手にしている何かを、自分のものにする。そのためにはトヴィッツの傍を離れずに観察することだ。だから、嫌悪を抱きながらも付き従っている。

「――ブリギッドの様子は、どうでしたか？　撤退を承諾してくれましたか？」

トヴィッツに尋ねられていることに気づき、ブージャムは意識を現在に引き戻す。

「ブリギッドは、この要塞を離れることを拒否している。やつらに一矢報いるつもりだ」

「はは。そうですよね。もともと、この要塞を奪ったのはブリギッドでしたから」

トヴィッツは苦笑する。

「想定した通りですね。殿軍は必要です。ブリギッドには囮になってもらいますよ――デアドラがいれば脱出はできる。それに、7110隊もいますからね。支障はありません」

トヴィッツには、そのことがわかっていたようだ。ブリギッドは残ることを選ぶ。最初から切り捨てるつもりだったらしい。ブリギッドが捨て駒にされたようで、不快ではある。

「では、ブージャム。デアドラを呼んできてもらえますか？　彼女は――おっと」

「――トヴィッツ！」

不意に、部屋のドアが勢いよく開いた。白髪の少女――のように見える魔王現象が足音も荒く入室してくる。

デアドラ。見た目は人間の少女に近いが、大きな違いとしては、その頭部から山羊《やぎ》の角が飛び出していることだ。しかし、それ以上に異様なのは、彼女の右腕と右目だろう。明らかにサイズの異なる、ひときわ大きな右腕は常に痙攣《けいれん》して止まることを知らない。その右目は赤く、血の涙をいつも湛《たた》えている。

それが、大地の《女神》の遺骸だった。

それに比べたら、人間の生首を左手で握りしめていることなど、たいした問題ではない。ただのつまみ食いに等しい。いまだ血の滴る首。どうせ食用人間の一人だ。首を見る限りその人間個体は痩せており、小柄で、明らかに幼体――戦闘員に向かない子供の食用人間だろう。

こうして幼体を殺すと、右腕の発作をいくらか抑えられるらしい。そのため、毎晩のように幼体の人間を食べるのが彼女の習慣になっていた。あまりよくない傾向だとは思う。

「トヴィッツ。あの話、私の聞き間違い？　ふ。ふ……ふざけてるの？」

ばん、と、生首を足元に叩きつける。頭蓋が破裂して、部屋の床が肉と骨と血で汚れた。

「この……要塞を放棄するって、どういうこと？　なんの説明もなかった！」

「ええ。それはまあ、してませんからね」

「それよ！」

叫び、デアドラは左手を振るった。入り口の壁が砕ける。感情を抑えることができない。そういう類の魔王現象は、それなりに貴重だ。ブージャムは彼女を少し羨ましく思った。

「この私に、なんの説明もなく！　そんな重大なことを……決めるっていうのは、どういうことなのかって聞いてるの！」

デアドラの言葉は、しばしば途切れがちだ。右腕と右目がもたらす痛みに耐えているのだろう。

「私は納得してない！　ブリギッドだって、残るつもりでしょ！」

「ご自由にしてもらって結構ですが、指揮権はぼくにあります。『王』はアニスを我々の総指揮官に選び、ぼくはアニスに選ばれた」

「それ、だって……私は納得してない！　なんでアニスが……！」

「じゃあ、『王』に逆らってみますか？」

「……それは問題だな、デアドラ」

トヴィッツが言ったので、ブージャムは口を挟んだ。食用の人間を勝手に殺すことはともかく、それだけは許されることではない。右手を動かし、指先を彼女に向ける。

「お前はたしかに、『王』が任じた重要な工兵の役目を背負っている。しかし、何もかもが許されるわけではない。俺は、『王』から処罰の裁量もまた委《ゆだ》ねられている……」

「ふん。別に、そんな……つもりじゃないわ……！」

それはよかった、とブージャムは思う。デアドラはいまや《女神》の権能を持つ、特別な魔王現象だが、『王』に背くならば殺すしかないからだ。

「とにかく、要塞の放棄は決定事項ですよ。一暴れして、ここを引き払います」

「それ……ブリギッドは、納得したの？」

「いえ。ここに残って反撃するそうです。そのわがままを、ぼくは認めようと思います――ただ、デアドラ。あなたは駄目ですよ。あなたはこの次の局面で、重要な駒なので」

「……わかってる。じゃあ、説得……してくる！　ブリギッドを！」

デアドラは慌ただしく部屋を出ていく。トヴィッツはまた苦笑して、ブージャムを振り返った。

「ブリギッドは頑固だし、無駄だと思うんですけどね。賭けてもいいですよ」

「俺も同感だ。彼女は己の役割を深く理解し、ここを死に場所と定めている。よって、デアドラの試みは賭けにならない」

もしかしたら、その言葉は意図せずなんらかの面白い冗談になったのかもしれない。トヴィッツは声をあげて笑った。

「まあ、ぼくの予想だと、連合王国がここを落とすまで十日はかかりますよ。そのくらいは稼ぎ出せる想定です。これは万が一の準備ですから」

「想定外のことは起きるだろうか」

「考えたくはないですね。その場合は、ぼくが予想する最悪の流れになっている可能性がある」

「それは、どういう『最悪』だ」

「懲罰勇者部隊が、なんらかの形で権力を手に入れているということです。一般の兵士からの期待でも、軍の上層部の態度の軟化でも、聖女からの信頼でも。彼らに本当の意味での力を持たせるのはもっとも危うい。『王』もそのようにお考えでした」

「そこまでの存在か。やつらは」

「そこまでです。ザイロ・フォルバーツにも、他の勇者にも、それだけの危険性がある」

ブージャムは沈黙していた。本当に彼らにそれだけの、戦況すべてを一変させてしまうような力があるのだろうか。たしかに聖剣は恐ろしい。最強の兵器の一つではある。だが、弱点はいくらでもあるし、たかだか十名足らずの部隊にすぎない。

その気配を察したのか、トヴィッツは大きくうなずいた。

「懸念はごもっともです。しかし、ぼくは本気ですよ。たった数名の個人が、戦いの流れを変えてしまうことはたしかにある」

そこまで言って、トヴィッツはため息をついた。

「もしも連合王国軍がこの最初の攻勢でブリギッドを討ち、この要塞を落とすようなら――不本意ですが、反撃のための計画を早めるしかありませんね」

刑罰：ヴァリガーヒ海岸隠密偵察　顚末

──海路を進軍する部隊が、岬の上陸地点を確保する、その前日のことだった。

ドッタが、予想以上に詳しい情報を持ち帰ってきた。ヴァリガーヒの北岸は、春とはいえ、夜になればまだ冷える。焚火《たきび》で手を炙《あぶ》りながら、ドッタの語ることによれば、以下の通り。

ヴァリガーヒの北岸には、要塞があり、その周辺に人間の集落があるという。

要塞は魔王現象たちのものだ。一部に傭兵《ようへい》もこもっている。一方で集落に住む人間は、農作業に従事し、あるいは捕食されるための奴隷たちであるらしい。

その奴隷たちを管理するのは、やはり人間──魔王現象に取り入った者たち。と、いうことだ。

「本当、大変だったんだからね……」

と、ドッタは主張した。

ベネティムが見る限り、たしかに憔悴しているような気もする。が、それはただ単に逃げ回った疲労だけではなく、隣で彼を見下ろすトリシールのせいではないだろうか。

「偶然、巡回してる人間の兵隊たちに出くわしてさ……追いかけ回されて、死ぬかと思った！」

「よくそんな口を叩けるな、お前は……」

ドッタに対して、トリシールが呆れたように眉をひそめた。

「やつらは話を聞こうとしただけで、立ち回り次第で身分を偽ることもできた。最初は行商かと思われていただろうが。お前が慌てて先に一人を射殺したから面倒なことになったのだ」

「いや、それは、だって怖いじゃん……だから先に殺した方がいいかなと思って……」

「しかも叫び声をあげながら撃っただろう。あれだけはやめろ。馬鹿なのか？」

「怖かったんだって！　ちょっとは褒めてよ、兵隊らしく敵を殺したんだから！　情報収集の仕事だって完璧に終わらせたでしょ！」

もちろん情報収集など、ドッタにとってはついでのようなものだっただろう。近隣へ偵察に向かわされた偵察兵たち——その中で、もっとも危険な地域を担当させられた。その腹いせに人間たちの集落から窃盗を働いて、片手間に情報も持ち帰ってきただけにすぎない。

偵察班は、ドッタ以外は全滅した。

トリシールが首根っこを捕まえて連れ帰らなければ、後先をろくに考えないドッタならばこれ幸いと姿を消していただろう。その後で殺されるにもかかわらず。ドッタはそういう人間だ——ベネティムはよく知っている。

（ただ、問題なのは）

ベネティムは背筋に冷や汗が浮いてくるのを感じている。

（ドッタが盗んできた『戦利品』を、すでにノルガユ陛下が着服してしまったことですよね。なんとか、その部分についてはごまかさなければ）

ベネティムは余裕のありそうな表情を崩さないように、細心の注意を払いつつ、隣に立つ男の顔を見る。ロレッド・クルデールという若い将校だ。いかにも「できる軍人」といった風貌で、近くにいると気後れする。

「……偵察の任務を全うしたのは結構なことだが」

ロレッドは厳しい目でドッタを見ていた。

「きみの窃盗行為は許容しがたい。それは略奪だ。奴隷となった人々の集落から盗んだのか？」

「ち、違います。て、敵？　……の兵糧庫から……」

「偽証するな、首吊り狐《くびつぎつね》。そんなところには出入りしていないだろうが」

「トリシールは黙ってて！　余計なこと言わないでよ！」

このやり取りは、ロレッドの頭痛を誘発したようだ。額を押さえて、軽く振る。

「ドッタ。きみはいったいどれだけ盗んだ？　そして、それをどこに隠した？　それとも、すでに誰かに——」

「——ロレッド隊長！」

これはまずい、と直感した。ゆえにベネティムはすぐに声をあげることにした。その声がロレッドの言葉の後半をかき消した。

「ドッタ・ルズラスは制御するのが大変難しい偵察兵です。普段は私が随行しているため制御が可能なのですが、今回のような状況では厳重な監視の下で派遣し、通信が途絶した場合は速やかに殺害するのが正しい運用でした」

「ふむ。では、きみは――」

ロレッドが顔をベネティムに向けた。その口から疑問の類が出てくる前に、ベネティムはさらに素早く言葉を続けている。

「こんなこともあろうかと、念のためにトリシールを随行させていたのが正解でしたね。もう一つの安全策もあったのですが、そちらを使わなくてよかった」

嘘だ。もう一つの安全策などないし、トリシールの同行はノルガユの提案だ。

ただ、ノルガユはこの場にいないし、トリシールが何か文句を言う声などベネティムの声と喋る速度には追い付かない。彼女はこういうときに大声で抗議する種類の人物ではない。

「ドッタが盗んだ品物については、おそらく食料の類であればすでに胃の中です。これ以上の被害を出さないため、反省を促すため、両脚に枷をつけたうえで監視し、掘削や糞尿の始末などの懲罰的作業に従事させるのがいいでしょう」

「いっ？」

ドッタが裏返った声をあげた。

「ぼく、またそれやらされるわけ？」

明らかな不満の響きを、気にしてはいられない。

「申し訳ありません。ロレッド隊長。私も常に頭を痛めています。次からもドッタを使用するときは私を通してご相談ください」

「なるほど。きみも苦労しているようだな」

ロレッドは、その渋面に同情の色を滲ませた。

「曲者揃《くせものぞろ》いの懲罰勇者部隊だ。大変だろうな」

「ええ。それはもう」

これは本当に、嘘ではない。実際に死ぬほど大変だからだ。

いったい自分が何をどう間違えて、こんな異常者の集団に紛れ込んだのか。もしかすると自分のせいかもしれないが、そうだとしても、誰かにその責任を押しつけたい。この気持ちに嘘はない。

「とにかく、これで状況が大きく変わりました」

ベネティムは必死でロレッドの思考の向き先を変えようとした。

状況の何がどう変わったかベネティムにはわからないが、とにかく変わったはずだ。ドッタの報告を聞きながら、ロレッドの顔がみるみるうちに険しくなっていったからだ。

「あり得た可能性の話ではなく、いまは現実の問題に目を向けなければ。我々が何に立ち向かう必要があるかは、よくご存じのはず」

「……たしかに。その通りだ」

ロレッドは深くうなずいた。

「冷静にさせてくれてありがとう、ベネティム隊長。奴隷扱いされている民間人への略奪という事態を受けて、過剰な感情論を持ち込んでしまったようだ」

「いえ。それより、この先の作戦を。もうすでに考えはおありでしょうが」

「うん――そうだな。きみならばどうする？」

もっとも扱いに困る問いかけだった。

（私にそんなことを聞くなんて、この人は意外に優秀ではないのかもしれない）

ベネティムは瞬時に思考を回転させる――ザイロならば、ジェイスならば、パトーシェならば。あるいはノルガユやツァーヴならば、何を言うだろうか。自分は誰よりも彼らと接してきている。彼らとの記憶の中に、何か手がかりがあるはず。

（……いや、無理ですね）

ベネティムは一秒もかからず諦めた。

（そうそう都合よく思いつくはずがない。ザイロくんたちがおかしいんですよ。あれは異常）

結局、何も出てこないので、思い浮かんだことを正直に言うしかない。だが、それがもっとも効果的であることを、ベネティムは経験から知っていた。

ここまで自分を『それなりの人物』だと誤解させていれば、打つ手はあった。

「――私ならば、敵とは戦いません」

ベネティムは悩むことなく、正直なことを言った。あたかも思考力に自信のある軍事的技術者のように、堂々と。

「ここで退きます。死にたくありませんからね」

「ははは！　見事な回答だ。異論を挟む余地もない。損害を最小化するには、それが一番だ」

ロレッドは案の定、朗らかに笑った。

ベネティムは安堵の息を吐く。この手は相手が優れているほどよく効く。相手の中に確信的な答えがあるので、実は他人の意見など、自分の優れた発想を補強するための材料にすぎないのだ。

実際、このときロレッドは笑いながらうなずいた。自分の考えに自分自身で賛同したのだ。

「しかし、我々は兵士なんだ。作戦の成功を期待されており、やるべきことがある」

ほら来たぞ、とベネティムは思った。やはり自分で答えを持っていた。その答えから大きく外れているほど、なぜか相手は安心する。

「要塞を落としにかかるとしよう。ビュークス閣下が北方ノーファン方面からの敵に対処している現状では、我々が仕事をしなければならない」

と、ロレッドは言った。

「ヴァリガーヒの北岸、偵察隊の向かった方面に存在する要塞──ブロック・ヌメア要塞。これは難攻不落として名高いものだった。五つの監視塔、堡塁《ほうるい》、聖印を用いた凍結防壁、海岸地形による背面防御……」

その手が、地図らしき紙片を広げる。ベネティムにはほとんど理解できない地形と、暗号のような文字が書き込まれている。

「陥落させるためにも、兵を内部に潜り込ませたい。──ドッタには、ベネティム隊長の言う通り労働に従事してもらうとして──」

ロレッドの指が、この野営地から要塞へ続く道を辿る。

「ツァーヴを使おう。ベネティム、きみが彼を率いて、ブロック・ヌメア要塞へ侵入してほしい」

「……ふむ」

一瞬、『え?』という声が出そうになったが、それは抑えた。いかにも何かを考えたというように、ベネティムは顎を指で撫でる。

「私と、ツァーヴですか」

「そうだ。やはり、きみにしか懲罰勇者は制御できない。半信半疑だったが、確信したよ——あのツァーヴは殺人鬼だったそうじゃないか。しかし、腕は立つ」

ロレッドは輝く青い瞳でベネティムを見た。それを見たとき、ベネティムはこの男を苦手だとはっきり意識した。

「きみに頼みたい、ベネティム隊長。ツァーヴを制御し、要塞に侵入して、我々の戦いを勝利に導いてほしい。きみたちの『支援部隊』を使ってもいい」

「なるほど——」

なるほどじゃない、と、自分でもベネティムは思った。

「私に任せると。どのような手を使ってもよいのですか?」

「民間人の集落に被害を与えるような方法を除いてね」

そうしてロレッドは片目を閉じてみせた。

「すでに策は思いついているって顔だな。期待しているよ、ベネティム隊長」

何を言っているんだこいつは、と、ベネティムは思った。

刑罰：ブロック・ヌメア要塞破壊工作 1

海の上から見るブロック・ヌメア要塞は、まさに難攻不落という様子だった。

ヒトデのような形の堡塁を備え、それぞれの突端に監視塔が聳え立ち、それを堅牢な城壁が取り囲む。あの城壁には聖印が仕込まれている――凍結印『ポルデット』という。あれに生身で触れれば指が凍り付く。俺も痛い目を見たことがある。登攀《とはん》するのは、ほぼ不可能だろう。

これらは異形《フェアリー》どもに対する有効な防御になるはずだったが、いまは人間の侵入を拒むために使われている。

事前情報によれば、要塞の内側には合わせて一万を超える異形《フェアリー》と傭兵が待ち構えており、さらには魔王現象の主までいる。魔王現象十二号、『ブリギッド』。その尻尾を巨大な炎の鞭に変化させることができる。火炎の魔獣。

それにもう一柱、浅瀬やらなにやらを作り出す魔王現象までいるらしい。こちらはまるで詳細不明で、対処のとっかかりすら見えない。

はっきり言って、こんなところに忍び込もうとするやつは正気じゃない。ベネティムとツァーヴに与えられた指令はそういうものだ。俺は望遠レンズから目を離し、振り返った。

「無茶すぎるぜ。もし何も考えずに突っ込んでるとしたら、ベネティムもツァーヴもいまごろもう死んでるんじゃねえか」

「それならよかったけどな」

ジェイスは甲板に寝そべりながら、憂鬱そうな声をあげた。なんだかいつも以上に不機嫌そうではあるが、それも当然だろう。ニーリィが船にいない。

ニーリィの傷はほぼ治りつつあるが、大事をとって海賊どもの根城で安静にしている。その護衛のため、海賊たちの一部が残された――『万が一のことがあったら肉の盾になれ』と、ジェイスは彼らに厳命していた。

「……残念ながら、だ。ベネティムのやつは、さっき通信を入れてきた」

ジェイスは自分の首筋の聖印に触れた。

「要塞から見て北西側の森林に潜伏してるから、いますぐ助けに来いってよ」

「やっぱり、まだ生きてるのか……面倒になってきた」

「あいつはいつも面倒なことしかしねえ」

そう吐き捨てたジェイスは、ベネティムのことなど珍しい声で鳴くオウム程度にしか捉えていない節がある。少なくとも指揮官だとは思っていない。

「侵入、そして破壊工作か」

俺は今回の任務を復唱した。どうにも手に余る仕事だと思う。ロレッドとかいう隊長からの指示はこうだ――支援部隊の歩兵を率い、北部方面軍の総攻撃に呼応する形で、ブロック・ヌメア要塞を内部から攻撃せよ。

目標は、城門の制圧。なるほど。懲罰勇者らしい仕事だが、期待しすぎではないか。いったいベネティムは何を吹き込みやがったんだ。これは文句の一つも言いたくなる。

「そもそも、こういうのはドッタの仕事じゃねえのかよ」

「ドッタさんはきっちり仕事したらしい。情報を完璧に仕入れた。けどな」

ふん、と、鼻を鳴らす音。

「ベネティムが余計なこと言ったせいで、今回の任務から外されることになったんだとさ。穴掘り仕事させられてるってよ。ドッタさんをそんなつまらんことに使うなんて、人間ども、勝ちたくないのか？」

「どちらかと言えばベネティムのせいだろ、それは。いっつも余計なこと言いやがる」

俺はため息をついて、船縁から身を乗り出す。要塞が見える——この距離がぎりぎりのところだ。これ以上近づけば、あの炎の鞭が襲いかかってくるだろう。海上からは、いまのところそれだけが唯一の脅威だ。

ときおり繰り出してきていた、異形《フェアリー》の攻勢はもう止まった。ただ殲滅《せんめつ》されるだけだということに気づいたのだろう。

包囲が完成して、こちらの迎撃態勢が整いさえすれば、こんなものだ。特に鋼の《女神》、イリーナレアの召喚する『踊星《ようせい》の葉』と呼ばれる武器は強力だ。俺は何度も見たことがある。海の中を鋼鉄製の魚みたいなものが泳いでいって、異形《フェアリー》にぶつかると爆発して炎を放つ。聖印兵器であれと同じことをやろうとすると、複雑すぎるし威力も半分以下になるはずだ。

グィオの用兵も、この手の戦いにおいては聖騎士の中では最高の水準にある。攻囲戦で、かつ海の上で、同じことをやれと言われてできるやつはこの世にいない。しかもその兵站をリュフェン・カウロンが支えているとなれば、敵にできることは何もないだろう。陥落は時間の問題だ。

しかしこの場合、まさにその『時間』が障害となる。包囲が長引けば、兵士は食料やら蓄光弾倉やらを消耗するし、損害も増えていく。この先の戦いを考えれば、どうにか速やかに終わらせる必要があった。

そのための犠牲を求めるにあたって、たしかに懲罰勇者はもっとも適任だろう。とりあえずやらせてみる。打てる手はすべて打つ。その一環ということだ。

「どっちにしても、やるしかねえ。か……」

と、呟いたときだった。

「そうです、我が騎士！」

船縁を摑む俺の両手の間から、テオリッタが頭を出した。どん、と、胸に頭のてっぺんがぶつかってくる。

「要塞を陥落させ、奴隷となって囚われた人々を解放する！　まさに、これこそ偉大なる戦いに他なりません！　――ですよね？」

彼方を指差し、朗々と言い切ってから、一瞬だけ窺《うかが》うようにこちらを見上げる。

「そうだな」

俺はテオリッタの頭に手を乗せた。まっすぐ前を向かせる。ヴァリガーヒ北岸。その入り江の奥に聳える、ブロック・ヌメア要塞を。

「死なないようにうまくやるぞ。完全に不可能ってわけじゃない」

「ええ！　では、我が騎士の考えを拝聴しましょう！」

テオリッタは嬉しそうに言って、今度はジェイスを振り返った。

どうもジェイスとニーリィに対しては、テオリッタも微妙な対抗意識があるらしい。ちょうどジェイスがニーリィのことを自慢するように、テオリッタも俺の働きを主張したがる。

「よく聞いておくのですよ、ジェイス！　空ではあなたとニーリィに活躍を譲りますが、地上となれば我が騎士の晴れ舞台ですからね！」

「勝手に言ってろ」

と、ジェイスはテオリッタに対しても容赦がない。寝そべったまま、視線も向けない。

「ニーリィもいないんだ。無茶な作戦には付き合わねえからな。お前の『我が騎士』に厳しく言っとけ。どう仕掛けるつもりだ？」

「ザイロ！　言われていますよ、あなたの華麗な策を披露してあげなさい！」

「とりあえず、今回の場合の要点は三つだ。つまり――素早く、一撃で、丁寧に」

俺は三本の指を立てた。こういうのは、ジェイスには説明するまでもないだろう。

「一つ。俺たちは遠征軍で、向こうはもっと北の方に拠点を持ってる。時間をかけたら増援が来るかもしれない」

ビュークス率いる第十一聖騎士団が北の敵に対処しているらしいが、すべての方面からの進軍を遮るのは不可能だ。時間をかければ、いずれ必ず迂回した敵が到達する。

「それから二つ――城攻めは気軽に何度もできることじゃない。攻める側の被害がデカい」

普通、要塞を攻めるときに必要な兵力は、敵方の三倍とか四倍とか言われる。《女神》がいれば話は別になるが、正面から攻めれば、それ相応の損害があり得るということだ。こんなところで遠征軍が磨《す》り潰《つぶ》されてしまっては意味がない。

その点で、少数の破壊工作部隊で要塞の防御力を弱体化させる、という方針自体は、まあ納得できる。これができれば、大きく損害を減らせるはずだ。

「で、三つ目。丁寧に戦う必要がある。この要塞は攻め落とした後、拠点に使う。上空からバカスカ焼いたり、無駄に建物を壊したりしないってことが重要だ」

本当なら、坑道戦とかをやりたいところだ。穴を掘って地下から要塞の中に入る方法。ノルガユがいればその手段に何か名案もあったんだろうが、あいつは第十一聖騎士団に貸し出されているらしいし、まともにやるとその方法は少し悠長すぎる。

「結局、この戦いは、ブリギッドを討てるかどうかだ。遠距離砲撃で始末したいんだが……籠城されるとなかなか難しい」

「なるほど！」

テオリッタは燃える目で俺を見た。やや過剰な戦意が宿っている。

「つまり、聖剣の出番ですか！　今度は私が活躍する番ですよね！」

「そこまで接近できればな」

方法は、なくもない。要塞の中に入ってしまえば、向こうも炎の尻尾を簡単に振り回すわけにもいかない。戦いながら接近の手立てを組み立てれば、あるいは。それとも、炎の尻尾に聖剣を当てることさえできれば、本体も消滅させられるだろうか？　やってみなければわからないし、やってみなければわからないことを前提に戦うべきではない。

「つまり、要塞に侵入することが第一だ。向こうにだって補給は必要だろうし、そのための門や入り口は必ずある。そいつを探し出して、制圧するのが俺たちの仕事だな」

命令の通り、城門だけに限らない。侵入可能な経路であれば、なんでもいいのだ。それがすでに難題ではあるが。

「とにかく、まずは情報が必要だ。さっさとベネティムたちとの合流地点を――」

「ああ、ザイロ！　そこにいたか！」

「むっ」

不意に、背後から声が聞こえた。パトーシェだ――一瞬、テオリッタが不満そうに眉をひそめるのがわかった。なにやらデカい粥《かゆ》の椀《わん》のようなものを片手に歩いてくる。

「貴様、なにをふらふら出歩いている。寝ていろと言ったのに……治癒が遅くなるぞ」

「毒ならもうだいぶ抜けた。問題ねえよ」

「非協力的な負傷者だな。問題のある態度だ」

「だから、負傷者じゃねえって。左手も、もうそれなりに動く」

「またそんな強がりを。まだナイフも満足に投げられないだろうが」

「それはまあ――」

「いいから、食事の時間だ。食べるがいい」

パトーシェは粥の入った椀と、匙《さじ》とを突き出してきた。――これだ。怪物のように巨大な責任感を持ち合わせているパトーシェは、俺の左手と左足に麻痺毒の影響が残っていると知って、何かと面倒を見ようとする。

食事時などはそれが顕著で、これは困る。周りの目が生温かい。

「遠慮するな。口に突っ込むぞ」

「遠慮してるわけじゃない――待て、これ、お前が作ったのか？」

「そうだ。一部、ライノーの手を借りたが。あの男の言う通りの味付けにするのは問題があると判断して、スリワクの実の大量投入は止めた」

スリワクの実というのは非常に辛い。雪中行軍のときなどは、凍傷を避けるために靴の中に入れたりするぐらいだ。

「賢明だな。……それに、食えそうに見える……練習を積んだみたいだな」

「だろう。当然だ」

パトーシェは胸を張った。偉そうだ。

「遠慮せず食べていい」

俺は返答に迷った。

困った、と言ってもいい。テオリッタがこちらを見上げていた。まぶたを半分閉じ、いっそ眠たそうな目をしている。しかしその口元がまったく別の不快感を表明していた。

その意図はまったく読めない――いや、たしかに《女神》とはそういうものか。自分を最優先するべき契約者に構ってもらえないと、ひどく不愉快になる。

「……何か言いたいことがありそうだな、テオリッタ」

「テオリッタ様」

と、パトーシェは石像のように几帳面かつ事務的な表情を作った。

「これは私の果たすべき責任です。大変不本意ですが、全うせねばなりません」

「そうですか」

「そうです。見ろ。テオリッタ様も、貴様が万全の状態ではないと仰《おっしゃ》っている。冷めないうちにさっさと食べろと」

「そんなことは言ってません」

「……失礼。では、その瞳がそう仰っています」

「私の目もそんなことは言ってません」

テオリッタは断固たる口調で言い切った。パトーシェに勝手に気分を代弁されて、みるみるうちに機嫌が悪くなっていくのを感じる。

「むしろ、いまの私はザイロに言いたいことがとてもあります。我が騎士にしては、珍しくいい洞察力でした。……が、しかし」

テオリッタはパトーシェと俺を交互に見た。

「後にします。深刻かつ重大な話なので。次に私が大活躍したら、聞きたいことがあります」

「なんだよ……」

「それは言いません。いいですね、大活躍したら私の質問に答えなさい。絶対ですよ。忘れないでくださいね！」

絶対、ときた。

《女神》の口にする『絶対』は重い。なんとなく俺はそんな気がした。

「……アホか、こいつら」

ジェイスが足元で寝返りをうち、大きな欠伸をした。

◆

――それと、ほとんど同時刻。

森林を行く一団の足取りは速い。その先頭を行くのがフレンシィ・マスティボルトであればなおさらだ。ベネティムの行軍は、すぐに遅れがちになった。

「ええ？　また休憩っスか？」

と、ツァーヴなどは露骨に呆れてみせた。

「ベネティムさん、体力ぜんぜんないっスね！　ヤバいっスよ、マジでそれは。生まれたての鹿の赤ちゃんっスか？　なんか呪いとかかけられてません？　普段どんだけサボってるんスか」

「……私は頭と舌を使うのが仕事、ですから、ね……」

苦しい呼吸の合間に、ベネティムはかろうじて答える。ツァーヴはせせら笑った。

「頭は使ってないでしょ。もっと急いでくださいよ、なんでそんな遅いんスか」

「みなさんの足が速すぎるんですよ……。歩き通しじゃないですか……」

「そりゃオレらは兵隊っスからね。歩いてナンボでしょ。軍隊の指揮官がヘロヘロで行軍についていけないなんて、そんなの詐欺っスよ、詐欺！　――あ、この人詐欺師だったわ！　納得！」

「まあ、事実ですけど」

ベネティムはすぐに認めた。否定する意味もない。

「……あのフレンシィという女性も大変厳しく恐ろしいですし、私には……多大なストレスがかかっているんですよ。おかげで疲労も五割増しくらいです……」

「ああ。あの人。ザイロ兄貴の婚約者の！　怖いっスよね！」

欠けた歯を見せて軽薄にまた笑い、ツァーヴははるか彼方の先頭を見るように背伸びをする。

「今回の作戦にめちゃくちゃ強引に参加をねじ込んでくるし。それも超・命令口調。どっちが支援部隊かわかんねえっスよね。これで兄貴と合流できなかったり、兄貴が死んじゃったりしてたら、オレらもついでに殺されちゃいそうっスよねぇ――あ、もちろんオレは返り討ちにする自信あるんスけど、成功しても自動的に処刑でしょ。やだなあ！」

「……まあ、そういうことです」

ツァーヴが喋る分、楽ができていい——と、ベネティムは思った。しばしば誤解されがちだが、ベネティムはそもそも喋ること自体、そんなに好きではない。

「というわけで……私は少し休んだらすぐに追いつくので、ツァーヴはあのフレンシィという人の機嫌をとっておいてください……」

「ええ？　それもやだなぁ。オレはああいう系の綺麗な髪の女は好きっスけど、兄貴の婚約者だし性格きつすぎるし。気が進まねえなあ……」

とは言いつつも、ツァーヴはベネティムを置いて歩き出している。休憩に付き合うのに飽きたのだろう。そういうやつだ。

「とりあえず、さっさと追いついてくださいよ。もうちょっとで野営地点なんで。こんなところで道に迷ったらマジで悲惨っスよ」

「わかってます」

片手を振って見送り、ツァーヴの姿が見えなくなると、ベネティムはため息をついた。

自業自得かもしれないが、自らをひどい状況に追い込んでしまった気がする——よくあることだ。あまりにもよくあることなので反省はしたいものの、反省するには自分の行いを批判する必要がある。そのことを考えると気分が重い。そうやって自分にストレスをかけるのも健康にもよくないのではないか。

（——反省は、もう少し楽に反省できるテーマのときにしましょう）

そう結論づけて、ベネティムは水筒から残り少ない水を口に含んだ。

そのときだった。

「う――動くな！」

鋭く、しかし抑えられた声だった。

森の木々の奥に、誰かがいる。しかも複数人。そのうちの一人が、弓矢のようなものをこちらに向けて構えていた。

どう考えても、もっと驚いていい状況だ、とベネティムは我ながら思った。思いはしたが、行動には反映されない。疲れていたため、顔を上げるぐらいの仕草しかできなかった。

「お前、……お前、あの兵隊たちの仲間か！」

さらに声をかけられる。

ベネティムは無言のまま、彼らの風体を観察した。決して自分の観察力などに自信があるわけではない。ただ、確実なことだけはわかる。

この集団は自分に、というより、兵隊というものに敵対的な連中だろう。警戒心に溢れた目と、自分に向けられた弓矢を見ればわかる。となれば、答えは一つしかあり得ない。彼らはおそらくこの近隣の住民だ。

魔王現象に支配された、「奴隷」の人々の集落の民か。着ているものも粗末で、擦り切れ、あるいは汚れすぎているように見える。

（と、なれば――）

ベネティムは無言のまま結論を下す。

（非常によくないのでは？　ツァーヴを大声で叫んで呼び戻す？　その余裕があるでしょうか？　叫んだ瞬間に矢で射貫かれそうなんですけど……）

「答えろ！　お前、なぜ黙ってる！」

弓矢を構えた男が重ねて言った。どう考えても相手は混乱し、興奮し、緊張している。下手な答えは返せない。

（何を答える？　何を言えばいい？　たった一言、機先を制した言葉で、まずはその興奮状態をどうにかしないと）

ベネティムは必死で考えた。必死で考え――そして結局、答えなど出るはずもなく、諦める。やるべきことは決まっている。いつもの手口の一つ。つまり、さらなる混乱と興奮、緊張をもたらしてやる。

「――よく接触してくれましたね。待っていましたよ」

鷹揚な笑みを浮かべ、ベネティムは弓矢の男に語りかける。当然、相手は怪訝《けげん》な顔をした。

「なに？」

強い警戒と、不可解そうな声。だが、とりあえず第一声で殺される危険は脱した。

「私はマーヌルフ。《統べる氷汐《ひょうせき》》のマーヌルフです」

ベネティムは偽名を名乗った。相手を混乱させるために、意味不明な二つ名もつけた。そして唇のあたりで人差し指を一本立てる。

「声を静かに。先を行く彼らに気づかれてしまいます」

「——どういうことだ？　あんた、誰だ？」

「あなたたちに会いたかった。『共生派』をご存じでしょう」

この言葉は、彼らの間に動揺を生んだ。効果はあった、とベネティムは見た。

「私は遠征軍の彼らに潜入している、『共生派』の者です。リジャルケの塔より、冬の盟約に従い、あなたたちの助力を要請します」

いい加減なことをまくしたてながら、特に意味もなく、懐に入っていた軍票の紙切れを差し出して掲げる。彼らが見たこともない代物のはずで、当然、誰もが不可解な顔をした。

「人間の遠征軍を破滅させるために、ご協力をお願いしたい」

自分はなんでこんなことを喋っているんだろう、と思う。

「——あなたたちの集落の代表者にご連絡を。『共生派』が来た、と」

刑罰：ブロック・ヌメア要塞破壊工作　２

　ベネティムたち陸路部隊との合流は、拍子抜けするほど簡単だった。

　ゼハイ・ダーエの海賊どもは、さすがにこの沿岸の地形に詳しく、やつらの知識が役に立った。上陸地点の岬から、ブロック・ヌメア要塞周辺の監視網を掻い潜るように、沿岸部の小さな洞窟を抜けていった。人数はごく少数。有事の後方支援としてジェイスを船に残し、そのまま迅速に北進した。三十人ほどの小集団だった。

　結果、ベネティムたちが潜伏している森林地帯まであっさりと到達してしまった。

　──もちろん、その途中で少々面倒な遭遇戦はあった。

　戦闘が発生したのは森の中。おそらく魔王現象側に雇われているであろう傭兵どもと、異形《フェアリー》による一群だ。やつらの数からして、斥候か巡回であったかもしれない。

　このような森林地帯では、大型の異形《フェアリー》はあまり有効な戦力にはならない。主戦力として、カー・シーとフーアが多くいた。偵察部隊というところだ。その数、合わせておよそ五十と少し。

　このとき先に発見したのはこちらで、つまり、ほとんど完全な奇襲が成功した。ヴァリガーヒ北岸の日暮れ前、冷たい夕霧の立ち込める中で、先手を打てたのは幸運だった。考える時間もあまりない中で、俺が採用した戦術は単純なものだ——誰でも考えつくようなもの。

喧嘩と同じだ。素早い左の拳でびっくりさせて、右の拳で思い切りぶん殴る。

敵にとって退路となる東側に別動隊を伏せておき、こちらは迅速に、声を出さずに、できるだけ静かに突っ込ませる。ただそれだけだが、この場合、単純な方がいい。遭遇戦において肝心なのは、巧みな戦術よりも覚悟の決め方だと俺は思う。

その点、切り込み隊長であるパトーシェにはなんの心配もなかった——やつを先頭に海賊どもを突っ込ませて、瞬時に相手を混乱させ、恐怖させることができた。

「ニスケフ！」

パトーシェの剣が閃く。その突撃を阻もうとしたフーアが二匹、まとめて切り裂かれた。刃を打ち込むと同時に、聖印障壁を起動させて引き裂く技術。言葉にすると簡単だが、実践は難しい。パトーシェはこれをいとも簡単にやってのける。

「一匹も逃がすな。こいつらは偵察部隊だ、逃がせば群れに伝わる！」

鋭く指示を下しながら、パトーシェはさらに疾走した。低い構えから刃を跳ね上げ、逃げようとするカー・シーの胴を断つ。片手斬りだった。反撃を試みたカー・シーが、その他に三匹。頭上と左右の足元。連携のとれた動きだ。カー・シーはこういう狩りのような戦いを得意とする。

が、パトーシェ相手には分が悪い。

「邪魔をするな」

一喝。右手で一匹を斬り下げ、左手では雷杖を抜いている。ヒルベッツ。海賊から奪った旧型を起動して、もう一匹を吹き飛ばした。こうすれば、頭上に跳躍したカー・シーに余裕をもって対処できる。二度の刺突《しとつ》で絶命させる。

「よし！　掃討に移れ！」

パトーシェはいつになく気合が入っており、作戦は大いに成功した。特に、伏兵としてライノーを配置したのが決定的だった。

「くそっ」

霧の向こうで、人間の声が聞こえたのを覚えている。異形《フェアリー》だけの部隊ではないらしい。こちらに弓を放って牽制しながら、誰かが怒鳴っていた。

「逃げろ！　こいつら王国の兵隊だ、この森まで踏み込んできやがった！　誰でもいい、このことを伝えて――」

「いや。そういうのは、よくないな」

と、ライノーは呟いて起き上がった。

すでに準備は整っていた。赤黒い甲冑の、左の手の平を向けている。白い輝き。ぱっ、と空気の割れるような音とともに誘導式の弾丸が放たれ、それは離脱しようとしていた傭兵を射貫いた。

敵が絶望するのがわかった。砲兵はその存在自体が、十分な威圧効果を発揮する。

「仲間を見捨てて逃げるなんて、美徳に反する。だろう？」

むしろ助言でもするように言い聞かせながら、ライノーは逃げようとするやつを正確に狙っていった。足元を撃ち、吹き飛ばす。

「そういう生き方は嫌われてしまうと聞いているよ。これでもう逃げられないね」

俺にはちっとも理解できないが、ライノーのアホのこの物言いからすると、本気で忠告のつもりだったのかもしれない。だが、誘導式の弾丸に撃たれた傭兵は、地面に転がって血まみれで呻いている。左の足と腕が千切れていた。

ライノーのやつ、もしかすると決して逃げられないように手伝ってやったつもりなのか。どうせろくな答えが返ってこないだろうことが想像できたので、俺は何も聞かなかった。

その一方で、俺とテオリッタはといえば、見事に活躍の場がなかった。なぜなら――この妙なところでお節介な部分を見せる、パトーシェ・キヴィアという人物のせいだ。

「他愛もない。終わったぞ、ザイロ」

と、パトーシェは首元の返り血を拭い、戻ってきた。瞬く間に異形《フェアリー》たちを一掃し、ずいぶんと余裕がある。こいつはライノーに並ぶほどの活躍を見せ、一人で十匹は相手にしていたはずだ。

おかげで俺の出番はなく、引き抜いたナイフを鞘《さや》に戻さなければならなかった。

「貴様はまだ麻痺の影響が万全ではないだろう。無理はするな」

「無理なんてしてねえよ。体が鈍りそうなくらいだ」

「包帯も取れていないのに、よく言う」

「こいつは念のためだ」

「では、さらに念を入れて安静にしておけ」

どうやらこのパトーシェというやつは、まだ俺の負傷を気にしているらしい。過剰な心配だと思うが、この巨大な責任感の塊のような女は、俺の「もう大丈夫」という主張をいまだ聞き入れる気がないらしかった。

どこかでその証拠を見せねばならない、と思う。

「ザイロ。何度も言うが、遠慮は無用だ」

パトーシェはどこか誇らしげな顔でそう言った。

「貴様の負傷が治るまで、私が代わりを務めると誓った。騎士の誓いは絶対だ」

「あのな、俺の方こそ何度も言うが、そもそも別にたいしたことは——」

「ええ！　騎士の誓いは、結構なことですが！」

テオリッタが、俺の前で両手を上げて飛び跳ねた。まるでパトーシェと俺の視界を遮るように。

「私の活躍の場まで奪うのはどうかと思います！　我が騎士の負傷の分は、保護者である《女神》が補って差し上げるのが道理でしょう！」

「お前、俺の保護者のつもりだったのか……」

「ですがテオリッタ様、ザイロの負傷は私を庇ったためであり、その責任は私に帰趨《きすう》すると思われます。いつもこの男は、なんともないと意地を張るのですから」

「それはそうですが、私がぜんぜん活躍できていないのが気になります。不本意です！　そろそろ怒りますよ！　これは私のわがままですが、とにかく怒りますよ！」

「わ、わがまま……そんなことを堂々と仰られるとは……！　答える術がなくなるのでやめていただきたい！」

と、こんな具合に、パトーシェのクソ真面目とテオリッタの名誉欲が衝突していたときだった。

ぱぁん、と空気の爆ぜる音と、光が一閃。

何かが夕霧を貫いて地面を穿ち、誰かの悲鳴が聞こえた。疲れて座り込んでいた海賊の一人が、持ち上げた水筒を撃ち抜かれたらしい。おそらくは雷杖。

狙われている、と判断せざるを得ない。

それに続いて、

「動くな」

という声が頭上から聞こえた。

どこから射撃したのか——木の上だろうが、それにしても一瞬のことで、しかもかなり距離がありそうだった。声の調子も、どこから響いてきたかわかりにくい。思わず周囲を見回し、再びナイフの柄に手を添える。パトーシェなんかは厳めしい顔で抜剣していた。

だが、結局はそれを使うことはなかった。その直後の言葉で俺にはそいつの正体がすぐわかってしまったからだ。

「ニンゲン、立ち去れ。ココ、俺たちのナワバリ」

不自然なほどの片言で、しかも後半はちょっと自分でも笑っていた。

そんな声音でありながらも、どこから響いてくるのか、方向さえ特定できない。無意味に高い隠密の技術者。そんなやつがこの世にツァーヴ以外いるものか。いたら絶望的だ。

「さすが。同志ツァーヴは愉快だね」

何がそんなに楽しいのか、ライノーは声をあげて笑った。

「人間は立ち去れ、だってさ。人間以外なら大歓迎、みたいじゃないかな？　これは高度なユーモアのセンスだね、すごいよ」

「……なるほどツァーヴか。なんでこんな状況でふざけることができるのだ、あの男は」

このときはパトーシェまで呆れていた。

「この技術を、なぜこんな無駄な場面で披露したがるのだ」

「そういうやつだからだ――おい！　さっさと出てこい、面倒くせえんだよ！」

俺は怒鳴ってみたが、樹上のアホはまだこの小芝居を続けるつもりがあるらしい。忍び笑いとともに、また変な片言が聞こえてくる。

「へっへっ。ニンゲンども、なにか手土産よこさないと、食っちマウゾ」

「ははははは！　人間を食べるだってさ、すごいね！」

「いい加減にしなさい、ツァーヴ！」

笑い声をあげたライノーと対照的に、この不毛な状況に終止符を打ったのがテオリッタで、片手を宙に突き上げて抗議した。

「我々はせっかくあなたたちを救いに来てあげたのですよ！　真面目に歓迎しなさい！」

「へへ。――いやあ――テオリッタちゃんにそう言われちゃ仕方ないな」

不意に、はっきりと俺たちの真上から声がした。

思ったよりも間近だった。枝にぶら下がり、蝙蝠《こうもり》のようなさかさまの姿勢で、ツァーヴはようやく姿を現す。

「実際、待ってたんスよ。なにしろ今回の仕事はいつも通り無茶苦茶で、ベネティムさんはまったく役に立たねえんだもん。考えるふりをしてるだけ！　マジで困っちゃってました」

「だろうな」

俺は短く、しかし心の底からそう答えた。

「この近くで野営してるのか？　いや──それより、よく俺たちの来るタイミングがわかったな」

「ああ。そうそう。ベネティムさんが役に立たないんで、実質的な指揮官に言われて見張ってたんスよ──そろそろ兄貴が来る頃だからって」

「実質的な指揮官。……つまり、誰に？」

「またまたァ。もうわかってるでしょ」

ツァーヴはだらしないような、軽薄な笑みを浮かべた。

「フレンシィの姉貴っスよ」

◆

日は暮れて、風は凪《な》いでいた。うっすらと暖かささえ感じる夜だった。

合流を果たした『支援部隊』と海賊ども、そして俺たちは、野営地で白火鉢《ノクジャ》を囲み、情報を交換することになった。白火鉢《ノクジャ》というのは、最新の聖印式の野営調理器具だ。熱を発するが焚火のように煙もなく、最低限の照明で周囲を照らす。発見される危険が少ない。

こんな最先端の聖印器具を使えるなんて、俺たちの待遇もよほど改善されているようだ。聖女の指揮下にあるという扱いがそうさせているのだろうか。それとも、懲罰勇者ではない義勇兵による『支援部隊』のおかげか。俺たちがあげた功績の成果、などという理由ではないだろう。

――ともあれ、その白火鉢《ノクジャ》の光の中、俺はいつもの文句を耳にすることになった。

「無様ね、ザイロ」

フレンシィは串に刺した川魚を白火鉢《ノクジャ》で炙りながら、真っ先に俺を罵倒した。

魚の調達は、主に俺とツァーヴが担当した。この時期は『ナタゼ』と呼ばれる魚がよく獲《と》れる。それに塩を振って、炙る。それだけで十分に美味い。あのクソ不味い携行食、肉麩を食べなくて済むのは何よりだった。

ただ、そうした美食もフレンシィの機嫌を直すことはできなかったようだ。

「話は聞いています。海賊どもに捕まったそうね。しかも、また無茶で無謀で無思慮な行いをしたとか。本当に、何を考えているの？　炎天下のカブリシシガニよりも愚かです」

ここまで一息。まるで滝の水が流れ落ちるような、滑らかでいて囂々《ごうごう》たる罵倒だった。

「ザイロ」

テオリッタが小声で尋ねてくる。

「カブリシシガニとはなんですか？」

「俺も聞いたことがない。また、新しい動物だな」

「父上の新しい研究対象です。最近、西方領から仕入れました」

「親父殿、人生楽しんでんなあ……」

「いずれスケッチや生態記録をあなたにも見せてあげます――それはともかく」

テオリッタの小声も、しっかりとフレンシィには聞き取られていたらしい。鉄の色の髪を掻き上げて、冷徹そのものといった目で俺を見る。

「マスティボルト家の婿ともあろう者が、負傷するとは何事ですか」

フレンシィは喋りながら魚の刺さった串を手に取り、その先端を俺に向けてくる。焦げた魚のいい匂いがした。

「しかも、その体格と腕力だけが取り柄のような女を庇ったと聞きます。麻痺性の毒だったからよかったものの、致死毒だったらどうするつもり？　何度愚かを言い重ねても足りないわ。今回ばかりは断じて許すわけにはいきません」

「それは」

「それは申し訳ない、元・婚約者殿」

俺が何か答えようとする前に、パトーシェが機先を制した。やつは抜かりなく剣の手入れをしていたが、それを中断してまで口を挟んできた。

「この愚かな男は私を庇って負傷することになった。次は私からも強く言い聞かせておく。その責任はとるつもりだ」

「責任？」

フレンシィの表情は動かなかったが、空気が張り詰めるのがわかった。淡い白火鉢《ノクジャ》の光に照らされると、フレンシィの形相はどこか禍々《まがまが》しい。

「あなたに責任をとってもらう必要など一切ありません。強いて要望を言うならば、いますぐ視界から消えて」

「……ふっ」

パトーシェはかすかに笑った。その表情が、どうもフレンシィの怒りをさらに刺激したらしい。

「なに？　その笑い方は。不愉快になるんだけれど！」

「なんでもない。私も困ったものだな……と思っただけだ」

「は？　どういう意味？　いますぐ説明しなさい」

——そういう両者の会話を、俺はまともに聞いていられる状況ではなかった。

俺はそのとき、白火鉢《ノクジャ》の明かりで地図を睨みつけるので忙しかったからだ——といっても、ただ眺めて楽しんでいるわけではない。戦い方を、考えていた。

(見れば見るほど、これはきついな)

と、思う。難攻不落のヌメア・ブロック要塞、その全容を前にして、これからの任務の過酷さに頭痛を覚えていたところだった。

ちなみに隣にテオリッタもいて、なんだか真剣な顔で地図を見ていたが、こいつはあんまり事態の困難性や詳細を理解していたとは思えない。ただ、俺の緊張が伝わっているだけだ。

「どんな感じっスか？　名案、浮かびます？」

横からツァーヴも覗き込んでいる。なんだか面倒くさそうな顔で、その感想には同意する。

「だいぶ厄介な仕事だな」

と、俺は率直に言った。

「この要塞がまともに機能しているとしたら、忍び込むのはドッタじゃないと無理だぜ」

「ですよねえ！　でもドッタさんはしばらく監禁状態なんで、オレらしかいないんスよ。あとベネティムさん」

「それだ。なんでベネティムなんかが派遣されてるんだよ」

「さあ……。オレにはぜんぜんわかんねっス。なんなんスかね？　またベネティムさんの自業自得だとは思うんスけど」

「……ベネティムといえば、あのアホはどこだ。姿が見えねえぞ」

「あ。それ、兄貴に相談しようと思ってたんスけど」

ツァーヴはわずかに声を潜めた。

「ベネティムさん、なんか敵と連絡とってるみたいなんスよね……もしかしたらスパイなのかも？　夜中にこっそり近づいてくるアホがいたんで追ってみたんスけど、共生派ですねあれは。なんか秘密文書みたいなのを渡してました」

「……なんで？」

俺の疑問は、敵に対しての感想だ。よりによってベネティムに接近しようとするとは。

なぜ、そんな一切利益のないようなことを。

「さあ……。それもぜんぜんわかんねっス」

◆

暗がりの中で、ベネティムはその文字を読む。

『緑の七の銅針より、統べる氷汐へ伝える』

という題名から始める、暗号めいた一文だった。

『メルクの北にて花を閉じる。蛹《さなぎ》の鼻よし。重ねて、次の指示を願う。衆を抑えかねる』

——と。こっそりと自分の下へ届けられた、布切れに描かれた文字だった。寝て起きたら、枕元にあった。そういう私信だ。

これが届くのは、あの連中に遭遇して『共生派の一員』を名乗ってから、もう三度目になるか。無視してきたが、そろそろ限界かもしれない。「抑えかねる」という言葉まで使われている。文字の筆跡からも切迫感が伝わってくる。

だが、その具体的な意味は——

(まったくわからない)

ベネティムはすぐにその文字の解読を諦めた。何を言っているか理解できない。ただ、かろうじて推測できるのは、敵が自分たち連合王国軍を罠に嵌めようとしているのではないか、という程度のものだ。待ち伏せか何か。

北の方が危険なのかもしれない――だとしたら、どうしよう？

(どうしようもない、かもしれませんね)

なにも有効な方策が思いつかない。

とりあえずこの私信は無視しよう。

そう決意して、ベネティムは布切れを外套に収めようとした――その手首を、強い力で掴まれた。

手首ごと粉砕されるのではないか、というほどの握力。

(えっ)

危うく悲鳴が漏れそうになった――実際には、驚きすぎて声も出なかった。

「よお」

ザイロ・フォルバーツ。

振り返ると、その男の凶暴そうな顔があった。

「なかなか面白いやつらと文通をしてるみたいじゃないか」

彼の背後には、ツァーヴ。テオリッタ。パトーシェにフレンシィ――

(終わった)

と、ベネティムは思った。

刑罰：ブロック・ヌメア要塞破壊工作　3

「進言します、エスゲイン総帥」

それは断固とした態度だった。

「グィオ団長が、西の岬から進軍を開始しています。我々も戦うべきです」

彼女――《聖女》ユリサ・キグフレニーにしては珍しい。というよりも、初めてかもしれない。

マルコラス・エスゲイン総帥は、新鮮な思いで彼女を見上げる。驚いてはいたが、それを顔には出さない。ただ手を組み、無言のまま、相手の顔を観察する。

（余計なことは言わない。沈黙は威厳を生む）

事実、ユリサに怯む気配があった――表情でわかる。結局は相手の感情を考慮して、強く出ることができない。それがいつものユリサとの問答の結末だった。

が、今日ばかりは違った。一瞬だけ傍らに目をやって、ユリサは堪えたらしい。

（なるほど）

と、マルコラスは納得する。

ユリサの傍らには、護衛でもあるテヴィーという女がいた。彼女が目をやったとき、この女がうなずいたのがわかった。こちらの女は神殿が派遣した武装神官で、どうやら余計な入れ知恵をしたらしい。あるいは不必要な勇気でも与えたか。

「総帥閣下。我々も、あのブロック・ヌメア要塞への攻撃に参加するべきです。なぜ待機命令などを出されているのですか？」

「……要塞攻略は、グィオの率いる第十聖騎士団と、陸上を進軍してきた部隊が担当する」

やむを得ず、マルコラスは重々しく言葉を発した。

ブロック・ヌメア要塞への攻撃を決めたのは、グィオだ。西の岬を上陸地点として確保したことで決意を固めたらしい。それに付き合うのは愚策だった。

先日の、ブラトーロによる夜襲の失敗が響いている。懲罰勇者どもに無駄な功績をあげさせてしまった。やつらがブラトーロの艦隊を救出し、攻撃を成功させた形になる。ここは大人しくしておくことだ。グィオは攻めを急いでいる。そういうとき、大きく部隊が損耗するのは間違いない。

いずれ決戦が起きるのなら、それまで部隊を減らさず、発言力を高く保つに限る。戦力を温存するために、聖女という名目もある。

「いいか、ユリサ・キダフレニー。いまは重要な局面だ。我々が手を出して、無駄に兵を損耗するわけにはいかない」

「ですが、我々ガルトゥイル北部方面軍は、いまだ本格的な戦闘に一度も参加していません。沿岸を攻撃し、この三日で制圧を成し遂げたのもグィオ団長の第十聖騎士団です！」

「結構なことだ。見事ではないか。やりたい者にやらせておけ」

この数日、何度か繰り返した話だ。どうやらこの《聖女》は、安全な立場というものに我慢ができないようだった。その都度、マルコラスの返す答えは同じだった。

援護部隊として戦闘に参加しても、たいした名誉も武功も得られない。ただいたずらに、陸上部隊やグィオに名を成さしめるだけのことだ。なんの利益にもならない。そんな無駄な戦いはするべきではない——と、言い聞かせてきた。

しかし彼女は、この日ばかりは、強硬な態度を崩さなかった。

「グィオ・ダン・キルバ聖騎士団長から援護要請が来ていることも知っています。いま、陸上ではブロック・ヌメア要塞攻略のため、少数の精鋭が危険な破壊工作に従事させられていることも」

「それは懲罰勇者どもだ。精鋭などではない。ちょうどいい罰ではないか」

「ですが、勇敢です。我々よりもずっと」

「勇敢さがなんの役に立つ。……ユリサ・キダフレニー。どうやら、お前はよほど戦争が好きになったらしいな」

これには、また一瞬だけユリサは口を閉じた。が、今度はテヴィーの方を振り返らない。

「勇敢さは役に立たないかもしれません。でも、私は、勇敢であるべきだと思います。祭り上げられた『聖女』だからこそ——私は、たとえ一人でも戦います。これ以上は見過ごせません」

「馬鹿げたことを。『聖女』が動くとなれば、一人での戦いにはならん」

「皆さんが……もしも、同じ気持ちであるなら」

ユリサは決然と、マルコラスからすれば呆れるほど愚かしいことを告げた。

「私はその先頭に立って戦います。もっとも危険な場所で、戦う」

それでマルコラスは合点《がてん》がいった。

――おおかた、兵士どもからの訴えを受けて覚悟を決めたという話なのだろう。ユリサ・キダフレニーは、周りの顔色を読む。いや、読みすぎる。だからもう耐えられないのだ。『聖女』として先頭に立ち、戦いの最前線に身を投じてほしい、という兵士たちの渇望をごまかす術を知らない。

そして、そういう少女を宥《なだ》めるのに、マルコラスは適切な言葉を持っていない。

兵士たちが望んでいて、ユリサがその気になっているとしたら、下手な抑止の命令などできない。むしろ彼はそうした空気や、願望の流れに従うことで成功してきた。

だから、沈黙するしかなかった。

「失礼します」

――結局、黙っている間に、ユリサ・キダフレニーは退出していた。テヴィーが最後に頭を下げたが、その視線が妙に苛立たしかった。

気の毒そうな目つき。

（ふざけている）

自分を誰だと思っているのか。そんな目つきで見られるような立場ではなくなった。もはや誰にも自分を蔑むことはできない。そのはずではなかったか。

（テヴィー。武装神官か。やはり神殿は目障りだな）

マルコラスが重苦しいため息をついたときだった。音もなく、滑るようにドアが開いていた。

「――ずいぶんと苦労されているようですね、総帥」

穏やかで、柔らかい声だった。

何者かが、ドアを開けて入室してくる。まだ若い男、だろうか。年齢不詳で、どことなく印象に残りづらいような、特徴のない顔つき。見たことがある、と、マルコラスは思った。

だが、どこで？　――それが思い出せない。たしかに見たことがあるのに、知っているはずのことが、頭の片隅から出てこない。

結局、その名を尋ねることにする。

「貴様、名は？　所属は？」

「フーシュと申します。宰相閣下の使いで参りました」

なるほど。宰相の使い。そう言われれば、そんな気がした。マルコラスは片手を振る。

「文官に用はない。戦費に関する話なら、俺ではなく第六聖騎士団長のリュフェンに言え」

「恐れながら、総帥閣下。戦費の話ではありません。お耳に入れたいことがございます」

「なんだ。何が言いたい？　思わせぶりな物言いは好かぬ」

「懲罰勇者９００４隊の危険性について」

フーシュはごくわずかに微笑んだ。

「ぜひ、お聞きいただきたいのです。人類の存亡が懸かった、重要な話です」

◆

《統べる氷汐》マーヌルフは、思った以上に不吉な男だった。

もしかしたら魔王なのかもしれない、と、フギルは思った。ただの人間の繋ぎ役ではなく――自分たちを直接指揮するためにやってきた、魔王現象の主の一人。

顔色は青白く、血の気がない。そのくせ、言葉だけは流れるように出てくる。

(厄介なことになったな。しかし、好機ではある)

フギルは、ヴァリガーヒ第六集落の長である。集落の番号は、共生派から与えられた。

このヴァリガーヒ北岸には、フギルが知るだけでも十ほどの村が存在する。それらは食料としての人間を飼育する牧場であり、また魔王現象の手先として働く者たちの養育所でもある。

大半の村人が異形《フェアリー》や傭兵たちに見張られ、明日をも知れぬ日々を過ごしている。フギルのような一握りの人間だけが、食料にも兵士にもならずに管理者として暮らすことができる。

この北部において、人類が生きる方法は二つしかない。魔王現象に服従するか。あるいは村を捨てて北部樹海へと逃れ、魔王現象への徹底抗戦を揚げる《灰綬《はいじゅ》の同盟》に加わるか。後者はあまりにも失うものが多すぎた。

(だが、感謝すべきだ)

後ろめたい気持ちは、フギルにもある。それでも構わない。フギルは自分が裏切り者とののしられ、場合によっては殺されてもいい。その覚悟はできている。

なぜなら、フギルには妻と、まだ生まれたばかりの娘がいるからだ。彼女たちの命さえ保証されるなら、どんな裁きを受けようが構わない。自分に万が一のことがあったときは、彼女たちの安全を保証する仕掛けも打ってある。

だから《統べる氷汐》マーヌルフの提案は、それ自体が大きな好機と考えることができた。ここで大きな功績を立てれば、いっそう盤石な支配者階級として、妻や娘の未来をより確実なものにしてやることができる。

フギルはマーヌルフの来訪を歓待した。自らの家に招き入れて、集落の主だったものを集めた。数は二十。兵士たちは家を囲んで見張る。

フギルたちの村が集められる兵士としての戦力は、およそ二百。健康な女、子供、足腰の立つ老人を集めて、かろうじて武器を持てる者を合わせれば、三百にも達するだろう。これは近隣の大集落に負けてはいない。いざとなれば、大きな戦力の一つとして数えられるはずだった。

「――間もなく、この村の付近を、連合王国の軍が通過します」

《統べる氷汐》マーヌルフは、どこか病んでいるような声で言った。微笑を浮かべているが、顔色はまったく蒼白《そうはく》で、生気というものが感じられない。

「我々はこの連合王国の軍を包囲し、殲滅します。これは決定事項です。あなたたちには、退路を塞ぐ役目をお願いします」

「……連合王国の、軍ですか」

フギルは頭の中で勘定をしながら答える。

「数は、多いのでしょうな？　我々だけでは、完全に阻止することはできかねますが」

「そうですね。少なくとも半数は死ぬでしょう」

マーヌルフは、見た目通りに酷薄な台詞を口にした。

「ですが、それが何か？」

こういう冷酷さを求めていたのだろう。そう言わんばかりの、淡々とした問い返しだった。

「我々が求めるのは、連合王国の軍の殲滅という結果のみ。それが達成できれば、あなたたちの村の役割は不要。今後の兵役と、食料としての役目の免除を約束します」

「それは――」

フギルだけではない。周囲の人間たちがざわめいた。露骨に顔色を変えた者もいる。

自分たちの犠牲だけで、子供たちを最悪の未来から救えるかもしれない。そのためなら、王国の兵士などいくらでも殺せる。自分が罪を犯すことさえ認められれば、なんと気が楽なことか。フギルは周囲の者たちと顔を見合わせ、互いにうなずきあった。

「約束を」

フギルは喉の渇きを感じている。緊張のせいだ。

「していただけるのでしょうな。我々が責務を果たした暁には、どうか」

「ええ」

《統べる氷汐》マーヌルフは、薄く笑った。氷のような笑みで、片手を差し出す。

「必ず。私は、嘘は嫌いです」

「では」

と、フギルがマーヌルフの手を握ろうとした時だった。

どこか遠くで、叫び声が聞こえた気がした。それから破砕音——爆音。空気の割れるような音。

思わず、片膝立ちに立ち上がる。敵襲の類だろうか。

「マーヌルフ様。いまのはいったい——」

「お気になさらず」

凍ったような笑みを浮かべ、マーヌルフは落ち着いていた。眉すら動かさなかった。

「もう始まったようです」

「始まった、とは……？」

「いい報告と、悪い報告があります」

マーヌルフは動かない。その場に凍り付いたように、座ったままだ。

「まずはいい報告の方ですが、あなたたちは誰も犠牲にしなくてもいいということです。未来のために奴隷の立場を認めるなんて、馬鹿げていると思いませんか？　子供たちもあなたも、互いに生きて迎える明日があるべきでは？」

「……え？」

「どうですか。いい報告でしょう。それから、その、悪い報告の方は——」

一瞬の沈黙。その間に、誰かの雄叫《おたけ》びとも笑い声とも区別できない声が聞こえた。何かが倒壊する音。この家の入り口が破壊され、誰かが踏み込んでくる。

それを一瞬だけ振り返り、マーヌルフは小さくうなずいた。

「悪い報告の方は、ええ。私が嘘つきだということです。申し訳ないのですが、いままでのはぜんぶ嘘でした」

「は」

「すみません。ちょっと脅されていて、仕方なく」

マーヌルフの背後から、獣のような顔をした、背の高い色黒の男が近づいてくる。それを阻止しようとした若い衆が二人ほど、吹き飛んだ。何をしたのかはわからない。

「ベネティム」

色黒の獣のような男は、《統べる氷汐》マーヌルフの肩を摑んだ。

「今回はうまくいったな。予想外の手柄だ」

「あの、立たせてくれませんか、ザイロくん。腰が抜けて……立てないんですけど……」

「アホかお前」

ザイロ、と呼ばれた男が、ベネティムの腕を摑んで立たせてやろうとする。フギルは混乱した。

「あ、あの、あなたは――」

「申し訳ないのですが、みなさん」

マーヌルフは、いままでの態度が信じられないほど弱気な声で言った。

「我々はブロック・ヌメア要塞を攻略しに参りました」

「っつーか、魔王を殺しに来たんだよ」

「ええ、そうです……この村は暴力的な集団によって、完全に包囲されています。……どなたか、要塞内部への抜け道とか何かご存じないですか？　早めに喋った方がいいですよ。ツァーヴという拷問が大好きな男がいるので、そのままですと、みなさん漏れなく酷《ひど》い目に遭うと思います」

刑罰：ブロック・ヌメア要塞破壊工作　4

　夜が明けると、村人から死者が五人出ていた。

（なんで、こうなるんだよ）

　俺はうんざりした。原因はあえて調査する必要すらない。死者のうち四名がツァーヴ。一名はライノーに殺された、ということだ。事情聴取をしてみたところ、その理由は簡単だった。

　まずはツァーヴいわく、

「えーと、とりあえず――村の若いやつら三人組が、こそこそ村はずれに集まってたんスよ。そんでオレらの悪口言ってたんで、念のために殺しておきました！」

　と、片目をつぶってみせたあと、あのだらしのない軽薄な笑顔でさらに続けた。

「あ、四人目っスか？　その三人のうちの……ええと、誰だったかの弟くんでしょ！　家に死体を届けてあげたんスけど、いきなり襲われたんで反撃しました。いやあ……オレを相手に殺し合いで勝負しようなんて、マジで勇気ありますよね！　感動しちゃいましたよ！」

　よくもまあ、こんなにペラペラと喋れるものだ。椅子に縛り付けているというのに、ちっとも反省した様子がない。

（頭が痛《いて》ぇな）

俺はなんとなく窓の外に目をやる。ちょっとした現実逃避だ。

臨時の作戦司令部として占領した、この村の長の家だった。建物の中ではもっとも頑丈で、村を一望できる。窓からは明るい光の差し込む、南向きの部屋だった。

「……ええと、参考までに」

ベネティムが小さな咳ばらいをして、俺の隣で声をあげた。

「ツァーヴが殺したその三人ですけど……どうやら脱走と密告を企《たくら》んでいたようですね。おそらく敵の傭兵が紛れ込ませていた手下じゃないかと……。自宅から雷杖も見つかりました」

奴はいささか疲弊した顔で、そいつの家から押収したという雷杖を見せてきた。最新型の狙撃用雷杖。やはりこの地域にも、兵器を横流ししている業者がいるらしい。

「ですから、まだ他にも脱走の機会を窺っている人もいるかもしれませんね」

「かもな。ちなみにその推測は、お前の意見か？」

「はい」

「なんでそこで嘘をつく」

「……実はその、フレンシィさんが、南方夜鬼の人たちを使って調べていました。推測もあの人からの伝言です」

だろうな、と俺は思った。ベネティムにそこまでの事情を調べる手際と、推測を働かせる頭脳はない。ただ、情報の中継地点としては便利だ。村人の連中もやけにこいつを恐れているので、しばらくは指揮官でいてもらおう。使い道もある。

いまはそれよりも、もう一人の殺人の方が問題だ。

「――で？　ライノーの方は、なんで殺した？　悪趣味な暇つぶしか、おい？」

「まさか。みんなのためだよ」

と、ライノーのやつは意味不明なことを平然と答えた。こいつもこいつで、少しも悪びれた様子のない笑顔だった。本当に悪いことをしたとは認識していないかもしれない。

そういえば椅子に縛り付ける間、なんだか不思議そうな顔をしていた。

「村のみんなで分配するべき食料を、不当に横領して備蓄している人がいると聞いたからね。確認してみたら本当だったし、今後のためを考えて殺しておいたんだ」

たしかに、こいつには村の人員構成や備蓄状況を調べるため、あちこちの家を点検する仕事をさせていた。この死ぬほど面倒な作業を自ら志願したからだ――それが失敗だったか。

「ちゃんと食料は徴収して、適正に分配できる形にしておいたよ。安心してほしい」

「何が安心だよ、バカか！」

「でも、いいことをしただろう？　子供から感謝されたよ」

「うおっ。さすがライノーさん！　オレなんてすげえビビられちゃってるんスけど、なんかコツあります？」

「うん。子供と話すときはね、相手の目線に合わせることが重要だよ。それと心からの飾らない素直な言葉かな。彼らは幼くて純粋だから本質を見抜く……というようなことを聞いたことがある」

「ええー、マジっスか？　本当にちびっ子どもが本質見抜いてくれんなら、オレとかいまごろ大人気キャラクターじゃないっスか？」

「もういい！　うるせえから、お前らもう黙れ！　ライノーに感謝したガキは、単に備蓄を横領してた野郎に恨みを持ってただけだよ！」

どんどん頭が痛くなってくる。……村人の中にも敵が潜んでいる。フレンシィたちはそれをある程度炙り出せるだろうが、このままじっくり腰を据えて構えているわけにはいかない。

何より、この村の状況をブロック・ヌメア要塞に摑まれたら問題だ。いや、通常時は近隣の村となんらかの連絡をとり合っている可能性もある。とにかく素早く動くしかない。この村を押さえたことで、状況は好転している――俺は地図を机の上に広げた。

ブロック・ヌメア。その要塞と、周辺の地形が記された地図だ。

「ベネティム。ブロック・ヌメアには、物資を運び込む通路があるって話だな？」

俺は地図に筆を走らせる。北の城壁、やや西寄りの位置に、小さな丸を描く。

「この――北側の城壁に」

西には正門があるが、そこを抜けるのは無茶だ。物資の搬入に使われる、北の通用門。どうにか方法を見つけて、ここから侵入するのが最善と思える。

「村のやつから聞いたんだよな」

「はい。この村の長の……ええと……、なんとなく具合の悪そうな人が話していました」

「名前くらい覚えろよ。お前がしばらく面倒見なきゃならねえ相手なんだから。あいつらも指揮してもらうことになる」

「はい、まあ、がんばり……えっ？」

ベネティムは瞬きをした。

「いま、なんて言いました？」

「……その物資搬入の門を使うしかないな……他に使えそうな手もなければ、時間もない」

「あの、ザイロくん、いま言ったことを詳しく説明してくれませんか？　すごく不安になるような台詞だったのですが」

「ああ？　いま忙しいんだよ。俺が真面目な考え事してるときは黙ってろ」

「いや、そうではなくて……」

「――ザイロ！　ついに来ましたよ！　グィオ・ダン・キルバから――あら？」

さらに俺の集中力を削《そ》ぐ声が、入り口から飛び込んできた。

テオリッタだ。輝くような金髪をなびかせ、部屋に踏み込み、そして目を丸くした。ツァーヴとライノーを交互に見る。

「おっ。テオリッタちゃん、今日も元気っスね！」

「やあ。いま、同志たちと談笑していたところなんだ。《女神》様もどうかな？」

どちらも、明らかに自分の状況を理解していない挨拶だった。テオリッタはやや面食らったように俺を見た。

「な、なんです？　この二人？」

「まあ、ちょっとな」

テオリッタには昨夜の殺人事件のことは伝えていない。士気にかかわると思ったからだ。だが、少なくとも二人が怒られていることだけは察したらしい。眉を吊り上げ、両者に顔を近づける。

「ツァーヴもライノーも、また何か悪事を働いたのですか？　いけませんよ！　この《女神》が目を光らせている間は、我が騎士がそのような行いを許しませんからね！　……ですよね、ザイロ！」

「そうだな。それより、いま『ついに来ました』みたいな言葉が聞こえたけど、なにが来た？」

「あっ、そう、そうなんです！」

テオリッタはすぐに俺に向き直った。机の上に広げた地図の上に、どん、と手をつく。

「本営から連絡です。ブロック・ヌメア要塞に向けて、攻撃計画が開始されました。海の第十聖騎士団と『聖女』部隊が、西の岬の上陸地点から、それはもう果敢な進軍を始めたそうです！」

「速いな。いや、そりゃそうか……」

俺たちとしてはもう少し時間をかけてほしかったが、この勝負勘はさすがにグィオ・ダン・キルバというところだった。まさしくいまが攻め時だ。西の岬を奪い、付近を制圧した。魔王現象どもが北から増援を送ってくる前に、決着をつける。その考えは俺にもよくわかる。

「これと連携して、西に展開していた陸路進軍部隊も動いています。ええと」

テオリッタは手元の紙片に視線を落とす。律儀に連絡事項のメモをとっていたらしい。ベネティムにも見習わせたいところだ。

「我々の作戦はすぐさま実行開始……その成否を待たずに、海路部隊と陸路部隊は総攻撃を行うとのことです。――これは負けていられませんね。我が騎士！」

テオリッタの瞳は燃えていた。小さな拳を握り、うなずく。

「必ずや『聖女』部隊を凌《しの》ぐ武功を立てて、大いに賞賛されましょう！」

仕方がないので、俺はベネティムを振り返る。ベネティムはとてつもなく不安そうな顔をした。

目の前に煮えたぎる油で満たされた落とし穴でもあるかのような顔。

どうやら察したようだ。またしても無謀な作戦をやる必要がある、ということに。

「……我らが《女神》もこう言っていることだし、作戦開始を前倒しにするぞ」

「え……」

「本営からの命令なんだ。無視することはできねえだろ」

「あの……」

「ベネティム。お前には今回、指揮官をやってもらう」

「……いつもやってますけど……？」

「やってねえだろ！　戦闘の指揮官だ。陽動部隊を指揮しろ」

俺はベネティムの悲痛な表情を無視して、地図上を指で示す。ブロック・ヌメア。その北東。

「こっちが破壊工作を仕掛けてる間、ここで騒いで敵の注意を逸らせ」

「ええ……？」

「この村の戦える連中を集めて、あとはそうだな……パトーシェにツァーヴ。例の支援部隊と海賊どもも使っていい」

船の方には、ジェイスも呼び戻すつもりで追加の派遣を要請している。合わせれば、二百程度の頭数にはなるだろう。攪乱にちょうどいい。

要塞の破壊工作は、俺とライノー、ジェイス。それにフレンシィが率いる夜鬼の軍団。これが北西方面から密かに近づく。

陽動役は、パトーシェとツァーヴが率いる海賊軍団。ついでにベネティム。これが北東部の集落を襲うことで、要塞からの注意を引き付ける。そして、こいつらの陽動部隊が壊滅する前に、俺たちは破壊工作を仕上げる。速度の勝負になる。

「派手に近くの村を襲って、存在感を主張しろ。いいな」

俺が説明するほど、ベネティムの頭上に疑問符が増えていくようだった。

そのくせ、何かを深く考え込んでいるような顔つきで、口元に指を当てる。数秒後に絞り出した言葉は、まさにベネティムらしかった。

「……すみませんが、意味がよくわかりません。私は何をすればいいんです？」

「囮だよ」

俺はベネティムにもわかるように、はっきりと言った。

「懲罰勇者が来たって宣伝するんだよ。とんでもない悪党集団が襲ってくるぞってな」

ツァーヴとライノーの無茶な行いも、この際だから利用させてもらう。噂として広めるべきだ。問答無用で理不尽な殺しをやる、凶暴な連中が暴れ回っていると知らせる。そのことで、魔王現象の注意を引き付ける。つまり時間稼ぎだ。

「あの、ザイロくん。私、実は戦闘を指揮した経験なんて皆無なんですが」

「誰にでも初陣ってのはある。敵が来たら適当に相手すりゃいい」

「無理ですよ！」

「冗談だ。騎兵はパトーシェが動かすし、ツァーヴもいる。適当にやるのはこいつの得意技だ」

俺が親指を向けて示すと、ツァーヴはまた軽薄に笑った。

「おっ。もしかして、また天才ツァーヴくんの出番っスか？」

「そうだ。兵隊が死なないように戦えよ。指揮はそこそこできるだろ」

「できるかなあ。ま、やってみますけど」

「よし、じゃあこれで――」

「ま、待ってください！」

俺は話をまとめようとしたが、ベネティムが俺の腕を摑んで食い下がってきた。

「実質的にパトーシェとツァーヴが指揮することはわかりましたが、それでも私、かなり危ない立ち位置で働くことになりませんか？」

「よく気づいたな」

俺はその部分だけでも理解したベネティムを褒めてやった。

「じゃあ、お前もこっち側を担当するか？」

「……ザイロくんの言う『そっち側』って何をするんですか？」

「北の通用門から要塞に忍び込む。ちょっと強引な手段でな。ライノーにも働いてもらう」

俺はライノーを見た。やつはいつもの胡散臭い笑みを返してくる。すでに嫌気が差してきたが、仕方がない。

「どうだベネティム、役目を交換するか？」

「……遠慮します」

賢明な判断だ、と俺は思った。

やってやる。この村はクソみたいな村だ。誰かが誰かを犠牲にしようとしている。こんな陰気な村には一瞬だっていたくない。こういう場所を、この世から一つ残らず消してやる。こんな村が当たり前の世の中になるなんて、考えるだけでうんざりするし、腹が立つ。

結局、俺は我慢ができないのだろう。

短気もしくは無思慮もしくは絶望的な忍耐力の欠如——それが俺の、戦う理由だ。

刑罰：ブロック・ヌメア要塞破壊工作 5

　空に青い月がのぼりかけた、夕暮れ時だった。

　北から南へ――ブロック・ヌメアへ続く道も赤く染まっている。この街道は人間がほとんど使わなくなって長い。ただし、馬車の轍《わだち》は消えていない。定期的に物資が輸送されている証拠だろう。ブロック・ヌメアの補給のための道だった。

　その道の先で、黒の旗が二つ、黄色の旗が一つ掲げられた。馬、荷車、護衛らしき人間たちの小規模な一団。馬が牽引する形で、七台の幌《ほろ》付《つ》きの荷車を率いている。

　そいつが近づくと、まず太鼓が打ち鳴らされ、続いてがりがりという音がブロック・ヌメアの北西の城壁から響き始めた。壁の一部がゆっくりと開いていく。巻き上げ式の機構を備えた扉になっていたようだ。

（ずいぶんと呑気だな）

　西の方で大部隊が動き始めているというときに、通用門を開くとは。あまりにも無防備な気はするが、いままでの魔王現象の補給の仕方から考えると、不自然ではないかもしれない。ただ、少し嫌な予感はする。やつらはどんどん賢くなっている様子があるからだ。

（あるいは、別の目的があるのか？　……どっちでもいい。作戦指示は『即時決行』だ。罠でもなんでもやるしかねえんだよな）

俺たちは地に伏せ、開門の一部始終を見て、聞いていた。

そう、俺たち三人。つまり、テオリッタと俺と、ライノーだ。

「時間通り、ですね」

俺の隣で、テオリッタが囁く。

「嘘ではなかったようで何よりです。あの者たちにも感謝しなければ」

わずかな安心と、緊張が入り混じった声だった。

あの村の連中から、ブロック・ヌメアが近隣の集落から「補給」を受ける方法を聞きだすことはできていた。黒と黄色の旗こそが、要塞内部への合図だった。このときばかりはブロック・ヌメア要塞も通用口を開き、物資を招き入れる。

当然、それを護衛する部隊もいる――人間の傭兵が、だいたい十人。それに従う異形《フェアリー》がその三倍ほど。主戦力はボギーとフーア。大型の異形《フェアリー》は一体だけ。首に鎖をつけたバーグェストだ。

このように、一見しただけで敵の数を推し量る感覚は、軍隊で徹底的に叩き込まれた。というよりも、これができなければ上級将校は務まらない。そんな間抜けは昇進する前に死ぬからだ。

「準備はできたよ」

ライノーが低く囁いた。赤黒い装甲が、夕陽《ゆうひ》の残照を吸って少しだけくすんで見えた。気のせいではない。ライノーの砲甲冑にはこういう迷彩機能が備わっている。今回の遠征にあたって、ノルガユがそうした実験的な技術をいくつか搭載したようだ。

「いつでもいける。同志ザイロ、彼らはうまくやってくれるかな？」

「やる」

俺は断言した。

「フレンシィと、南方夜鬼は強い」

「むっ」

テオリッタが眉間に皺を寄せ、唸り声をあげた。

「ザイロ、私たちも強さを証明しますよ。この大いなる戦いに先駆ける、偉大な勇士として――」

「おっと、《女神》様。そこまでかな？　始まったよ」

テオリッタの言葉を、ライノーが遮った。動きがあったからだ。

荷車を取り囲み、物資を受け取ろうとした傭兵の一人が、派手に転んだ。何かに躓《つまず》いた、というわけではない。致命傷――首筋が裂けている。荷車の中から、湾曲した刃が突き出していた。叫び声があがる。

荷車から真っ先に飛び出してきたのは、フレンシィだった。相手が状況を理解する前に、さらにもう一人を切り捨てている。傭兵たちは慌てて雷杖を構える。異形《フェアリー》どもが興奮する。

荷車に潜んでいたのは、フレンシィが率いる夜鬼の歩兵。二十ほどで、これは相当の手練れを揃えてある。南方夜鬼たちの戦いに雄叫びや怒号はない。

「ぴぃっ」

という鋭い口笛で合図を交わして、彼らの襲撃は静かに遂行された。

荷車の馬に飛び乗ったのが、フレンシィを含めて十騎。荷車との引き綱を外して、速やかに騎兵となる。残りは歩兵だ。瞬く間に傭兵どもが斬り倒される。一部が反撃を試みようとするが、そうはさせない。

「行くぞ。出番だ、テオリッタ」

「ええ！」

俺はテオリッタを抱えて、地を蹴った。夕暮れの空に跳ね上がる。飛翔印の最大速度で、荷車の群れと、それを囲む傭兵や異形《フェアリー》の群れに急接近する。

俺たちの狙いは、まずは大物。バーグェストだ。反応される前が望ましい。

このときは、その狙いがおおよそうまくいった。俺は空中でナイフを引き抜く。爆破印を浸透させて、投擲。閃光、爆音。

バーグェストの頭部の半分が吹き飛んだ。そのまま倒れて、潰された異形《フェアリー》もいた。大半は無事。俺の着地を予測して囲もうとする――それを、虚空から降り注いだ剣が串刺しにする。テオリッタが時間差で召喚した、剣の雨だった。

俺もその一本を掴み、跳びかかってきたフーアの一匹を斬り捨てている。

（よし）

次。俺は抵抗の激しい一角を探す。それはすぐに見つかった。テオリッタが俺の肩を揺する。

「――我が騎士、あれを！」

フレンシィ。ただ一人、荷車から引き離され、防戦を強いられている。馬も失っていた。あいつが追い込まれるとは珍しい。しかも囲んでいるのは異形《フェアリー》の群れだ。フレンシィを指揮官だと判断して、追い詰めていることになる。

(原因は、あれか！)

妙な異形《フェアリー》が一匹いる。小柄な人型――ゴブリンと呼ばれる種類の異形《フェアリー》だ。そいつが喉を鳴らし、くぐもったような声をあげていた。

「囲メ。ソレ、ガ、指揮官」

かなりぎこちないが、それは紛れもなく言葉だった。異形《フェアリー》が言葉を使うとは。こういうやつを、俺は第一王都で見たことがある。ユトブ方面7110部隊――蜥蜴《とかげ》野郎だ。あれに似ている。

しかも、このゴブリンは雷杖まで持っていた。即座に撃ってくる。

閃光が虚空を焼き、フレンシィは地に伏せ、その射撃をかわす。ただ、それは動きを止めたということだ。他の異形《フェアリー》が殺到する。フーアの爪が二の腕を裂き、ボギーの牙が脹脛《ふくらはぎ》を抉る。フレンシィは顔をしかめて曲刀を振るい、切り払ったが、膝をつかされた。次は凌ぎきれない。

――そうなる前に、俺はテオリッタを抱えたまた跳ねた。新たにナイフを引き抜き、聖印を浸透させる暇を惜しんで投げる。

俺の放ったナイフは、雷杖を持つゴブリンの手を正確に貫く。

「カァッ！」

ゴブリンは痛みに顔をしかめ、こちらを指差す。地中。地面を砕いて、ムカデ型の異形《フェアリー》どもが飛び出してくる。『ボガート』という種類の異形《フェアリー》だ。数は多く、さらに密集隊形。

生意気にも伏兵のつもりか。俺たちを警戒していたのだろうか？　だから通用門を開けた？

これが罠だとしたら、上等じゃないか。その涙ぐましい努力は、まるで無意味だ。

「邪魔です！」

テオリッタの髪が火花を発する。刃が雨のように降り注ぐ。一匹残らず殺し尽くす。密集隊形は逆効果だった。相手を罠に嵌めるという発想には驚かされたものの、まだ甘い。

だが、ゴブリン野郎はその瞬間、テオリッタと俺を指差して叫んだ。

「ソイツ、ダ！　《女神》、ザイロ！　殺せッ！」

殺せ、という言葉だけ、やけに滑らかな発音だった。俺たちの名前も有名になったものだ、という冗談は口にできなかった。それどころではない。ひときわ巨大なボガートが土を跳ね上げ、その姿を現していた。

ぎちちちっ、と凄まじい鳴き声。巨大な牙が覗く。俺の着地を狙っている。

ただ――それもやはり、相手が悪い。巨大なボガートが全身を現した瞬間に、頭上を翼の影がよぎった。鋭い穂先の光が飛ぶ。短槍だ。吸い込まれるように、巨大なボガートの頭部を貫く。

「……うるせえムカデだな、こいつ」

単槍を放ったのは、赤い髪の男だった。ジェイス。濃緑のドラゴンに乗っている――滑るように降下してくる。ど、どっ、と鉤爪で地を抉るようにして降り立つ。

濃緑のドラゴンは咆哮を轟《とどろ》かせ、ジェイスは偉そうに顎で前方を促した。

「おい。せっかく来てやったんだ。さっさと片づけろ」

「わかってる」

俺も着地と同時に体を捻った。残りは喋るゴブリン野郎だけだ。破れかぶれの雷杖による射撃を回避して、一撃。テオリッタの剣で喉を切り裂く。仕留めた。

こうなれば、あとは速やかに終結する。ただ、こちらも被害は少なくない。

「おい、無事だな？　動けるか？」

俺はフレンシィに尋ねた。二の腕と脹脛に負傷。手際よく止血しているが、戦闘は無理だ。少なくとも先ほどのように、先陣をきって突っ込む役はさせられない。

「もう下がれ。派手に怪我させちまったな。親父殿に申し訳が立たねえ」

「……あなたが気にすることじゃないわ」

フレンシィは鉄の色の髪をかきあげた。顔をしかめているのがわかる。いまの苦戦を見られたことを恥ずかしがるように、視線を外す。

「いまのは私の失態。突出しすぎました」

その物言いは相変わらずだ。フレンシィは他人に厳しいが、自分にも厳しい。いまのを失態としてカウントしている。

「それでも気になるのは、あのゴブリンです。言葉を使っていたわ。聞いた？」

「そうだな。ああいう異形《フェアリー》を見たことがある。言葉を覚えるのが流行りなのかもな」

「またそんな軽口を」

フレンシィは俺を睨む。性分なのだから仕方がない。

「……言葉を喋る異形《フェアリー》。自分で覚えたのでなければ、誰かが教えているのでしょう」

「そりゃそうだ」

これはなかなか厄介な事態かもしれない。異形《フェアリー》が知恵をつけて、より戦術的な行動をとるようになってくると、人間の有利な点が大きく揺るがされるだろう。紛れもなく脅威だ。

(嫌な感じだ)

どうも、魔王現象に味方しているやつらに、教育熱心な参謀が加わったような気がする。

「この要塞にこういう連中が山ほどいるとしたら、ちょっと面倒だな」

「そうね。でも当然、このまま引き下がる手はありませんよね？」

「ない。仕事だからな――おい、怪我したやつ！　いるか！」

俺は周りの連中に怒鳴った。

「手負いで無理なやつは引き上げろ、ここから先はもっと厳しいぞ」

「そんな根性なしはいませんよ」

一人の兵が苦笑した。根性の問題ではないと思うが、南方夜鬼はこういう言い方を好む。

「婿殿。見てください」

彼が指差したのは、ブロック・ヌメア要塞の、城壁の方だった。物資を搬入する通用口、その扉が閉じられようとしている。城壁の上にも、雷杖を構えた歩兵たちが駆け込んできていた。

俺たちを嵌めようとした罠が、失敗した。それがわかったのだろう。

「もう扉が閉じそうです。ここから急いで間に合いますかね、城壁の上からも撃ちまくられたらたまりませんよ」

「気にするな」

と、俺は言った。それについては手を打ってある。

「もう吹き飛ぶから。まずはここの雷杖を拾って集めろ、新型は性能がいい」

俺の言葉は、すぐに証明された。

ばっ、と、空気の爆ぜる音。輝く何かが頭上を飛んでいったと思う。

そして着弾、衝撃、爆音。立て続けに四度――正確に、通用口の扉を狙っていた。扉を閉じようとした兵士ごと、その砲撃が粉砕する。

『全弾、命中したよ』

事もなげに、ライノーが通信を入れてくる。あいつは最初から別動隊。つまり、要塞からの反撃を封殺する役だった。

『次は城壁の上を狙えばいいかな？　人が集まってきているね』

「任せる。一通りやったら追ってこい。俺たちは押し込み強盗に行ってくる」

俺は視線を西に向けた。

「見ろ。あっちも来たぞ」

そちらの方が騒がしくなってきた。馬蹄《ばてい》の音。角笛の響き。光が瞬き、砲撃が開始されている。

たぶん砲兵部隊が前進しているのだろう。なだらかな西の丘から、鬨の声があがっている。

陸路と海路の部隊。その両者が合流し、一塊の大きな戦力になっているのがわかった。

こうなると要塞側も黙っていない。西の正門はやはり砲撃で反撃しはじめたが、それを遮るものがあった。西の丘に火花とともに出現した、巨大な白い壁だ。

それが砲弾を受け止め、要塞側の反撃を無力化している。間違いなく『聖女』の所業だ。やや過剰な防御だが、たしかに効果的ではある——その陰に隠れながら、歩兵が近づいてくる。騎兵はもっと軽快に駆け出している。

(始まったな。こいつは久しぶりにでかい戦いだ)

どこから湧いて出たのか、異形《フェアリー》の群れが西の丘を囲む林のあちこちから飛び出して、それを阻もうとする。外部警戒のために要塞の外に置いていた部隊だろう。

だが、それも無駄だ。

ちかちかと空中に青い光が瞬いて、降り注ぎ、異形《フェアリー》の群れを吹き飛ばしていく。あれは聖印兵器ではない。鋼の《女神》イリーナレアが召喚する、異界の兵器だ。小さな卵型の砲弾をぶち上げ、落下すると衝撃で爆発するやつ。狙いはいい加減だが、殲滅力はある。

そして人間の部隊が一丸となって突っ込んでいく。大軍だ。

陸路を進軍してきた部隊と、海路を進軍してきた部隊。西の岬を制圧したことで、その両者の合流が可能となった。兵站も確保できた。彼らが一つの戦力として束ねられたことになる。

(ここだな。陽動は十分。通用門から内側に突っ込む)

時間がない。あいつらが正門にぶつかっていく前に、内側から門をどうにかする。状況は悪くなかった。いつになくツキがある。ここまで作戦が順調だったことは記憶にない。

「急ぐぜ、テオリッタ。通用門を突破して――」

要塞の方に目をやって、俺は固まった。テオリッタが俺の腕を掴む。瞳が赤く燃え、髪の毛が火花を散らしている。

「ザイロ。……来ます。皆、警戒してください！」

「ああん？」

ジェイスも足元の異形《フェアリー》を突き殺しながら、そちらを振り返っている。一瞬だけ顔をしかめたようだが、すぐに笑みを作った。鼻を鳴らす。

「なんだ。まだいるじゃねえか、一番の大物が」

あいつの言う通り。通用門から、巨大な獣が抜け出てきた。

青白く燃える、炎の毛皮を持つ虎だ。図体の大きさは、戦艦や鯨ほどもあるだろうか。目玉だけでテオリッタと同じくらいのデカさがありそうに見える。これだけの図体の持ち主は、トゥジン・トゥーガで戦ったカロンを凌ぐのではないか。

軽く振られたその尻尾が、青い炎の軌跡を描く。咆哮する。

（そうか。通用門を開けたのは、こいつが出撃するためでもあるのか……！）

俺はそれを呆然と眺めていた。

つまり、そいつが魔王現象。十二号、『ブリギッド』。

まさか、こいつが――ブリギッドが、まさか打って出てくるとは。しかも俺たちの真正面。いくらなんでもそりゃないだろう。ただ、ブリギッドは俺たちではなく、西を見ていた。聖女のいる部隊だ。翻る旗でわかる。『右腕』と『瞳』の描かれた紋章。

それに対して、ブリギッドは憎悪に満ちた唸り声をあげた。爪が地面を抉り、炎の尾が揺れる。俺たちのことは一瞥しただけで、たいした興味を示した様子もない。

(だろうな。狙うとしたらそっちだ)

見送ってもいい。俺たちの仕事は破壊工作だ。関係ないと突っぱねることもできた。

「……ザイロ。私に、ついてきてくれますか？」

テオリッタは俺を見上げた。少しだけ口元が笑っている。強がりの笑みではない。とても冴えた冗談を思いついたような笑い方だった。

「ブリギッドは我々に恐れをなしているようですね。しかし、逃がしません。討ち果たします——私はやってみせます。ザイロ。あなたはどうしますか？」

呆気にとられて、俺は黙ってしまった。

この《女神》は、どこまでも自分が、その選択肢を選びとると言いたいのだろう。無茶をするのは自分だと。本当にたいしたやつだ。俺はそれに乗っかってやった。

「仕方ねえな。《女神》がやる気になってるんだ」

ブリギッドを見上げる。あいつも、ようやく俺たちを認識したようだ。

「魔王現象ブリギッド。ここで殺すぞ」

「当然。ですよね」

誇らしげに《女神》はうなずき、無理やり俺の頭を撫でた。

「褒めてあげます、我が騎士。ともに偉大な勝利を手に入れましょう」

そいつは光栄だ、と俺は思った。俺はこんな戦いをやりたかった。辛気くさいのは十分だ。第一王都での陰謀だとか、魔王現象に従う奴隷集落だとか。そんなのはもううんざりだった。

俺は最後にフレンシィを見た。悔しそうな顔を。さすがにこの負傷では、戦闘は無理だ。

「大人しく隠れてろ。俺がやる。悪いが、マスティボルトの兵を借してくれ。特に騎兵だ」

「……どこまで愚かなの。借りる、という言葉は正しくないわ。すでに兵はあなたの下で戦っているつもりです」

こんなときまで罵倒してきた。俺は苦笑する。

「それと、決して死なないで。それだけ約束しなさい。……絶対に、死なないように」

「当たり前だ」

嘘ではない、と俺は自分に言い聞かせた。懲罰勇者は、そう簡単に死ねない。フレンシィが言っているのはそういう意味ではないとわかっていたとしても。

「……あいつが。魔王現象、ブリギッドか。ちょうどいい」

ジェイスは濃緑のドラゴンの首を撫でながら呟く。濃緑のドラゴン——チェルビーは喉の奥でかすかに唸り、翼を大きく広げた。

「ニーリィに俺の活躍を聞かせてやる予定なんだ。もうニーリィに心配なんてさせない。二度と怪我もさせない。俺はあいつを殺す。作戦はこうだ——お前ら、俺の攻撃を援護しろ」

「大雑把すぎるんだよ、お前は。作戦を訂正するぞ。ヨーフ市を思い出せ。トゥイ・ジアの攻防と同じ形で行く。ライノーは砲撃で支援。炎の尾をなんとかしろ。俺とジェイスがその隙を縫って、あいつに一撃食らわせてやる。早い者勝ちだ」

「偉そうに言ってんじゃねえ。殺すぞ。ただ、早い者勝ちってところだけは賛成してやる」

「決まりだな。乗るか、ライノー」

『いいね。素晴らしい。こうして同志ジェイスや同志ザイロと肩を並べ、戦えるなんて』

明らかに的外れな通信を、ライノーは一方的に聞かせてきやがる。

『本当に最高だ。海に出てからというもの、僕は幸運に恵まれているね……！　これも日頃の行いがいいからかな？』

「ンなわけあるか」

「黙ってろ、アホ」

ジェイスと俺の罵倒はほとんど同時であり、聞こえたかどうか定かではない。

魔王現象ブリギッドが、咆哮とともに動き出していたからだ。俺たちもそれを追う。

「俺たちは殺されても死なないからな。せいぜい、あの連中を守ってやるとしようぜ」

「――おい、ザイロ」

ジェイスがチェルビーの背中で、俺の名を呼んだ。どういうわけか、その言葉には警告、のような響きがあった。

「お前、死なないからってあんまり調子に乗るな。取り返しのつかないこともある」

「どういう意味だ。何が言いたい？　ビビってるわけじゃねえよな」

「……当たり前だ」

俺の軽口に、しかしジェイスは、ひどく冷淡に応じた。いつものこいつなら、怒鳴り返すぐらいのことはしてくるはずだった。静かだが、本気で怒っているような気配がある。

「おい。ジェイス、マジでどうした？」

「別に。たいしたことじゃねえよ」

チェルビーが翼を羽ばたかせ、気遣うように鳴いた。ジェイスは空に舞い上がる。

「俺はお前と違って、死ぬつもりで戦ってねえ。生きて勝つ……そうだ」

そう怒鳴ったジェイスの声は、いつも通りだった。

「あの猛獣を殺して、生きて勝つ」

「その意気です！　ジェイスもたまにはいいことを言いますね。あなたも見習いなさい」

テオリッタが、俺の肩を強く摑んだ。

「勝利して生還する。それが真の英雄の仕事ですからね！」

「……ああ」

俺は生返事で答えた――なんだか、ジェイスにしては妙に引っかかる物言いだと思った。

◆

ブリギッドの出撃と、ほぼ同時刻。

ブロック・ヌメア北東の丘陵地帯に、異形《フェアリー》たちの雄叫びが響いている。

要塞から出撃してきた群れは、予想以上に大群だった。しかも怒り狂っている。大型も交じっているし、人型もいる。数えきれないほどだ。ベネティムはすぐに考えるのをやめた。

(地獄のようだ)

と、ベネティムは思った。

なだらかな丘から眺める光景は、目をつぶりたくなる状況だ。いまだに戦場というものには慣れない。慣れる日など来ないかもしれない。

いますぐにでも逃走したいが、ツァーヴが背後で見張っている限りそんなことはできない。仮に成功したとしてもザイロに殺されるだろう。結局、ベネティムにできることは、指揮官のような顔をして、ここでこうして突っ立っていることだけだ。

(それに、たぶん、下手に動かない方が安全ですね)

ベネティムは前方の戦いを見ながら、そう確信する。

ブロック・ヌメア要塞から出撃してきた異形《フェアリー》の一群が、パトーシェの率いる騎馬によって追い散らされている。たった二十騎ほどだが、輝く槍を振りかざしてパトーシェが駆け抜けると、異形《フェアリー》たちは面白いように吹き飛んだ。

まるで藁束でも蹴散らすようだった。特に、もともと第十三聖騎士団であったという騎兵たちは、さすがに強い。馬上でも平然と雷杖を扱っているし、突撃の際の整然とした動きは驚くほどだ。

「おおー……、すっげえな」

ツァーヴも呑気な声をあげた。狙撃杖を肩に担いで、すっかり観戦する構えだ。

「パトーシェ姐さんがあの調子なら、異形《フェアリー》の百や二百は超余裕で捌けそうじゃないスか？　よかったですね、ベネティムさん！　うまくいきそうっスよ！」

「はあ。このまましばらくは安全、ということですかね……？」

「ンなわけないでしょ。囮としてうまくいきそう、って意味っス」

ベネティムは腹部に重苦しい不快感を覚えた。

「囮ですか、我々は」

「少なくとも、向こうが気づくまではそうっスね。だからせいぜいベネティムさんも指揮官らしくしてくださいよ。ほら、合図出してる風に手を振ったり、周りに話しかけたり――あっ、そうだ。馬とか乗ります？」

「私、馬に乗れないんですよね」

ベネティムは嘘をついた。ただ乗るだけならできないことはない。ただ、目立ってしまうのではないだろうか。いい的になりそうだ。それは怖い。

（それに、指示を出せと言われても。どうしようもないんですよね……）

ベネティムは半ば諦めたような気分で、周囲を見回す。

周囲には、三百と少々の武装した人々の群れ。例の集落からかき集めた人手に、もともとの支援部隊と『海賊』を加えた人数だ。どうも落ち着かなくて仕方がない。

いざというときには、彼らは勇敢に戦ってくれるだろうか。

「お。ベネティムさん、その顔つきいいっスね！　いかにも何か考えてるっぽい！」

「茶化さないでくださいよ」

「へへへへ！　ま、どっちでもいいんスけど。オレから離れないでくださいね。死ぬんで！」

「え？　いや、あの、ツァーヴの動きについていける気がしないんですが……」

「——おい。何を遊んでいる」

ベネティムとツァーヴの取り留めもない会話を遮るように、声が聞こえた。パトーシェだった。いつの間にか駆け戻っていたらしい。

「要塞から新手が来るぞ！　次は大型のバーグエストもいる。弓と雷杖を構えさせて、ツァーヴ、狙撃兵はお前が指揮しろ。歩兵は槍を抱えて並べておくだけで十分だ。私が敵を引きずり回して、追い込んでやる。聖印の罠を起動するタイミングも指示するから、迂闊に使うな」

パトーシェはそこまで一気にまくしたてて、わずかに笑った。

「さあ、行くぞ。猫の手でも借りたい状況だ。遊んでいる暇があるなら、猫を探してこい」

「はあ」

呆気にとられた。

数秒遅れて、ベネティムは彼女が冗談を言ったのだと気づく。パトーシェの冗談を、初めて聞いたような気もする。ツァーヴも何も発言しなかったので、彼もまた驚いていたのかもしれない。

だから、つい言ってしまった。

「あの、パトーシェ。なんだか――」

「なんだ」

「機嫌がよさそうですね。私はてっきり、ザイロくんが……」

ザイロがフレンシィを連れて要塞攻略に赴いたので、極めて不機嫌なのではないかと思った。――という部分を発言しないだけの判断力は、このときのベネティムにさえあった。

「ああ。ザイロのことか」

パトーシェは、顔をしかめて目を逸らした。といっても、単なる不機嫌とは違う。わずかに口角が上がっている。何かいいことでもあったのだろうか。

「気づいたのか？」

「ええ、まあ」

尋ねられたので、ベネティムは反射的にうなずいてしまっていた。うなずいてから、余計なことを言ったと思った。

「そうか。気づいているなら仕方がない……まあ、あれでわかりやすい男ではある。このことは本人の名誉にもかかわる話だ。内密にしておけ」

「それは、当然ですが」

「私は、どのように答えるべきか迷っている……」

「そうですね」

わけもわからず、ベネティムはただうなずいた。ほとんど反射行動のようなものだ。

「ザイロくんも迷っているのではないかと思います」

「そうか……そうだろうな。状況が状況だ。余裕はない。それはわかっている。だが――」

パトーシェは馬首を巡らせ、背中を向けた。

北の森林から、新手の異形《フェアリー》が湧き出てきている。デュラハンと呼ばれる、馬のような個体が多い。

「その、なんだ。ザイロは……たぶん、おそらく……きっと……間違いなく私に好意を持っている。私を庇って傷を受けたこととといい、少々露骨すぎると思う……ただ、戦闘部隊の内部でそのような関係は適切ではない。周囲への影響もある……」

いつになく口数の多いパトーシェの、首筋がやけに赤い。夕陽の残照によるものではないだろう。

そこに至り、ようやくベネティムは自分の失言を悟った――いつものことではあるが。

「どうしたものか、困っている。後で対応方針を検討させろ、ベネティム。仮にも部隊の指揮官として、最低限の配慮が必要だろう」

「え……」

そうしてパトーシェは駆け去っていく。

「行くぞ。ここを任されたからには、期待以上の成果を上げてやらねばな！」

後には呆然としたベネティムと、数秒後に爆発的に笑い出し、身をよじって転げまわるツァーヴだけが残された。

刑罰：ブロック・ヌメア要塞破壊工作　6

ブリギッドの出撃を、ブージャムは城壁の上から眺めていた。

傍らでは、トヴィッツが憂鬱そうな顔をしている。

「いや――連合王国軍は、想像以上の速さでしたね。もう数日は持つと思ったんですが」

夜の向こうで、激しい戦いが始まっている。ブリギッドの炎の尾が揺れていた。

「つまり、これは懸念していた最悪の事態ってやつですね。懲罰勇者部隊です。彼らが関与すると何もかもがおかしくなる。まずい状況ですね……さあ、どうしようかな。反撃計画。準備はできていますが、間に合うかどうか……」

「迷っているのか？」

それは珍しいことのように、ブージャムには思えた。

「本当に脱出するのか、トヴィッツ。予定していた日数を稼ぎきれていない」

北部では、異形《フェアリー》たちを兵士として戦わせる計画が進められていた。トヴィッツの発案だ。いままで昆虫の群れのようなものでしかなかった異形《フェアリー》たちを訓練し、もっと組織的に戦わせる。アバドンがやろうとしていて、結局は中途半端に終わったものだ。

彼の責務を引き継いだアニスが、いまはその仕事にあたっている。そのためにはもっと日数を稼ぐ必要があったはずだ。せめて、この要塞であと八日――いや、五日。あまりにも速すぎた。

「我々がブリギッドに協力すれば、あと数日は持たせられるはずだ」

「いえ。相手がよくない。今回の戦いで、あなたとデアドラを失うわけにはいきません。死ぬ可能性がある戦術は採用できませんよ」

「やはり懲罰勇者どもか。あれが問題なのか？　戦略を左右するほどに？」

「断言しましょう。そうです」

迷いのない即答だった。よほどの難敵と考えているらしい。

「こうなると、ブリギッドに期待するしかありませんね」

トヴィッツは指先で円を描き、断ち割るような仕草をした。人間がたまにやる、祈りの仕草だ。

「この最初の波を押しとどめれば、可能性は出てきますね……ブリギッドの勝利を祈って、我々も動きましょう。決めました。反撃計画を開始します」

呟きの最後に、トヴィッツはうなずいた。

「こちらも、懲罰勇者たちにやられっぱなしでは格好がつきませんから」

「承知した。デアドラ、行くぞ。ブリギッドはここを死守するつもりだ」

黙っていた、少女のような魔王現象を振り返る。ひどく不満そうな顔。

「……わ。わかってる。けど」

右腕を強く押さえながら、歩き出す。トヴィッツを追い越して。

「私はまだ納得してない。いくら『王』が決めたことでも、それとこれとは別だから。同胞を見捨てるなんて、あんたは私の指揮官じゃない……！」

デアドラの右目から赤い涙がこぼれた。トヴィッツは大げさに肩をすくめる。

「ここに残るのなら、ご自由に。ブリギッドと一緒に滅びるでしょう。たとえ大地の《女神》の力があってもね……それがあなたの役割だと思うのならば、そうしてください」

「……あんた、性格悪いってよく言われるでしょ」

「だから優秀なんです。そうでなければ、人類には勝てない。結局のところ、やつらの強みはそこなんです」

トヴィッツはすでに歩き始めていた。

「悪意の強さ。魔王現象にはそれが足りていません。僕が補えるよう、努力しています」

◆

ブロック・ヌメア要塞の西方。なだらかな丘の上を、聖女の部隊が行く。

聖骸旅団。数は多いが、進軍は決して遅くはない。高い士気がその足を速めている。

「前進！」

聖女ユリサの叫びが聞こえる。

「進め！　ブロック・ヌメア要塞は目前だ！」

彼女の傍らで翻っている旗は、右腕と瞳の描かれた紋章。歩兵、シフリット・ズアルはそれを追うように駆ける。抱えた雷杖がやけに重く感じる。

(遅れたら、死ぬ)

結局、いつもこうしてなにかに急き立てられ、駆けているような気もする。ダスミテア家の兵士だった頃からずっとそうだ。当主が変死を遂げ、兵士は周辺貴族に吸収されて、あるいは軍を離れる者もいた。が、シフリットは義勇兵として聖女ユリサの麾下に加わることを選んだ。

聖骸旅団。そこには、懲罰勇者たちもいた。彼らがいる限り、無残な死を遂げずに済むかもしれない。なにか意味のある死を迎えられるかもしれない。

それになにより、英雄たちとともに肩を並べて戦いたいと思う気持ちもあった。特に——あの、《雷鳴の鷹》。ザイロ・フォルバーツ。

(我ながら、どうしようもない)

単なる憧れのようなものだけで戦い、死のうとしている。こんな苦しい思いをしてまで。

「歩兵部隊は陣形を組め！」

聖女ユリサは最前線をゆく。馬に乗り、純白の聖衣を纏い、堂々たる姿で。

「案ずることはない！　我が身に宿る《女神》の力が、皆を守る！　——必ず守る！」

その言葉の通り、ユリサが右腕を掲げると、城壁がいくつも召喚される。それは要塞から放たれる砲弾を受け止め、揺るぎもしない。

「いいぞ！　このまま進軍——」

聖女の声が、途中で止まった。何か異変があったのか。シフリットは、歩兵の頭の後ろから要塞を見る。いや、空だ。赤い光がかすめた気がする——炎の鞭のような。

それは、船の上から何度も見た。

（……魔王現象、ブリギッド？）

知っている。今回のブロック・ヌメア要塞攻略において、最大の脅威となるであろう魔王現象。難攻不落のブロック・ヌメアを落とし、長らく連合王国の遠征軍を寄せ付けず、ヴァリガーヒ海峡の北岸を支配し続けてきた。紛れもなく、もっとも悪名高い魔王現象の一柱。

それが、姿を現したのか。だとしたら、こちらに来るのではないか？　シフリットは思わず雷杖を握りしめた。あまりにも頼りない感触。

（ブリギッドを相手に、この雷杖で、どれだけのことができるだろう？）

周囲にも、どよめきが走っている。あの恐ろしい炎の尾が、いつこちらに向かってくるか。聖女の城壁は、あれを止められるだろうか。

だが、このとき、炎の尾が振り下ろされたのは、まったく別の方向だった。想像した以上に遠い。ほとんど、ブリギッドの足元ではなかっただろうか。

「——総員、急げ！　魔王現象ブリギッドが出現した！」

聖女ユリサが叫んだ。

「懲罰勇者たちが、交戦を開始している！」

思いもよらない名前が出てきた。懲罰勇者。

（あの、ザイロ・フォルバーツ？）

シフリットはもっとよく見ようと、背伸びをした。

炎の鞭が夜空をかすめ、ドラゴンらしき影が舞っている。それと砲撃。すさまじく正確な、立て続けの爆発。それなら、あの《女神》を抱いて飛び回る、雷撃兵の姿は見えないだろうか？

「遅れるな！」

と、聖女ユリサは右腕を掲げた。その手に握られた旗が翻る。

「我々は戦うためにここへ来たのだ。懲罰勇者だけに活躍させてはおけない！　行くぞ！」

周囲が雄叫びをあげはじめる。

そう――そうだ。戦うためにここへ来た。懲罰勇者だけに任せてはおけない。シフリットは雷杖を抱え直した。

トゥジン・トゥーガでの、あの戦いからずっとだ。

自分は借りを返したかった。一度くらいは役に立って、賞賛されてみたい。叶うならば懲罰勇者の窮地を救うような活躍を――そんな夢を見ることは許されるだろうか。

◆

聖女の部隊から、さらにやや西。

聖骸旅団の後衛を支えるように進むのは、第十聖騎士団と、貴族連合の混成軍。グィオ・ダン・

キルバが率いる部隊だった。

「おい！　グィオ！」

鋼の《女神》、イリーナレアが、弾かれたように振り返る。

たったいままで覗き込んでいた、異界の兵器――遠見の筒から、なにかが見えたらしい。この筒は単なる望遠鏡とは視野の桁が違う。聖印工学でも理解できないなんらかの技術によって、夜空の彼方まで観測することが可能なのだという。

あまり知られていないことだが、イリーナレアの能力の解釈範囲は広い。このような器具も兵器として呼び出すことができた。

「ブリギッドだ！　あいつが出てきたぞ！」

「……要塞での籠城を、放棄したのか」

グィオは唸った。理には適っている。追い詰められて死ぬより、打って出てこちらの戦力を削いだ方がいい。特に、自分やイリーナレア、聖女あたりを殺せれば最上だ。

そして、その聖女はいま、前進しすぎて孤立しかけている。

「ユリサ・キダフレニー。戦はさすがにうまくないな。机上の学習だけでは限界がある」

「どうするんだよ。助けに行くのか？」

イリーナレアは焦れている。それに不安を感じてもいるはずだった。グィオの腕を掴もうとして自制した。伸ばしかけた手を意味もなく開閉する。

「あの距離じゃ、私の兵器もあんまり有効じゃない……それに、おい、なんだ？　また前進し始めたぞ。さっきより速い！」

イリーナレアの遠見の筒を使わなくても、グィオには見えた。聖女部隊は旗を翻し、さらに前進速度を速めている。まるで、逆上した獣の群れのように。

「なぜだ？　何があった？」

グィオが投げた当然の疑問に、イリーナレアは舌打ちをして答えた。

「――あれだ！　本気かよ、９００４隊だ――懲罰勇者！」

「懲罰勇者？　やつらは、要塞の破壊工作に回されていたはずだ」

「知らねえよ。いるんだよ、ブリギッドの前に！　戦ってるぜ。ザイロ・フォルバーツと……ジェイス・パーチラクト。あと、なんか砲兵！」

「そうか」

グィオは簡潔に答え、自分の感情を押し殺した。

めちゃくちゃなことばかりする。昔からザイロはそういう種類の男だった。グィオは彼のことが明確に嫌いだった。賭博のような戦い方をする傾向があり、軍人としては危険すぎる。だが、その危険な綱渡りを成功させ続けた。失敗したのは、最後の一度だけ。

「どうする、グィオ……放っておくのか？」

すがるような目だった。

本人は否定するだろうが、イリーナレアは共感性が高すぎる。他人の痛み――というより、他人を見捨てることに、強いストレスを覚える。《女神》なら誰もがそうなのかもしれないが、イリーナレアのそれは、極端に戦闘能力に影響を及ぼす。

(仕方がない)

グィオは指揮官として、聖騎士団長として決断を下した。

戦略的にも、聖女を助けて戦うべきときだ。それにイリーナレアの泣き顔は見たくない。グィオにとって、この世は苦痛に満ちているが、そう感じるべきなのは自分だけで十分だった。他人まで不機嫌な顔をしていると気分が悪い。

だからグィオはザイロが嫌いだ。あの男は軽口を叩いているときでも、どこかで怒っている。

「我々も急ぎ前進する。聖女と……それから、懲罰勇者の部隊を援護する」

やはり、ザイロ・フォルバーツは気に入らない種類の男だ。ここでどちらのやり方がより有効なのか教えてやる。そんな気分になっている。

「クルデール家の兵に連絡。周辺に潜伏していた異形《フェアリー》が出てくるだろう……足止めを任せる。ジュヌリー家、トスネア家も援護を。ハイネ・ブカ・タンゼ、突撃部隊を編成しろ！」

声を張り上げ、指示を出す。そしてイリーナレアを振り返った。

「イリーナレア。武器を頼む。『狩星《しゅせい》の種』が手頃だろう。やつらにだけ手柄は渡さない。ブリギッドを討つのは、我々だ」

「……わかってるよ」

イリーナレアは一瞬だけ笑いかけて、すぐに拗《す》ねるように奥歯を噛みしめた。他人の前で喜ぶのを恥ずかしいとでも思っているように。

「ブリギッドのやつ、ぶっ殺してやる」

◆

そして、ブロック・ヌメア要塞の南。南風の吹く海上。

スアン・ファル・キルバは、戦艦からそれを見ていた。

夜空に炎の尾が旋回している。まるで蛇のようだ、と思う。キーオ諸島を守護する獣。赤い蛇、ゼハイ・ダーエ。おとぎ話に聞いた、王家の守護者。

ただし、これがそんな聖なる存在ではないこともまた、よく知っている。

「姫、通信が来ましたぜ。戦況報告です」

トゥゴに言われなくてもわかる。第十聖騎士団からの通信は、ずっと聞こえていた。

この要塞攻めに協力しないという選択肢は、ゼハイ・ダーエの海賊団には存在しなかった。だから沿岸に停泊し、異形《フェアリー》による海上突破を阻む役目の一つを担っている。

新たな命令がない以上、その役目に徹すればよかった。本来ならば。

「――どうも旗色はよろしくないみたいですよ。勝てるにしても、犠牲が大きすぎる」

トゥゴは癒えたばかりの傷をさすりながら呟く。

「特に、懲罰勇者どもは最前線で苦労してるようです。異形《フェアリー》どもの群れを突破して、あのブリギッドを正面からぶちのめそうなんて、正気の沙汰じゃありませんぜ……」

「そうですね」

スアンは慎重に言葉を選ぶ。周囲にいるのはトゥゴだけではない。他のみんなも聞いている。

「皆の意志を、尋ねておきましょう」

「それはまあ、やるしかない。でしょう」

かなり不機嫌そうではあったが、意外なほどの即答が返ってきた。若い将校の一人だ。すでに雷杖に蓄光弾倉を突っ込んでいる。

「気に入らん連中ですが、ぼくたちは処刑されるかどうかの瀬戸際なんです。いまは最前線の戦のどさくさに紛れているけれど、いつちゃんとした裁きが下るかわからない」

「こいつの言う通り。だったら、少しでも恩を売っておいた方が得ってもんです」

また別の将校が、腰に帯びた剣の握りをたしかめていた。使い込まれた『波手』の柄は、すっかり彼の指の形に擦り減っている。

「せいぜい減刑に期待しましょう。逃げ隠れするより、そっちの方がマシですよ」

楽観的すぎる。そうは思うが、否定する材料もない。

(海賊行為の報いとしては、マシな方だ。まだ救いはある……処刑を免れる可能性が)

その可能性は目の前にぶら下げられた餌かもしれない。それでも、やるしかない。スアンもよくわかっている。横目に見たトゥゴは、どこか諦めたようにうなずいた。

「俺たちはやりますよ。姫が号令をかけてくれさえすればね」

「……わかりました」

顔を上げて、背筋を伸ばす。周囲の視線を感じる。なんだか誰の目にも、いくぶん楽観的な明るさがある気がする。気のせいだろうか。気のせいであることを、スアンは願った。自分一人だけが怯えているなんてことは信じたくない。

だから、ことさら堂々としなければ。

(みんなが見ている。ここで姫君らしくないことは、言えない。言えるわけがない)

そんなことを気にしている自分こそ、馬鹿げているのかもしれない。たぶん、この性格に一生振り回される人生なのだろうという気がする。

「皆の言う通りです。前向きに考えましょう。我々は連合王国に助力して、霧の外に出ることを決めた。そして、武勇を示す絶好の機会が目の前にあります」

そういうことにしてしまった以上、やるしかない。賭けた方に勝ってもらわなくては困る。

「援護をします」

それが決断だと、自分にも言い聞かせる。

「砲撃と、上陸戦の用意を。いくらかでもブリギッドの足を止めることはできるはずです」

歓声があがる。やはりどこか楽観的だ。明るい。あるいは破れかぶれの明るさなのかもしれなかったが——とにかくそれを、スアンは苦々しく聞いていた。

彼らを地獄に連れていく役など、やりたくはない。

◆

燃え盛る炎の尾が、地面を打つ。

大地が抉れて砕け、火の粉を散らす。炎の青白い残光で視界がちらつく。

俺はそれを紙一重でかわした。さっきからずっとぎりぎりだ。回避に集中せざるを得ない。攻撃の方は任せるしかなかった。着地と同時に駆けながら、怒鳴る。

「テオリッタ！　呼べ！」

腕の中の《女神》が、火花を散らして手を伸ばし、虚空を撫でる。

「……剣よ。渦巻け！」

呼び出すものを強く想起して、言葉に出す。そうすることで集中力が高まり、効果的な召喚が可能になるのだという。実際のところ、このやり方でテオリッタは明らかに成長している。呼び出したものに、ある程度の力の指向性を与えて操作できるようにもなっている。

このときは無数の剣が虚空に浮かび、旋風のように渦巻きながらブリギッドを狙っていた。

広範囲を掻きまわすような攻撃。それはブリギッドでも避けきれない。いくらあいつが獣の瞬発力を持っていたとしても、これだけ範囲の広い攻撃では無理だ。

刃の先端がその毛皮を裂き、多少は肉にも届く。ただ、その程度はかすり傷にすぎない。図体がデカすぎる。せいぜい指一本分ぐらいの深さの切り込みでは、あいつの外皮を切り裂いただけだ。

分厚すぎる。

その程度、いくつ細かな傷を与えたところで意味は薄い。

「ごァッ」

と、ブリギッドが唸ると、青い炎が毛皮を走る。傷口をすぐに焼いて塞いでしまう。この分では負傷による消耗や疲弊もたいして望めない。さすが、ヴァリガーヒ海峡の北岸を支配し続けていた魔王現象なだけはある。

しかもその攻撃ときたら――炎の尾が旋回し、すさまじい速度で薙《な》ぎ払《はら》ってくる。

「う、わわ」

テオリッタが俺にしがみついた。まるで俺こそが絶対の安全地帯であるかのように。俺はテオリッタを抱えあげた。跳ぶ。防御が間に合うことは、祈るような気分で信じるしかない。

『同志ザイロ。いまのは危なかった、もう少し余裕をもって近づく方がいい』

ライノーの声。宙を走る光の軌跡。正確無比な砲撃が、ブリギッドの炎の尾を捉えた。爆発が炎の尾を弾き飛ばす。

「すごい」

それを見上げ、テオリッタが呟いた。

「あの尻尾に砲撃を命中させるなんて、どうやってるんですか？」

「ぜんぜんわからん」

俺は正直に答えた。ライノーの砲撃は、ちょっと異常だ。あんな風に動き回る尻尾に砲弾を直撃させるなんて、何をどうすれば可能なのか。一応聞いてみる。

「どうやって当ててんだ、いまのは？」

『ブリギッド嬢の尻尾がきみたちを狙っているのは明白だからね。それを阻止するように撃てばいいんだ。同志ザイロの飛翔と着地はとても研究しているから、計算できるよ。ただ、注意してほしいんだけど、砲弾の数は有限だ。あと七発。その前に決めるとしよう』

「そうかよ」

なにがブリギッド嬢だ、と俺は思った。ずいぶん余裕がありやがる。余裕がないのは俺と、それからもう一人。空中だ。ジェイスが飛び回り、ブリギッドに一撃を加えようとしている。

しかし、さすがに精彩を欠く。ニーリィのいないジェイスは本当に苦労しているようだ。果敢には攻め込めない。濃緑のドラゴンを駆り、ブリギッドの頭上を襲う。炎を吐かせる。ずいぶんと大雑把な攻撃で、これはブリギッドにとってはさほどの脅威でもないらしい。

無造作に尻尾を振るって追い払う——危ういところで、ドラゴンがかわす。その隙に、ジェイスは槍を投擲しようとするが、そこまではできない。ブリギッドはすでに跳び離れている。

顔をしかめたジェイスの悪態が聞こえてくるようだ。というより、実際に聞こえてきた。

『くそっ。ザイロ！　ライノー！　何やってる、もっとちゃんと追い込め！』

いつもの数倍、苛立っているのがわかる。

『いくら誘導式の聖印の槍でも、これじゃ当たらねえ！』

『いやあ、申し訳ない。がんばってはいるんだけどね。本体に当てるのは難しいんだ』

『がんばるだけじゃ意味がねえんだよ。城壁か、海際だ！　そっちに追い詰めろ！』

「無茶なことを言いやがる」

使う戦術そのものは、ヨーフでの戦いと同じものだ。ただ、あのときとはすべてが違う。そもそもニーリィがいないし、ライノーの砲弾にも限りがある。ずっと不利だ。

「もう一度やるぞ。次で一気に決めに行く。飽きたやつとビビったやつは抜けてもいい」

『あ？　ふざけんな、てめーから殺すぞ』

『僕も抜ける気はないよ。こんな楽しい狩り、やめられるわけがない』

「そりゃ、よかった……な！」

飛び跳ねて、ナイフを投げる。炸裂する。ブリギッドの鼻先――やつはこれを嫌って、軌道を変えた。炎の尾も狙いを外している。おかげで悠々と避けることができるが、反撃は無理だ。

こっちの着地を狙って、異形《フェアリー》どもが突っ込んできていた。カー・シーとデュラハンども。陸上における機動力のある編成で、二十ほど。あるいは待ち伏せていたのか。ブリギッドもなかなか利口な戦い方をするものだ。

それに対しては、こっちも備えがあった。馬蹄の響き。騎乗した南方夜鬼が七騎。『波手』よりも深く湾曲した、爪のような刃を連ねて、異形《フェアリー》どもの突撃を迎え撃つ。疾走。刃に稲妻が走った。

「婿殿、お下がりください」

「おい。婿殿じゃねえだろ」

「そういうのはいいですから」

笑いを含んだ答えとともに、すれ違いざまデュラハンを斬り上げる。

カー・シーは逃げようとしたが、弓を放たれて射貫かれた。鮮やかな手際だ。南方夜鬼の、高速の騎射。とはいえ、さすがに彼らも無傷とはいかない。さっきから、こういう突撃を防ぐたびに手傷が増えている。

(なるほど。こいつは厄介だな)

ブリギッドのことだ。

単独で戦っても強力だが、他の異形《フェアリー》どもと連携することを知っている。これまでのひたすらデカい怪獣みたいな魔王現象どもには、あまり見られない動きだ。ヴァリガーヒ北岸にいままで手を出せなかった理由がよくわかる。

「くそっ。これじゃ埒《らち》が明かねえぞ」

聖剣を当てさえすれば勝てるが、それは望み薄だ。至近距離で、剣を叩き込める間合いに近づける見込みはまるでない。可能性があるとすれば、ライノーの変態じみて正確な砲撃か、ジェイスの誘導式の槍での一撃。どうするべきか。

「どうします、婿殿」

「俺たちはなんでもしますぜ」

夜鬼が二人、俺の傍に立った。揃って前へ。まるで、もしものときは盾になろうとでもするようだった。腹が立つ。怒りを抑えるために、俺は頭を掻きむしった。

「ライノーの砲かジェイスの槍を頭にぶち込む。それが目的だ。仕方ねえから、こっちで隙を作ってやる……お前らの名前は？」

尋ねると、二人は一瞬だけ困ったような顔をして、そのまま笑いに変えた。

「……カロスです。こいつはターグ。婿殿に作戦があるなら、みんな乗りますよ」

「大丈夫です。任せてください。我々は囮ですかね？」

「ああ。でも、お前らじゃない……俺が囮をやる。俺と、テオリッタが」

「ええ？」

ブリギッドが尾を振る。ライノーの砲撃が牽制し、ジェイスが頭上を攪乱する。短槍は、まだ飛ばせない。それだけの隙はない。

「婿殿、そりゃ無茶ですよ。いくらなんでも――」

「俺は勇者だ。死ねない。囮には最適だ。お前らは下がって援護しろ。異形《フェアリー》を牽制しながら、俺が跳ぶ瞬間まで少し注意を逸らせ」

「ザイロ！」

今度は、テオリッタから叱責された。

「またあなたはそんなことを！　あなたは、自分を軽んじるにもほどがあります！」

ひどい怒りを感じる。俺の胸を叩くことまでしやがった。夜鬼の二人も、俺の肩を摑んだ。

「そうですよ。婿殿に何かあったら、俺たちゃお嬢になんて言い訳すりゃいいんですか」

「ええ！　今度こそ、婿殿と一緒に戦えるって、我々は」

「心配するな。テオリッタは何があっても守る」

これは、テオリッタのさらなる怒りを買ったらしい。眉を吊り上げて俺の胸を殴る。

「我が騎士！　いい加減にしなさいっ。彼らは――」

「黙ってろ。来るぞ！」

当然、ブリギッドは俺たちのやり取りを待たない。炎の尾が唸る。俺を狙った露骨な軌道。これだけしつこく嫌がらせのような攻撃を続ければ、必ずそうすると思っていた。

読んでいるから避けられる。そして、反撃に繋がる。

「テオリッタ！　いま――」

そう思ったのが、間違いだった。ブリギッドは賢い。それを痛感しておくべきだった。

炎の軌道は、少し遠かった。

『おっと。これは？』

あまりにも気楽すぎるライノーの声。そうだ。炎の尾は、俺たちを狙うと見せかけて、ライノーを狙っていたわけだ。火炎が後方で爆ぜた。ライノーがどうなったか、確かめる術はない。

翻った炎の尾が、次はこちらを狙っていたからだ。

(ちくしょう)

死に近づくのを感じる。意識が張り詰める。飛翔印を全開にして走る。ジェイスが空中から襲いかかるのをブリギッドは軽々とかわした。炎の尾が煩わしそうに揺れる。

「剣よ！」

と、テオリッタの呼び出した剣の群れも外れた。想像以上の敏捷性《びんしょうせい》。あるいはこれまで見せていた鈍重な動きは、偽装だったのかもしれない。本命の、この速度での一撃を通すための。

炎の尾が揺れると、いくつもの火の玉が生まれた。礫《つぶて》のように降ってくる。

（ああいうことも、できるのか……！）

隠していやがった。

俺はテオリッタを抱えるようにして、全力で飛んだ。火の玉の群れがさっきまでいた地面に降り注ぎ、大地を焼く炎が走る。もちろんそれは単なる牽制にすぎない。炎の尾が伸びてくる。空中の俺とテオリッタを狙っている。

今度は避けきれない――しかしこのとき、俺にもまったく予想外なことが起きていた。

首筋の聖印が疼《うず》き、声が響いた。

『ざ……、ざ、ザイロ・フォルバーツ！　跳べ！』

塔だ。足元。火花とともに高速でせり上がってくる。つまりそれは、何度も何度も俺の体が覚え込んだ動作だった。召喚された塔を蹴って、さらに跳ねる。夜空。吹き付ける風を感じる。炎をかわして、地面。まともな着地はできないことはわかっている。衝撃。

転がりながらテオリッタを抱きしめる。落下の衝撃からは庇えた、はずだ。

（いってえ）

治ったばかりの左腕が痛む。

『聖骸旅団、交戦開始！　懲罰勇者が戦っている！　彼らを救え！』

翻る聖骸旅団の白い旗が見えた。

そしてもう一つ――赤い旗。あれは海賊に似ているが、微妙に違う。翼のある、赤い蛇が、牙を剝き出しているような紋章。つまり、第十聖騎士団のグィオ・ダン・キルバ。

『撃て。懲罰勇者どもを援護しろ』

頭上で多数の青い光が瞬いた。何かが放物線を描いて落ちてくる。

それは地面にぶつかって、爆炎が連鎖的に生まれた。爆発したのか。俺も見たことがある。『狩星の種』と呼ばれる異界の兵器だろう。イリーナレアの呼び出す武器は正式名称がわからないので、天体の名を冠した名称が与えられることになっている。

ばら撒かれた青い光の炸裂は、乱暴ではあったが、異形《フェアリー》どもの群れを景気よく吹き飛ばした。

ただし、ブリギッドには通じていない。

『……兵器は正常に動作したが、本体に命中を確認できず。防御された』

グィオの陰気な声が言う通り、炎の尾だ。それが旋回してほとんどの爆撃を振り払っている。苛立ったのか、ブリギッドは先ほどよりも大きな咆哮をあげる。全身の毛皮が燃え上がる。前足の爪が地面を抉ると、火が地面を走った。それに巻き込まれる兵もいる。

ブリギッドの咆哮に従うように、異形《フェアリー》たちも勢いを取り戻す。俺たちを囲むような動き。

それを、阻むものがまた現れる。強い南風とともに、今度は赤い炎が立て続けに弾けた。海岸線を薙ぎ払うような一斉射撃。いや、砲撃だ。地面とともに異形《フェアリー》たちの群れが砕ける。

『――砲撃、着弾！　……だよな？　当たったな？』

しわがれたような声の通信。海からだ。つまり船。

こっちは海賊どもに間違いない、ゼハイ・ダーエの紋章を掲げる戦艦だ。そこから砲撃が撃ち込まれて、異形《フェアリー》どもを狙っていた。これには異形《フェアリー》どもも散開せざるを得ない。密集すればいい的だ。

そうして分断した異形《フェアリー》は、上陸してきた歩兵部隊が餌食にする。

さすが海賊、敵を囲んで殴るような戦い方に慣れている。

『ザイロ・フォルバーツ。俺たちも少しは役に立ったって、ちゃんと報告しろよな……』

それはあの黒い帽子の男、トゥゴの声だった。もう傷は癒えたらしい。

『あのおっかねえ竜騎兵にもよろしく頼むぜ。俺は会いたくねえ』

勝手なことを言う。俺は大きく深呼吸をして、顔を上げる。

まったく――戦場がめちゃくちゃだ。夜空が明るい。別の生き物のように躍る炎の尾。イリーナレアの呼び出す『狩星の種』。火花とともに召喚される城壁。砲撃。攻城用の聖印兵器。ジェイスの駆るドラゴンが放つ息吹。

「何やってんだよ。こいつら……」

俺は呻いた。

俺を包囲するように、駆けよってくる連中がいたからだ。

「婿殿！　ご無事ですね、よかった――おい、お嬢に殺されなくて済むぞ！」

南方夜鬼の騎兵たち。あいつらには、俺が囮をやるから下がれと言ったはずだ。

「テオリッタ様！　と、ついでにザイロ・フォルバーツ。大丈夫？　生きてる？」

鋭い女の声。グィオの手下と思しき、牙を剝き出した赤い蛇の紋章。翻しながら、騎兵部隊が寄ってくる。百はいるだろう。

なんでこっちに来る？　遠距離から鋼の《女神》の火力で一方的に攻撃を仕掛けるのが、グィオたちの戦い方じゃないのか。これではまるで俺たちを救援に来たみたいだ。

それから、もう一つ。

「ザ……ザイロ・フォルバーツ！　どの！」

息を切らして、歩兵が駆けてくる。聖女のところの兵隊か。こっちは百を超えている。わけのわからないことになってきた。俺は頭を掻きむしった。

「なんだ？　みんな、何しに来たんだよ」

「もちろん、あなたを助けにです」

テオリッタが俺を励ますように言った。大きなお世話だ、と思って顔を逸らそうとしたが、頬を摑まれた。強制的に目を合わすことになる。

「ザイロ。認めなさい。あなたは、あなたが思うより多くの者に影響を与えています。我が騎士なのだから当然のことです。偉大な戦いは、あなた一人のものではありませんからね！」

テオリッタの目が燃えている。空の炎よりも眩《まぶ》しく、やっぱり俺は顔を逸らしたくなる。

「みんな、あなたと一緒に戦いたいと思っているのです」

「そんなこと」

知るか、とは言えなかった。周囲の目が多すぎた。

「婿殿。俺らはしつこいんですよ。南方夜鬼の気性ってのは、そういうもんです」

南方夜鬼は笑っていた。何がそんなに愉快なのか。愉快なことなんて何もないだろう。

「ザイロ・フォルバーツ、こっちはグィオ団長の指示で来た。《女神》が聖剣を使うなら、ウチらが援護するよ。それを当てれば勝ちなんでしょ」

第十聖騎士団の女は、どこか気だるそうに馬を進めてくる。

「あの、……フォルバーツどの！　助けに来ました。聖女様のご指示です！」

聖骸旅団の歩兵は、上ずった声で叫んだ。

「今度は、私たちがお役に立ちます！　きっと、お力になります……！」

今度は、という意味はわからない。わからないが、とにかく彼らは下がる気はないようだった。兵力。これなら、できることはある。それを考えてしまっている自分がいる。

「ね、ザイロ。どうです」

テオリッタは胸を張った。

「私の騎士であるあなたは、凄《すご》いでしょう」

俺はいくつかの戦いを思い出す。

ミューリッド要塞でのイブリスとの戦い。ドッタを追いかける傭兵どもを、無理に戦闘に引きずり込んだ。それにヨーフでの攻防。ジェイスとライノーと、テオリッタ。ちょうどいまのように、たった四人で戦おうとした。トゥジン・トゥーガでのカロンとの戦いも同じように、第九聖騎士団の力を強引に借りた。

あのときに比べて、ずっと不利だと思っていた。ニーリィがいないし、魔王現象の主は大きく、機動的にこちらを襲ってくる。異形《フェアリー》どもも地中に潜んでいる。

だが、それは誤解だったかもしれない。

「胸を張るがいいでしょう、ザイロ。あなたは偉大な騎士です！」

「だといいな」

恥ずかしいので、俺は鼻で笑ってやった。

「聖女に伝えてくれ。絶対確実に勝たせてやるから、協力しろ。戦い方の手本を見せてやる」

◆

魔王現象十二号、ブリギッドは違和感に気づいた。

地を這う人間たちの動きが明らかに変わった。炎の尾が防がれている。それはあの、城壁を召喚する《女神》の力に違いないが、先ほどまでとは違う。

分厚く巨大な城壁で、尾の衝突を妨げるのではない。小さな『塔』のようなものがいくつも召喚され、その陰に小集団が隠れる形をとっている。それは巨大な城壁を相手にするよりも、不愉快で面倒なものだった。

塔を壊すのは、城壁などよりもずっと簡単だ。炎の尾で強く撃てば吹き飛ばせる。だが、その直後に再び召喚されていく。きりがない。

簡単に壊せるくらいの強度のものは、その分だけ軽い負荷で再召喚できるらしい。速度も速い。

それは全力で尾を何度も打ち付けて砕く城壁よりも厄介で――そしてその隙に、散開した兵たちの接近を許すことになる。

(面倒だ)

接近してくる人間の数は、少ない。それに弱い。

しかし油断はできないことも、ブリギッドは知っていた。

(――アレがいる)

終わりの剣を呼び出す、例の《女神》だ。その契約者は、短時間ではあるが空を飛べるらしい。なんとしてもあの一撃だけは受けるわけにはいかない。それに、まだ距離は遠いが、鋼の《女神》も警戒に値する。

(まとめて薙ぎ払う、か？)

いまだ全力での攻撃と機動は温存しており、人間どもには見せていない。最大の力を注ぎ込んで炎の尾に点火し、振るえば、すべての塔を一度に破壊できるかもしれない。そこから鋼の《女神》を一気に撃破するのが理想だ――しかし、妨害してくる者がいる。

第一に、空から飛来する爆撃の嵐。

おそらく鋼の《女神》が呼び出した兵器だろう。隙を見せれば集中的な攻撃を受ける。いま散発的に撃ち込んできているのは、あえて防御させるためのものだと見ていい。こちらが慣れ、迎撃を怠るときを狙っている。

第二に、地上から撃ち込まれる射撃兵器。

後方の砲兵は言うに及ばず、塔を遮蔽に近づいてくる人間たちの雷杖の光は鬱陶しい。破裂音とともに光が瞬き、時としてこちらに飛んでくる。たいした負傷にはならないが、集中は削がれる。頭部の目や耳といった感覚器官への被弾だけは、避ける必要がある。異形《フェアリー》どもも、上陸してきた部隊に遮られてうまく動かせていない。

とはいえ、先ほどまで目障りだった、あの異常なほど正確な砲撃は止《や》んだ。あの砲兵は砲甲冑ごと叩き潰し、蹴り飛ばした。たった一人であれだけの攻撃を行っていたのは恐ろしいが、もはやその脅威は去った。

(そして……このドラゴン、か？　これは、たいしたことはない)

竜騎兵。濃緑の鱗を持ったドラゴンを駆り、目障りだが、そろそろ動きが鈍ってきている。何度か炎の弾丸を食らわせた。負傷もあるし、鋭く飛び込んではこない。

(人間ども。数は多く、小賢《こざか》しいが、甘く見られたものだな)

人間どもは、ブリギッドの判断の失敗、あるいは疲労を待っている――だとしたら、その誤解をわからせてやる。

(やはり、まとめて吹き飛ばすべき、か。まだやつらは、私を甘く見ている……！)

ぐっ、と後ろ足に力を込めた次の瞬間、地を蹴った。

一瞬の重心移動で、爆発的に飛び出す。

その巨体と獣の瞬発力を併せ持つことが、ブリギッドの最大の武器だった。地面に突き立てる鉤爪は炎を吹き出し、その毛皮は燃え上がる。城砦の《女神》は慌てて城壁を呼び出したが、全力でのブリギッドの突進の前には無意味だ。

砕く。小型の塔はもっとたやすい。高熱を伴った風が、地面を吹き荒れた。

人間と交戦していた異形《フェアリー》もまとめて蹴散らしてしまったが、たいして問題はない。前足を使って制動をかける。そのまま身を翻し、側面から——まずは城砦の《女神》を倒す。人間どもがまだ対応しきれないうちに、もう一度、全力での疾走と攻撃を。

そう考え、再び跳ねた瞬間に、衝撃を受けた。

ばちっ、と、目の前が白くなる。

(——なんだ?)

それが強烈な痛みだと、遅れて認識する。右の前足だ。折れている。異様な方向に曲がっているのがわかった。傷口から噴き出しているのは、炎のような自身の血だった。

なにかにぶつかった。それが右の前足を損壊させたのだ。

(なんだ、これは——剣、か?)

地面に突き立つ、巨大な剣だ。小さな塔と同じくらいある。それでもブリギッドを止めることなどできないはずだ。普通の剣ならば。

それは普通の剣ではない。青く輝く障壁を展開する、聖印の刻まれた剣だった。

聖印による結界。これが自分を弾いたのか。人間どもにはそういう武器があることを、ブリギッドは知っていた。それを、あり得ないほど巨大にした剣なのか。これを呼んだのは、例の《女神》だろう。人間どもはテオリッタと呼んでいる。

（馬鹿め。たかが、この程度……この程度で止まるか。この私が。ブリギッド。災厄の魔獣だ）

ブリギッドは怒りとともにそれを見た。

テオリッタを抱えた契約者が、青く輝く結界の巨剣の柄を蹴り、飛翔していた。迎え撃つ。鉤爪を突き立てた大地が、赤い炎を放つ。

（『王』よ、私をご照覧ください）

自分こそは、北の脅威。ヴァリガーヒ海峡の北岸を支配する、恐怖の象徴。それが役割だ。

（ここは、私の、場所だ。私の舞台――ここは、私の）

ブリギッドは咆哮をあげた。

炎の尾を大きく振り、残った左の前足で地面を踏みしめる。

◆

俺には確信があった。テオリッタの能力は、急激に成長している。

パトーシェの剣を呼び出せたのがその証拠だ。あれを何倍にも巨大にして、遮甲印ニスケフを刻んだ刃――それはブリギッドの跳躍を遮り、右の前足をへし折った。噴き出す血が炎のようだ。

「いまだ」

俺は首筋の聖印に指を添えた。

「撃て！　騎兵、行け！」

夜空から地面が見える。散開し、塔を遮蔽物代わりにした歩兵たちが、一斉に雷杖の射撃を開始していた。狙いは折れた右の前足だった。負傷箇所を狙い、再生を阻害する。注意力を削ぐ。

辛《かろ》うじて踏みとどまろうとしたブリギッドに、騎兵たちが襲いかかる。

槍を構え、小規模な遮甲印を連ねてぶつかっていく――それだけでいい。動き出そうとしたブリギッドは、さらに体勢を崩す。騎兵隊を追いかけようとしても、それができない。歩兵の射撃と騎兵の突撃が、ブリギッドから一時的に機動力を奪っていた。

要は、同時に、素早く、一撃で。そういうことだ。動きを止めて、タイミングさえ合わせれば、魔王現象にも騎兵や歩兵が有効打を与えることはできる。

もともと、聖女の下に集まったのは、寄せ集めの部隊だ。

解体された貴族の私兵、傭兵に冒険者、地方で募った義勇兵。そういう連中は、むしろ個々の部隊での戦闘訓練を積んでいる。無理に密集させて慣れない戦いをさせるより、部隊単位での動きをさせてやった方がいい――ということもある。今回がまさにそれだった。

ブリギッドは動けない。いまならいくらでも攻撃できる。そして、一撃さえ入れられれば勝つ方法が俺たちにはある。

「ザイロ――私たちなら！」

テオリッタがしがみついてくる。やれる。俺は跳んだ。

ブリギッドまで、あと五十歩分。いや、まだ少し遠いか。

「クゥアッ」

と、ブリギッドが喉に絡んだような咆哮をあげていた。

すると、今度は異形《フェアリー》が動き出す。何度も見た手口だった。小回りの利かない自分の隙を、異形《フェアリー》の軍勢で補う。さすがに向こうもそろそろ全力を出してきたようだ。大量のボガートが地面から飛び出し、デュラハンたちが突っ込んでくる。さらに、大型の異形《フェアリー》――バーグェストまで。

「ち」

俺は舌打ちをして、低く跳ねた。

あいつらに邪魔をされるとブリギッドを仕留めきれない。それどころか、反撃の態勢まで整えられるかもしれない。折れた右の前足が火を吹き、焼いて、傷口が塞がる。治癒していやがるのか。

「テオリッタ！」

「はいっ」

テオリッタが虚空を撫でる。火花。

いくつもの剣が放たれて、ボガートどもを串刺しにする。突進してきたデュラハンはもっといい的だった。自分の速度のせいで勢いよく吹き飛ぶ。

それでもまだ数が多いし、象のような図体のバーグェストは止まらない。

「グィオ！」

俺は手近なボガートを、剣で叩き切った。力任せの一撃。

「わかってるよな。いま、ここだ」

刃にザッテ・フィンデを浸透させる。跳ね上がってきた別のボガートの頭を貫いて、爆破する。

テオリッタは俺の背後を守ってくれている。心配はいらない。前だ。ブリギッドを睨む。

「ここでブリギッドを倒しきる！」

『当然だ……全軍で止めろ。攻撃部隊に近づけるな……』

グィオの陰気な声。

『海賊ども。スアン・ファル・キルバ。聞こえているだろう。ブリギッドを撃破すれば、処刑の免除を約束する』

あのクソ真面目で陰気な男が、そこまで言い切った。その効果は大きかった。

びゅううっ、と、濁ったような笛の音が、海岸沿いからいくつも響いた。大柄なたくさんの影が突っ込んでくる。異形《フェアリー》を遮るように横合いからぶつかる。海賊と、樹鬼どもだ。すでに上陸は果たしていたらしい。死に物狂いで止めにかかる。

グィオの配下の騎兵も、それに合わせた。異形《フェアリー》どもをブリギッドの攻撃部隊に近寄らせない。

「どうですか、ザイロ！　いまこそ私の出番ですよね？　ねっ？」

「ああ――」

俺は地面を左手の平で叩く。探査印ローアッドによる反響でわかる。地中のボガートどもは品切れだ。デュラハンも完全に遮った。バーグェストを樹鬼たちが止めている。

ブリギッドを守る異形《フェアリー》はもういない。

「出番だ、テオリッタ。仕留めに行く！」

という、俺の号令に従ったわけでもないだろうが、とにかくすべての部隊が行動を開始した。

まずはグィオの部下たち。ユリサの呼び出した塔の一つに上り、そこから馬鹿みたいにデカい銛のような兵器を射出した。十発以上は放たれただろう。ほとんど鯨の漁のようだ。

それらの銛の先端はブリギッドの体に突き刺さり、動きを著しく阻害した。痛みもあるだろう。ブリギッドが身をよじり、咆哮をあげた。

「まずいぞ──退避！」

と、勘のいい誰かが叫んだ。

右の前足が炎を纏い、地面を引っ掻く。その足元。接近突撃を試みていた歩兵と騎兵は追い散らされて、逃げるしかない。だが、それでもいい。もう十分に動きは止めた。

俺と、テオリッタがブリギッドの頭上に届く。

「ブリギッド！　たとえあなたといえども──」

テオリッタが叫んだ。その手が虚空を撫でる。激しい火花が散る。

「私の聖剣に滅ぼせないものは、存在しません！」

聖剣が、召喚される。俺は虚空にあるそれを掴んだ。いまのブリギッドでは、これを避け切れない──そのはずだった。

が、予想外というのはいつも起こるものだ。俺は嫌というほど知っている。

「るぅるるるぅっ」

ブリギッドは唸り声とともに炎の尾を振るった。それは俺たちではなく、後方の地面を打つ。

発火。爆炎。衝撃──おそらくそれは、ブリギッドの本来の最大出力だったのではないだろうか。

青白い炎が弾けて、ブリギッドの後ろ足だけでの跳躍を可能にする。あの尻尾を、機動力を補うために使うとは。

体に刺さった銛は、強引にすべて振り切られた。千切れた肉片もまた炎となる。全身から炎を吹きこぼすようにして、ブリギッドは跳んでいた。

「ち」

俺は空中でどうにか体を捻り、聖剣を投擲した。それしかできない。最悪だ。こんな状態で放ったものが当たるはずもない。聖剣は届く前に赤い錆《さび》のようになって崩れ落ちる。

「く、しょう！」

これは予想外だ。面倒なやつに、決着を譲ることになった。

聖剣は囮だ。絶対に回避しなければいけない攻撃だからこそ、隙を生むことができる。俺たちだけで戦っているわけではない――という戦場ならば、この戦術が使える。

「結局、お前の手柄かよ。こいつは貸しにしとく」

『知るか、ボケ』

ジェイスの声。

『チェルビー、もう一度だけ頼む。俺たちの勝ちだ』

急降下する濃緑のドラゴンは、ブリギッドの着地点を狙っている。ブリギッドもそれは気づいていたはずだ。もう一度、炎の尾による跳躍を試そうとしたかもしれない。

それでも、もう無理だ。ブリギッドの体が、何かにぶつかって止まった。

『懲罰勇者！』

聖女ユリサの声。巨大な城壁が召喚される。それはブリギッドの回避を不可能にした。防御のためではなく、相手の退路を塞ぐための召喚――これであいつも新しい戦い方を覚えただろう。

『……私たちも、あなたたちに負けないぐらいに戦える』

ユリサの纏う、白い聖衣が輝いている。その衣が、彼女にいつも以上の力を与えているようだ。

『そうでしょ？　ねえ！』

認めろ、とでも言いたそうな問いかけだった。

「ああ」

俺はうなずくしかない。

「当てにできるかもな」

『人間にしては、だ』

ジェイスが余計なことを言う。急降下しながら、短槍を放つのが見えた。

それはブリギッドの頭部に吸い込まれ、突き刺さり――そして、穂先が弾けた。そういう聖印だ。大型のワイバーンを仕留めるための仕掛け。立て続けに、もう一本。さらに一本。曲芸じみた投擲の技だった。さすがにジェイスは、こんなところでヘマはしない。

それに、まだ一撃。待っていたやつらがいる。

『……イリーナレア。あの連中がブリギッドの動きを止めた……ここだ。杯星《はいせい》の幹を使う！』

『わかってる。全員、構えろ！』

グィオの陰気な声と、鋼の《女神》の乱暴な声。このあたりの勝負勘は、さすがにグィオだった。すでに部隊を接近させている。それも、グィオ自身が直率する重装歩兵部隊だ。何か——とてつもなく巨大な雷杖のような武器を、総員で支えるように構えているのがわかった。

『いいぞ、捕捉してる！　撃て！』

イリーナレアの声が響いた瞬間、青い光がブリギッドの胴体に直撃した。ぎいっ、と、空気が削れるような音が響く。

俺も船の上で世話になった兵器だ。それの、何倍も巨大なものであるらしい。イリーナレアが召喚する、原理さえ不明な射撃兵器。青い光はブリギッドの腹を抉り、焼き、そして貫いた。その血が炎となって飛び散る。

『命中を確認……』

グィオの低い声。こんな状況でも大喜びしないとは恐れ入る。

事実、その判断は正しい。ブリギッドの炎の尾が、ゆらりと揺れた。

『貫通した。重大な損傷。そのはずだ。しかし、これは……！』

腹を貫かれ、明らかに致命的と思われる損傷を受けて、それでもなおブリギッドは敵意に溢れていた。めちゃくちゃに地面を引っ掻く。城壁に体を叩きつける。血が炎の滝のようだ。それ自体がすでに、十分な攻撃であり、災厄のようなものだった。

ブリギッドに接近していた攻撃部隊の悲鳴が聞こえる。

「駄目だ。退避！　グィオ団長、そこは危険です！」

「銛はもう必要ない！　放棄だ、後退！」

「離れろ！　散れ！　聖骸旅団、お前たちもだ！」

それでも、この状態からグィオとイリーナレアがブリギッドを逃すはずもない。相手を弔うような暗い声が響く。

『まだ、だ……退避はしない。イリーナレア。やれ。北部を取り返すぞ』

『ああ。ぶっ殺す！』

今度は、どんな兵器だったのだろう。とにかく俺の知らない何かだ。空をかすめる光が、ふらつく蜂のような軌道を描きながら、高速でブリギッドを襲った。それも、何発も。光はぶつかるたびに爆炎を生み、赤い稲妻が弾けるのが見えた。

（これが、鋼の《女神》か）

最強の攻撃力を持つ、という肩書は誇張ではない。俺もここまで強力な兵器が、それも大量に投入されるのは初めて見た。轟音で耳がおかしくなりそうだ。圧倒的な集中砲火。

ブリギッドが白目を剝くのがわかった。体が傾く。その最後に、一瞬だけ牙を剝いた。

「ヴ、ガ、ぐぅるぁっ」

喉に絡むような咆哮。倒れる寸前、明らかに最期の力を振り絞ったのがわかった。

炎の尾を振るい、跳ねる。残された力が許す限りの、最後の一撃だっただろう。地上にいる聖女の旗を狙っているのがわかった。こっちは予想外だ——自分が生きるためではなく、攻撃のために最後の力を使うなんて。

（回避じゃないのか、ブリギッド……！）

炎の尾が、瀕死《ひんし》の大蛇のように激しく蠢いた。炎の雨が降る。火炎。青白い炎の閃きで、空が束《つか》の間《ま》だけ明るくなった。それは接近していたグィオの部隊に降り注ぐ。

『グィオ！　あああっ——グィオ！』

イリーナレアの悲鳴。当たったのか。それを確認することはできない。その猶予はない。ブリギッドは咆哮をあげ続け、聖女の部隊に向かう。負傷はしている。足取りは荒々しいが、よろめくようだ。それでもブリギッドは跳ねる。いっそう鮮やかに青い炎が、その足跡を焼く。

俺はテオリッタを抱えて追いすがる。間に合うか。いや、どうにかしなければ。

「ザイロ」

テオリッタが、かすれた声で呟く。聖剣を召喚した直後の、極度の疲労の中で。

「もう一度」

髪の毛が火花を散らしている。顔色が蒼白だ。本当は、もう動けないはずだ。

「聖剣を——呼びます。ブリギッドを止めて、彼女を、ユリサを。今度こそ」

「やめろ。限界だ。絶対に呼ぶな！」

俺は前を見た。テオリッタを強く抱える。

「俺が……俺が、止める！」

飛翔印サカラを全開にして、跳ぶ。

聖女は城壁を召喚するが、あまりにも脆《もろ》い。力が尽きかけている。

それに対して、炎の尾が振るわれる。ブリギッドの方も限界は近いのだろう。もうその出力は弱まり、ずいぶん細くなっていたが、破壊力は健在だった。城壁を一撃、二撃で粉砕する。その破片が溶融しているのがわかる。

（ふざけんな）

最大速度で、俺は跳ねる。

行く手を阻む異形《フェアリー》ども——まとめて吹き飛ばす。掻き分けるように跳ねる。ボギーの角が俺の脇腹をかすめようが、フーアの牙が肩に食い込もうが、そんなものは関係ない。敵の頭を蹴とばし、喉を切り裂いて、ただ前へ。

それでも追いつけはしない。速度に差がありすぎた。最後の手段。俺は怒鳴る。

「ジェイス！　止めろ！」

『止めてくださいだろ——くそ！　やれるならやってる！』

空中からでさえ、とても近づける状況じゃない。ブリギッドの全身が炎に包まれているようだ。その血が燃えている。こうなると、ジェイスの投げた槍程度では止まらない。

「ゴゥッ」

と、ブリギッドは吠えた。

砕いた城壁を踏み越えた。ろくに動かないはずの体で、のたうつようにして聖女に迫る。もはや鼻先だ。そうなると、当然のことが起きる。

「止めろ！　聖女を守れ！」

つまり、これだ——聖女ユリサを守るために護衛たちが進み出る。

生贄《いけにえ》のようだ、と俺は思った。

(だから嫌なんだよ、クソが……！)

聖女ユリサ。あいつはあまりに前に出すぎる。自分の命をなんだと思ってやがる。あいつは自分を過小評価しすぎだ。自分が無茶すると、周りが放っておかないのをわかっていない——。

(……そうか)

そのときようやく、俺はユリサを嫌いな本当の理由に気がついた。

(人のことを言えるほど利口なのか？　馬鹿か、俺は)

セネルヴァの遺骸を使っているだけじゃない。自分を見ているようで腹が立つ、ということだ。

最初にテオリッタと会ったときと同じだ。自己嫌悪が形を変えただけにすぎない。

——だが、いまだけは。

間に合わなければ困る。反省ならば後でいくらでもしてやる。

(届け、ちくしょう)

俺の飛翔は嫌になるほど遅い。悪夢のように、すべてがゆっくりと動いたように感じる。ブリギッドの振るう炎の尾が伸びる。細く、凝縮した熱を湛えた尾の一閃。

だがその瞬間、俺は信じられないものを見た。

『……これはどうかな、同志ザイロ？』

どこまでも芝居がかったような、胡散臭い声。

火の粉が散っただけで、炎の尾は完全に止まっていた。ブリギッドの正面。叩きつけられた尾を摑んで、抱きしめるように受け止めているやつがいた。赤黒い甲冑の男。ライノーだった。生きていたのか。

いや――これは、なにかが違う。

『身を挺《てい》して誰かを……自分とは無関係な、無価値に思える命を……助ける。これこそ勇者の戦いだと認識している……んだけど、合っている、か、な？　同志ドッタや……きみのように……』

途切れがちな声で、尋ねてくる。

それはそうだろう。あの馬鹿が両腕で受け止めているブリギッドの尾は燃え盛っている。いくら砲甲冑に遮甲印が備わっていても、あの熱量で中身が無事のはずはない。とっくに焼け死んでいてもおかしくない。

いや、人間ならば焼け死んでいないとおかしい。

それはつまり、結局のところ、あのライノーは――

『いいね』

ライノーは慌てた様子もなく、その砲甲冑の右腕をブリギッドに差し伸べた。それはずいぶんと穏やかな仕草に見えた。ブリギッドは全身から血を流しながら、甲高く吠えた。長く尾を引くような咆哮だった。

『怯えているね、ブリギッド。いいな……それは、すごく、いい……』

どこか恍惚《こうこつ》とした口調だった。

『ありがとう。僕はきみの、そういう悲鳴が聞きたかった』

呟いたライノーの右手から、光が迸《ほとばし》る。砲だ。それはブリギッドの頭部に正確に着弾し、盛大に爆ぜた。こちらも最大出力の一射だったに違いない。

――あとにはもう動かない、灰のようにくすんだブリギッド。

それから、ぶすぶすと黒い煙を立ち上らせ、高熱で歪んだ砲甲冑。ライノー。その内部がどうなっているのかわからない。ただ、あいつの声だけは、いつも通り胡散臭く、白々しく聞こえた。

『楽しいね、同志ザイロ。ともに戦えて光栄だ。僕は、きみと同志ジェイスこそが……英雄だと思っているよ。人類の戦いを導き……。多くの魔王現象の屍を築く……』

「……おい。スプライトは、必要か？」

俺は尋ねる。血の《女神》が召喚する、治療用の液剤のことだ。答えはわかっていた。

『必要ないよ』

ぐぐ、と、砲甲冑が立ち上がる。そんな力があるとは思えなかった。普通ならば、だ。

『時間があれば、自力で修復できる。一日もかからないさ……少し眠るけどね』

ライノーの言葉に、テオリッタは息を呑《の》んだ。さすがに気づく。俺でさえ気づいたのなら、そういう感覚に鋭いテオリッタならなおさらだ。

「ライノー。あなたは、やはり……」

魔王現象。その言葉は、口にしない。

『このことは、内緒にしてほしいな』

ライノーの声は、心の底から懇願しているようだった。わざとらしいほどに、大げさに。

『何があっても、本当に僕は、きみたちの……人類の味方なんだ。どうやって証明すればいいのか、僕にもさっぱりわからないんだけど。同志ザイロ、どうすればいいのかな？』

「知るか、アホ」

俺は本当のことを言った。

「いまさら……お前が何者だろうと、懲罰勇者にそんなものは関係ねえよ。貴族も泥棒も詐欺師も国王も、みんな同じだ。罪人だ」

あんまりにも馬鹿げていると思ったので、俺の言葉は辛辣になった。

「どういう主張も証明も、恩赦を勝ち取ってからの話だ。違うか？　それまでお前はライノーだ。ただの、懲罰勇者の、砲兵のライノーだ」

ライノーは何も答えなかった。

甲冑の内側であの白々しい笑みを浮かべているであろうことだけは、俺には確信できた。

◆

赤い炎が夜の丘を照らす。ツァーヴはそれを見ていた。

炎は、瞬くような速度で草原を焼き、収束する。

パトーシェ・キヴィアの槍だった。彼女の率いる騎馬隊は、少数ながら敵の騎兵型の異形《フェアリー》を一手に引き受け、引きずりまわしていた。

自分たちが相手取る異形《フェアリー》の群れで、機動力のある種は二つ。馬を素体とするコシュタ・バワー。それになんらかの生物が融合した形のデュラハン。後者は装甲のような甲殻を備えた個体ばかりだ。並の雷杖の射撃では撃破は難しい。

それを、パトーシェの槍は軽々と吹き飛ばす。

(すげぇな)

ツァーヴは背の高い草の海に身を沈めたまま、狙撃杖を抱えて、戦場を見据える。

(ただ腕が立つだけじゃねえわけだな。ああいうのは、オレにはできない)

馬の扱い、兵士の指揮についてのことだ。パトーシェの動きは卓抜していた。距離をとるべきときには馬の速度をあげてしっかりと引き離し、追いつかせるべきところで仕留める。

こちらの仕掛けた罠と、一応の数だけは揃えた歩兵たちの槍衾《やりぶすま》と合わせて、実に巧みに敵をあしらっている。もちろん全滅させることなどできないが、こちらの小規模な陣地を包囲させないような動きは可能であるようだ。

(それと、ベネティムさんね)

やや離れた位置で——ツァーヴの目からすれば「呆然と」立ち尽くすベネティムのことだ。

(なんかアレ、意外に効果があるな……)

周囲から見た、指揮官としての姿のことだ。もちろんベネティムはまったく戦況を把握できていないので、緊張らしい緊張もなく、ただぼんやりと薄笑いを浮かべたまま中空を見つめている。

その姿は、あるいは「茫洋と」――あるいは「動じることなく」、勝利を確信した笑みを浮かべているように見える。

もちろんそれは大きな間違いで、ベネティムにこの先の戦況の見通しなど存在しない。そもそもツァーヴたちの動きについてこれないのが大きな問題だ。あれほど言ったのに、遅れがちになっている。いずれ馬の乗り方も勉強させるべきだろう。

ただ、その様子もまた、「悠然と」しているように見えるのだろう。彼を頼もしく見上げる兵もいたし、『あの人がいれば負けない』とまで発言する者さえいた。士気を保つ効果はある。

（こいつはウケる。それに――向こうもそんなに悠長に構えちゃいられない。だろ？）

制限時間がある。まんまと誘《おび》き出《だ》された形の異形《フェアリー》どもにしても、とっくに囮であることには気づいただろう。空に舞う青白い炎の尾が見えるはずだ。

だから、次に打ってくる手はツァーヴにも予想できていた。

『ツァーヴ！』

不意に、鋭い声が響いた。パトーシェからの通信。

『新手だ。重装甲のデュラハン。およそ二百』

その言葉の通りに、騎兵のような姿の異形《フェアリー》が飛び出してきている。二手に分かれてきた。

（嘘くさいな。誘いか？）

と、ツァーヴはなんとなくそう思う。

『引き付けて、そっちに追い込む！　歩兵に準備させろ！』

「はいはい、了解……」

ツァーヴは応答し、呼吸を詰めた。必ず来る。この状況で動かなきゃ、よほどの無能だ——狙撃杖に意識を集中させる。

視界、だけではない。風と地面の振動でその機を計る。パトーシェを注視する。

二手に分かれて襲いかかってきた異形《フェアリー》の騎兵たちは、彼女と騎馬隊を挟み撃ちにしようとしたようだった。

が、パトーシェは双方から逃げると見せかけ、渦を巻くような動きで反転し、一方にだけ突っ込んだ。鮮やかな機動。彼女が率いているのは、聖騎士団時代からの手下だという。

『突き抜ける。まっすぐだ』

パトーシェの指示で、騎馬隊は一斉に槍を構えた。そこに刻まれた聖印が起動する。彼女たち自身が一本の、燃える槍の穂先であるようにも見えた。

白い炎の槍が、デュラハンの群れを突き抜ける——蹴散らされる。脱落者はいない。

『次！』

パトーシェが頭上で槍を旋回させた。突き崩されたデュラハンたちが追いすがろうとしている。もう一方の群れは包囲しようと動く。

(来る)

と、唐突にツァーヴは感じた。大地の振動。何かが地中で蠢いている。先頭を行くパトーシェの、馬の足元——その地面が、唐突に砕けた。

長大な蛇のような異形《フェアリー》が飛びあがった。

（ボガート！）

地中を移動するムカデ型の異形《フェアリー》。しかも、大型。よく調教されている——単独行動で、騎馬隊の指揮官を暗殺するような動きをさせるとは。いままでにないほど計算された、個体の行動だった。

（単体の異形《フェアリー》にあんな真似ができるのかよ）

そのことはツァーヴにとっても驚きであったが、やるべきことは変わらない。敵の姿を捉えた、と思った瞬間にはもう狙撃杖を起動させている。

ぱっ、と乾いた破裂音。強烈な閃光。それがパトーシェを襲おうとしたボガートの頭部を瞬時に砕いた。どす黒い体液が爆ぜる。

（完璧。さすが、オレ）

ツァーヴは狙撃杖を肩に担ぎ、体を起こす。首筋の聖印を使って呼びかける。

「ベネティムさん、いまの見ました？　こいつが天才ツァーヴくんの——」

そのとき、ツァーヴは信じがたいものを見た。ベネティムが、ゆっくりと倒れ込んでいる。緊張しすぎて吐き気でもしたのか、と一瞬だけ思った。

だが、その首筋から噴き出す血が、その呑気な発想を否定していた。

「嘘……」

ベネティムは自らの喉を押さえ、そんな単語を口にした。唇の動きでわかった。

「でしょう？　あの、こんな」

こんな。その後に何を続けようとしたのか。

（だから言ったんだよ）

ツァーヴは即座に狙撃杖を構え直した。

（オレから離れるなって。遅れすぎっスよ、あの人。馬鹿でしょ……！）

ベネティムの傍らにいた歩兵の一人が、俊敏に動いていた。誰もが呆気にとられる中で、その動きは際立っていた。黒い頭巾を被った男。

そいつは傍らにいた伝令を殺し、馬を奪った。

ツァーヴの放った雷撃は虚空を穿っただけだ――しかし、なぜ外した？　この自分が。答えは足元にあった。沼だ。異常なぬかるみが発生している。足首まで沈んでいた。そのせいで、射撃体勢が安定しなかった。

（なんだこりゃ）

ベネティムを殺した黒頭巾は、馬に乗って駆け始める。周囲の誰もそれを追えない。ひどい泥濘《ぬかるみ》が周囲の地面を覆っていた。そしてあの男が進む先だけは、どういうわけか泥濘がない。あれは魔王現象の権能か。それとも別の何かか。

歩兵が強引に追いすがろうとしても、それは阻まれた。直立歩行するの犬のような異形《フェアリー》が、剣を振るって歩兵をまとめて斬り捨てている。どこに潜んでいたのか。凄まじい手際――そいつは兵士を撫で斬りにして殺すと、黒頭巾の男の馬の後ろに飛び乗った。逃げていく。

「おいおい……」

最後に黒頭巾の男の顔を見た時、ツァーヴは気づいた。

(あの目。いかにもって陰気な目つき)

見覚えのある目元だった。その男を知っている。

(スウラ・オド!)

ツァーヴは唇を噛み、その場で転がった。スウラ・オドの片手が動いたからだ——狙撃用の雷杖。

『ツクバネ』。

ツァーヴの動体視力はそれを確実に見てとって、そして、射撃を回避した。無様に地面に伏すような体勢。泥に顔が埋まる。頭上を稲妻がかすめた。スウラ・オドが駆け去っていく。

射撃の瞬間、スウラ・オドが少し笑ったような気さえした。

(畜生、あの野郎……)

二度目だった。二度目で殺せない相手であり、しかも今度ははっきりと負けた。

(絶対ぶっ殺そ)

ツァーヴは顔を上げて、口に入った泥を吐き捨てた。

ただその前に、やるべきことがある。歩兵の混乱を沈めなければ。自分が本格的に指揮官をやるしかないのか。ザイロに殺されたくなければ、まずはそうするしかないだろう。

最悪だ、とツァーヴは思った。目の前でベネティムを殺された。面と向かって、思い切り嘲笑されたような気分だった。

舐められたままでは終われない。

刑罰：ブロック・ヌメア要塞破壊工作　顚末

海で呑気に観戦していた部隊が上陸してきたのは、すべてが終わってからのことだった。貴族連合と、北部方面軍。もはや要塞がなんの抵抗もできなくなってから、安全を確認したうえでのお出ましだった。あまりにも遅すぎる。

グィオの部隊は、すでに砦の占拠を開始している。指揮官であったグィオは、どうやら最後のブリギッドの悪あがきで火傷《やけど》を負ったらしいが、深刻な怪我ではないようだ。とはいえ本人は治療のため、しばらくは動けないだろう。イリーナレアがそれに付き添っており、実質的に現場の指揮官というものが不在になっていた。

命令する者の不在——それはつまり、俺たち懲罰勇者部隊にとっては、極めて貴重な休息の時間を意味する。よって俺とテオリッタは、要塞の入り口に焚かれた篝火《かがりび》の前に座り込んでいた。半ば放心状態だったといってもいい。そのくらい疲れていた。

「……なあ、おい。見ろよ。あれが懲罰勇者だ」

「《女神》テオリッタ。それにザイロ・フォルバーツか。本物だ……」

兵士たちは俺たちを見て、何やら囁きを交わし合っているようだった。

「聞いたか？　魔王現象ブリギッドは、あいつらが――」

「信じられない。噂は本当だったのか？」

「だ、誰か、話しかけてくれよ。俺、あの《女神》の署名が欲しいんだ」

遠いし、小声なのでよく聞き取れないが、どうせ陰口の類だろう。

こういうとき、真っ先に胸を張り、俺たちの活躍を喧伝《けんでん》するテオリッタも、俺の肩に頭を預けて動けなかった。疲労の限界であることは明らかだった。俺にも立ち上がる気力はない。

だから、その男の接近に反応するのも少し遅れた。

「――懲罰勇者。ザイロ・フォルバーツ。そして、剣の《女神》テオリッタ」

えらく立派な髭をたくわえた、大柄な男だった。軍服がいかにも窮屈そうで、わざと一回り小さなものを仕立てたのではないかとすら思う。胸につけている勲章の数々も重たそうだ。

マルコラス・エスゲイン。現在の軍の総帥。ガルトゥイルの最高権力者。テオリッタがわずかに体を緊張させるのがわかった。

「此度《こたび》の作戦において、我が聖女の援護、実にご苦労」

と、エスゲイン『総帥閣下』は重々しくそう告げた。我が聖女、ときた。

「……そりゃどうも」

俺はテオリッタの肩を軽く叩き、安心させようとした。たしかに嫌な予感はする。わざわざこんな立場の人間が、俺たちに話しかけるとは。しかも、背後に兵士たちをぞろりと連れていやがる。

何やら緊張した顔で。

（面倒そうだな……くそ）

だから俺は、先手を打とうと思った。片手を上げて、せいぜい皮肉っぽく笑いかける。

「何か御用ですかね、総帥閣下。直々にお声をかけていただけるとは、ありがたくも激励ってやつですか？」

「残念だが、それは違う」

エスゲインは首を振り、指を一本だけ立てた。その仕草があまりにも勿体《もったい》ぶっていたので、こちらを指差したのだ、と一拍遅れて気づく。

「私は、危険分子を捕らえに来た」

俺はエスゲインの指の先を見た——そこには、赤黒い砲甲冑がうずくまっていた。いまだ黒い煙を上げている、ライノーがその中にいる。ここまでどうにか歩いてきたあと、少しだけ眠る、とやつは言った。その言葉通りにまるで反応がない。

「その男。懲罰勇者の砲兵ライノーは、魔王現象だという告発があった」

「……待て。いや、待ってくださいよ」

ライノーは寝ている。どうしようもない。くそ。俺があいつの弁護みたいなことをする羽目になるとは。起きたら絶対にこの貸しは取り立ててやる。

強く思いながら、エスゲインの指先を遮るように立つ。

「そんなもん、ただの噂でしょう？　魔王現象が人間の部隊で戦ってるなんて、バカバカしい」

「たしかに。だが、私独自の諜報《ちょうほう》機関からの報告だ。無視できない状況証拠がある。詳しく調べさせてもらおう——まずは、身柄の拘束だ」

「いいえ、総帥閣下」

俺は我ながら不毛なことを試みている、と思った。

「こいつはたしかに変なやつで、そりゃもしかしたら魔王かもしれないって思うときがあるくらいアホで間抜けの変態野郎だが——」

「お前の意見は聞いていない。懲罰勇者」

エスゲインはどこまでも厳かに、かつ冷徹に応じた。

「そもそもお前に発言権などない」

「で、では——総帥！　私の言葉を聞きなさい！」

次には、テオリッタが立ち上がった。まるでそれはライノーを守ろうとするように背を伸ばし、堂々とエスゲインの顔を睨む。

「この《女神》テオリッタが断言します。このライノーという砲兵は、たしかに人類の味方です。正体が何者であれ、少なくとも私たちは彼の協力で、何度も作戦を成功させました！」

「では、なおさら危険ですな。人類にとっての脅威だ」

エスゲインは片手を振った。控えていた兵士たちが、やや怯えながらも動き出す。

「厳しく追及しなければならん。捕らえろ」

「やめなさい！　こら！　《女神》の命令ですよ！」

テオリッタが小さく飛び跳ね、兵士たちを阻もうとする——だが、無理だ。押しのけられ、ライノーが取り囲まれるのを見送るしかない。

（まずいな）

と、俺は思った。ライノーが追及される。牢にぶち込まれるのは確実だ。

ベネティム――久しぶりに、あいつの口先が必要になるかもしれない。ツァーヴとパトーシェはうまくやっただろうか？

ささっと引き上げてこい、と俺は思った。

◆

ライノーは己の状況をおおむね把握した。

結論としては、絶望的な状況だ――と、判断するしかない。

ブロック・ヌメアの地下牢に閉じ込められ、両腕、両脚を鎖によって繋がれた。明かりはごくわずかな、檻の外で燃える蠟燭《ろうそく》の炎だけだった。こうなると、ライノーにも脱出する術はほぼない。

ただ一つ、『この肉体』を破棄する方法が残されているが、それは本当に最後の手段だ。あるいは、誰か兵士の体を奪い取る方法は可能だろうかと考える。奇襲を行えば不可能ではない。肉体の奪取までは成功するかもしれない。

（でも、潜伏はできないだろうね）

ライノーはそれほど自分の擬態能力を信用していない。

人間同士の関係は、魔王現象のそれとはまるで違う。誰かに成りすますには、その人間についての詳細な情報が必要だ。そうでなければ簡単に露見する。地下牢で『この肉体』が死んでいるのがわかればなおさらだ。

（それに、兵の誰かの肉体を乗っ取って、それから――それからどこへ？）

ライノーには何も思いつかなかった。

この世に彼のような存在を許容してくれる組織は、懲罰勇者以外にあるだろうか？　懲罰勇者部隊こそ、彼が彼として生きることを許される唯一の居場所だった。通常の軍隊では、独断専行のような振る舞いは許されないことも理解している。

もしも楽園というものがあるのなら、彼にとってそれは、懲罰勇者部隊という集団と、彼らとともに渡り歩く戦場だけだった。

だから、ライノーにできることは何もなかった。牢獄を見張る看守は、半日ごとに入れ替わっているらしい。ライノーが見える範囲にやってくるのは日に一度、半ば腐ったような食事を差し入れるときだけで、話しかけても何も応じなかった。

いや――。一度だけ、階級の高そうな男がたくさんの兵を引き連れてやってきて、宣言したことがある。

「貴様は、王国裁判に送られることもない」

立派な髭の男だった。事前の情報から判断すると、軍の総帥だろう。マルコラス・エスゲインといったか。彼は危険だと押しとどめようとする兵を制して、ライノーに相対した。

「この場で解剖される。貴重な、生きた魔王現象の検体だ。聖都キヴォーグからやってくる学士たちも喜ぶだろう」

そうして、マルコラス・エスゲインは自分の言葉に満足そうにうなずいた。

「いまこそ人類の役に立つがいい」

それきり、彼らは去った。訪れた者は誰もいない。あとは暗闇の牢獄で、かすかな蠟燭の明かりだけを見つめていた。

(人類のため、役に立つ——か)

それも決して悪くはない、とライノーは思った。

この体の持ち主も、人類を救う英雄たらんと望んでいた。それが自分の末路なら、選択肢の一つとしてはあり得た。だが——本当に末路だろうか？　末路としてもいいのか。

(よくはない、な。まだだ……)

ライノーには夢がある。

魔王たちの『王』を、殺すことだ。

無限に散らばる魔王たちの死骸でも及ばないほど荘厳な、唯一絶対であるはずの者の死。

その死を思い返すだけで歓《よろこ》びに包まれるような、鮮烈な体験になるだろう。その記憶さえあれば生きていける。自分はそんな最期を見たい。魔王現象どもの王を殺せるならば、自らのすべてを投げ打つことができる。

(まだ、終われない)

ライノーは、深い闇の中でそう思った。

しかし方法はあるだろうか。ライノーの合理性は、この牢獄を逃れられないであろうことを告げている。脱獄の可能性は低すぎた。逃れ得たとして、その後はどうなる？

何もできることはないかもしれない。この期に及んでは、未来の可能性などというものは検討する意味がそもそもないだろうか。未来はもうとっくに途絶えているのではないか。

「――おい」

不意に、声が聞こえた。それはライノーの意識を現実に引き戻す声だった。

「いい身分だな。こんなところで呑気に寝てやがる」

「寝ていないよ」

ライノーは自分が目を閉じていたことに気づき、開いた。長身の男がいる。ザイロだ。いつも通りの怒ったような険しい目でライノーを睨んでいた。

幻覚ではない、と思う。ライノーは目をもう一度、瞬かせた。

「同志ザイロ。……なんで、きみがここに？」

「俺たちがまた無茶な任務を吹っ掛けられそうだってときに、一人だけ休んでるやつがいる。それが許せねえんだよな」

ザイロは早口で言って、牢の錠を摑んだ。ばきん、とくぐもった破壊音が響く。

壊した。よく見えなかったが、聖印を使ったのかもしれない。

「ここを出ろ。脱獄させてやる」

「……外の兵士は？」

「寝てる」

排除してある、という意味だろう。ライノーはそう解釈した。

「質問してもいいかな、同志ザイロ。なぜ、こんなことを？」

「知るか。ンなことよりも——お前、首の聖印。どこまで本物なんだ？　効果はあるのか？　脱獄したら、上層部はお前のその聖印を起動して即死させるだろう」

「……僕の、これは」

ライノーは自分の首筋に触れた。

「もちろん本物だ。きみたちと通信もできる。ただ、懲罰機能が完全に有効に働くわけじゃない」

言葉を切り、息を吸う。ここからは、彼自身の安全にとって重要な情報になる。

それでも、言うべきだった。

「聖印を起動して即死させられるのは、あくまでも『この体』だけだ。生命活動が止まるだけなんだよ。僕は——この僕、魔王現象パック・プーカは、変わらずこの体を操作して行動できる」

「居場所は？　その首の聖印がある限り、位置は捕捉される」

「一部を抉り取って、聖印を破壊するよ。もちろん、そんなことをやったら本来は死ぬ。だけど、僕なら大丈夫だ」

「じゃあ、問題ないな」

「そうかな」

問題はあるだろう。主に、ザイロの方に。

「きみが僕を脱獄させたと知ったら、タダでは済まないと思うよ」

「バレなきゃいい。うまくやるさ」

「それは難しいと思うけどね」

「知るか。そんなことより、次の戦場は砲撃都市ノーファンに決まってるんだ。どうしてもお前の腕がいる。あの街には、俺もそれなりに詳しいからな」

砲撃都市ノーファン。その詳細については、ライノーもよく知らない。『この体』の持ち主も訪れたことはなさそうだった。

「それに俺は、こんなところで一人だけサボってるやつを許せねえ。ぶっ殺すぞ」

「それは申し訳ない。心が痛んでいるよ」

「なら、さっさと行くぞ。時間が経つほど成功の確率は下がる」

「成功の可能性は、ほぼゼロだと思うな」

それでも、ライノーは立ち上がっている自分に気づいた。自分の顔に触れてみる。どうやら笑っている——笑顔を作っているようだった。

「僕はこの計画が失敗する気がしている。やめた方がいいんじゃないかな」

「辛気くさいことばっかり言うな。とにかく黙ってついてこい」

ザイロはライノーの胸倉を掴むようにして牢から引きずり出した。

手の枷。足の鎖を、いずれも簡単に破壊する。ザイロにはそれができた。爆破の聖印。ライノーが自由になるまで、十秒とかからない。

「いくぞ」

「うん。了解だ」

とは答えてみたものの、足元がふらつく。どのくらい閉じ込められていたのだろう。

「しっかり歩け。遊んでるんじゃねえ」

「そうだね」

二歩、三歩。それで歩き方を補正する。思ったより難しいことではなかった。

「看守室を通って、地上に出る。そこから内壁を突破するのが難しいところだな」

「うん。なかなか大変そうだね。作戦はあるかい？」

「壁を越えるか、門を吹っ飛ばすか。状況次第だ。お前、なにか隠してる便利能力とかないよな」

「残念ながら」

異形化《フェアリー》の促進、という手も、あることはある。無機物を異形化《フェアリー》して、攪乱用の手勢として使う。だがそれは、まずこの『ライノー』の肉体に不可逆の変化を引き起こしてしまうだろう。

「いまの状態で有効な手段は思いつかないな。せめて同志ドッタがいればね」

「あいつはまだ厳重監禁中だ。ベネティムのアホがいないせいで、牢から出す言い訳ができない」

同志ベネティム。今回の敵の狙いは、明らかに彼の方だったのだろう。自分が排除されかかっているのは、その副次的な効果にすぎない。

ライノーはベネティムの有用性について、それなりに分析はできているつもりだ。しばらく懲罰勇者部隊は、さらに際どい作戦を成立させていかなければならない。その作戦の前提となる勝利条件や、敗北条件そのものを操作できるのがベネティムだった。

「厳しくなるね、これから」

「いつだってそうだし、わかってたことだ」

ザイロは吐き捨てるように言った。ついでにライノーを突き飛ばすようにして、自分で立たせる。

「急げよ。遅れたら置いていく。そんな役立たずを助けに来たわけじゃないからな」

◆

地上へと駆け上がると、すでにあちこちが混乱していた。

笛が吹き鳴らされ、聖印による照明器具と、松明《たいまつ》が走り回っている。――ただし、それは要塞の西側――ライノーたちが抜け出した牢とは、また別の方向だった。

何かが騒ぎを起こしている。ライノーはそう推測した。

「これは、何が？」

「攪乱してる。ツァーヴだ、説明してる時間が惜しい。とにかく走れ」

ザイロはライノーの肩を掴み、思い切り突き飛ばした。同時に駆け出す。

（いまのこの体に、大変な要求をしてくるものだ）

ライノーはまた、自分が笑顔を作っていることに気づいた。そうだ。英雄の要求はいつも厳しいのが当たり前だ。それについていく機会が与えられたこと、それ自体が信じられないくらいの幸運だと思う。

ゆえに、遅れることはできない。ライノーは肉体のあちこちに己の「菌糸」を伸ばし、張り巡らせる。身体機能を補佐し、活発化させる——ザイロの影を追って走る。

(いける)

空には緑色の月が、おぼろげに浮かんでいた。間もなく雲がかかるだろう。それは逃走に有利なはずだ。ツァーヴの攪乱も有効に働いている。

それでも、やはり問題はあった。行く手の北門はしっかりと塞がれている。兵士が十人。ザイロと二人で薙ぎ払うにも、一瞬では無理だ。何人かには顔を見られて、逃げられるだろう。

(それなら、確実な手段は一つしかない)

そんなライノーの思考を見抜いたように、ザイロは低く唸った。

「殺すなよ」

「難しい注文だね」

「門を吹っ飛ばす。ザッテ・フィンデの裏技を使えば、たぶんできる。お前も手伝え……うまくいったら、街道は避けて北へ走れ。少しは時間を稼ぐ」

「きみは?」

「あいつらに捕まる気はしない。捕まったとしても、俺はどうせ一回死ぬ程度だ」

「取り返しのつかないことになる一回かもしれないよ。記憶だけじゃなくて——」

「ここまでやったんだ。いまさら遅い」

ザイロは陰鬱に言った。そうかもしれない。北門が近づいてくる。ライノーとザイロは速度を上げていく。ザイロは布を顔にまきつけているが、どの程度効果があるだろうか。顔が見られれば、首の聖印で即座に「処理」される。

それまでが勝負だろう。できるだけ正体の露見を遅らせ、ザイロの行動を無駄にしないためにはどうすればいいだろうか？

（最後の手段かな。異形化《フェアリー》――この肉体を武器にして、戦う）

と、ライノーが思考を高速で進めたとき、それは唐突に降ってきた。

そのようにしか思えなかった。

ばっ、と、異様な音がして、十人の兵士がほぼ同時に倒れた。異様なほど禍々しい刃物が旋回したように見えた。ほんの一呼吸の間に、三度。首が千切れ飛び、胴体が潰れた者もいる。血飛沫《ちしぶき》。防御も回避も許さない、凄惨な破壊。

何が起きたのか。ライノーにさえ即座の理解はできなかった。

確実なのは、それはたしかに「攻撃」であり、それが完了したとき意識を保っていた兵士はいなかったということだ。ひどい猫背の、巨大な戦斧《せんぷ》を両手に持った男。死人のような顔。薄汚れてぼろぼろになった衣服。

ライノーはその顔、その姿をよく知っていた。

「同志タツヤ？」

「……だよな。お前にもそう見えるなら、俺の幻覚じゃねえな」

どういうわけか、ザイロもひどく驚いていた。

「何やってんだよ、お前？」

答えが返ってくるとは思っていなかった。タツヤがまともな言葉を発した記憶は、ライノーが知る限りでも存在しない。

だが、このときは違った。ライノーを上目遣いに見据え、タツヤは口を開いていた。

「――おれも、そいつを、助けるのは……本当は。気が進ま、ないんだよ」

途切れがちで、発音にも苦労しているようだったが、それはたしかに言葉だった。喋れたのか。

ライノーは思わずザイロと顔を見合わせた。

タツヤは構わず、その先を続ける。

「しかし、必要、らしい。それについては……賛成……する。だから、緊急に、こうして、操作権を、ふ……復旧。一時的に。させられたんだ」

「タツヤ、お前、なんていうか――」

ザイロは何を言うべきか迷ったようだが、結局、出てきたのはありふれた言葉だった。

「なんなんだ？」

「おれ。おれは……何か？　おれは……」

タツヤは背を向けた。

「勇者」

北門。その重苦しい鉄の門に、両手の戦斧を一閃させる。狙ったのは閂《かんぬき》だった。どういう技を使ったものか、斧《おの》に細工でもあるのか。閂はたやすく切断された。

ザイロが呆れたように目を細めた。

「マジかよ。タツヤ、お前の腕力、ちょっと異常だぞ」

「あ。ああ……、ずるをしたんだ。それは、いまどうでもいい」

タツヤは顎でライノーを促す。

「ライノー。逃げるよ。馬を、よ、用意してある」

「待て。お前、首の聖印ですぐに殺されるぞ。よくこんな馬鹿な真似を」

「あんたよりは、まし、さ。ザイロ」

そう言われると、ザイロは黙った。タツヤは笑いもせずに門を肩で押す。音を立てて開き始める。

「おれも、そいつ……と……似たようなものだ」

ぎこちない指で、ライノーを指差す。指先は痙攣しているようだった。

「聖印で……殺されても……動く。ことが。できる。自動……的に……肉体が破損するまで……。だから、せいぜい……逃げ回るさ……」

タツヤはザイロを正面から見た。初めて目の焦点が合った気がする。

「おれたちが問題なく戻れる、ように、あれを……ベネティム……を、働かせてくれ」

「もともとそのつもりだった。あの馬鹿になんとかさせる。タツヤ、お前には聞きたいことが山ほどあるが――」

「いまは、それどころではないね」

ライノーは微笑み、足を進める。門の外へ。北に広がる荒野に向かって。

「きっと帰るよ。この世に僕の居場所は、きみたちの傍しかないんだから」

これに対して、ザイロは顔をしかめ、タツヤはため息のような呻き声を漏らした。

「そうかもしれんが、気持ち悪いからさっさと行け」

「ま……まったく同じ意見、だ、な。同行するけど、無駄口を叩かないで、ほしい……置き去りにしたく、なる」

この二人は手厳しいな、とライノーは思った。

あるいは、どこか似ている。

◆

「――ザイロ。うまく、いきましたか？」

俺が部屋に戻ると、テオリッタはまだ起きていた。

外が騒がしい、だけではない。この計画の首尾が気になっていたのだろう。

「私は反対しましたからね」

その声には、非難が一割。あとのすべては安堵だった。生きて戻ってくる可能性は、そう高くはないと教えていた。だから徹底的に反対された。それでも最後には折れた。

「なんでこんなことをするんですか、いつもいつも」

テオリッタが頭から突っ込んできた。

避けることはできたかもしれない。ただ、俺はその頭突きを腹で受け止めた。そのままましがみつかれる。

「本当に、《女神》に——心配をかけさせるなんて！　聖騎士失格ですよ、本来なら！」

テオリッタは俺の胸に拳を叩きつけてきた。思わず笑ってしまうような威力しかなかった。

「助けない方がよかったって？」

「そうは言っていません」

「俺は少し後悔してる」

「……後悔、できるのはいいことです。記憶が残っているということですから」

「そうだな」

「本当によかった」

テオリッタは少し泣いているのかもしれない。わずかにうつむいた表情をよく観察しようとしたところで、唐突に彼女は顔を上げた。

「——そういえば！　ザイロ！　あなたに聞くべきことがありました」

「なんだよ」

間違いなく面倒な質問だ、という予感はあった。テオリッタの目が炎のように燃えたからだ。

「パトーシェに、フレンシィ・マスティボルト。ユリサ・キダフレニー。あなたには親しい女性が複数いますね？」

「親しいか？」

「親しいです！　それだけではありません。フレンシィ・マスティボルトはあなたといまだに結婚するつもりでいます。そう主張を繰り返しているではありませんか」

テオリッタは目を見開き、俺の鼻先に指を突きつけることまでした。

「どうするつもりなのですか？」

「どうもしねえよ」

「本当のことを言いなさい！」

「本当のことだ」

俺はテオリッタを引きはがした。見下ろすのではなく、正面から見るためだ。

「懲罰勇者に結婚なんて仕組みはない。誰が誰と親しいから、誰かを好きだからって、なんの意味がある？　家族を持つ？　あり得ないんだ」

最終的には、それがすべてだ。なんら意味のある物事にはならない。懲罰勇者は死んでも戦い続ける亡霊のようなものだからだ。

「だからな、テオリッタ。俺は――」

「では、恩赦が出れば？」

テオリッタは俺の鼻先を指で突いた。

「懲罰勇者ではなくなれば？　真面目に考えますか？」

「真面目に考えてないみたいに言うな。そもそも、そんな日が来るか？」

俺はタツヤを知っている。一時的に魔王を撃退したとしても、未来永劫《えいごう》、決して魔王が出現しないという確証を得られない限り、恩赦はない。やはり、あり得ないことだ。

それでもせめて、いま活動している魔王現象どもを皆殺しにして、あと数十年。あわよくば百年か二百年。それだけの平和を勝ち取るだけでも、俺には価値あることだと思える。

「私は剣の《女神》。もっとも偉大な《女神》です」

テオリッタは尊大に腕を組み、胸を張った。

「本当に、本気で、永遠に魔王現象を終わらせます。そうすれば、恩赦が出ますよね」

「本当にそれができたらな」

「そのときは！」

剣の《女神》、テオリッタの髪が燃え上がり、火花を散らした。

「真面目に考えるのですよ、我が騎士！　あなたの女性関係はだらしないと思います！　そういうのは、断固、許しませんからね！」

俺は返す言葉を失った。

本当に今日はひどい一日だ、と思った。

◆

外が騒がしい。

何かあったのかもしれない、と思ったが、わざわざ見に行くつもりはなかった。どうせザイロたちのせいだ。ライノーが捕まったことで、色々と慌ただしくなってきた。ジェイスはこの竜房に、半ば監禁されているような状態だ。ニーリィの足にも枷が嵌められている。

もっともニーリィにとっては、それほど意味はない。普通のドラゴンとは違う。彼女の力なら、その程度の枷は自力で破壊することができた。そして、そのことはまだ伏せている。人間どもに管理可能なレベルの存在であると——本当に重要な局面までは、思い込ませておく方が便利だ。

「ひどい戦いだったよ、ニーリィ……」

ジェイスはニーリィの腹部に頭を預けながら、呻く。

誰もいない竜房だ。聞く者もいない。他のドラゴンたちも、ニーリィとジェイスに気を利かせて近づこうとしない。ただ白い月の光だけが、この石造りの竜房に差し込んでいる。

そう言えば、かつてニーリィが教えてくれたことがある。あの月は、はるかな古代に打ち上げられた聖印兵器であると。その使い方を誰もが忘れてしまったが、太陽の光を吸って、七つの色に輝くのはそれが理由なのだという。

「俺は、もっと強くならないと。ニーリィがいなきゃこの有り様だ。ブリギッド相手に、ほとんど何もできなかった。くそっ……ザイロには、負けてられないのにな」

ジェイスは自分の赤い髪を掴んだ。

ブリギッドへの最後の一撃。あの決定打は、譲ってもらったという方が正しい。このままでは、ニーリィと飛ぶ男としては失格だろう。そう思う。

「……チェルビーはよくやってくれたけど……ひどい火傷だ。無理をさせた。申し訳ない」

「■■■■■……」

くるるっ、と、ニーリィの喉が鳴った。口を開き、ジェイスの腕を柔らかく噛む。

「ああ」

ジェイスは自分の胸を押さえた。すぐには言葉が出てこない。一度、大きな呼吸が必要だった。

「ごめん。もう一度。頼むよ、ニーリィ」

「聞こえづらかったかな」

ニーリィは、平静を装っている。それがわかる。

「チェルビーは……ジェイスくんに、感謝してたよ。一緒に飛べて嬉しかったってさ。私は、少しだけ嫉妬しちゃうけど。今回だけはね。私がもっと……■■■■■……だから」

ニーリィの腕が、ジェイスを抱えるように動いた。

「■■■……次は、絶対に。誰にも……どこの誰が相手だろうと」

ニーリィの腕を抱きしめて、ジェイスは彼女の言葉を聞く。一言一句を逃したくない。

このまま死を重ねてゆけば、やがて聞こえなくなるだろうから。

「絶対に、ジェイスくんを守るよ。もう二度と……■■■■■■■……！」

ジェイスは己の背中を意識した。そこにある聖痕。あらゆるものの声を聞く能力を持つ聖痕は、第二王都での死から蘇生してもまだ、傷ついたままだった。

ドラゴンたちの声を、聴き取りづらくなっている。

『聖痕が物理的に損傷しても、ほとんどの場合、能力が失われるわけではありません』

と、シグリア・パーチラクトは言っていた。あの冬の日にシグリア・パーチラクトに調査を頼んだのは、そのことだった。

『しかし、懲罰勇者の場合はどうか。例は少ないですが――第三次魔王討伐の記録に、聖痕を持った勇者の記録があります』

よくそんな記録を掘り出したものだ。ホーデン・スネイトという男。役割は重装歩兵。己の肉体を硬質化する、特異な聖痕の持ち主であったという。

『彼の場合も、ジェイス氏と同じように聖痕部分を負傷し、蘇生したようですが――負傷して以降は、蘇生するたびに、徐々にその力は失われていったようです』

喋る間、シグリアはジェイスの方を見なかったし、ジェイスも彼女と目を合わせなかった。

それで、予想は確信に変わった。

（……ニーリィとの記憶は）

何度でも、同じ話をするから。ニーリィはそう言ってくれた。だが、やがてはそれも不可能になるだろう。あと何回、猶予があるだろうか。それを守り切れるか。

（忘れたくない。俺は死にたくない。ニーリィも死なせたくない）

この戦場を離れ、二人で逃亡できれば、どんなにいいだろう。

だが、他でもないニーリィが、それを許しはしない。ジェイスは残った気力を振り絞って、せめてニーリィに笑いかけた。

「大丈夫」

ニーリィの青い鱗は、白い月に輝いている。よく似合う。

「俺は強いんだ。勝つ。絶対に、勝つ」

できる。自分に言い聞かせる。それができなければ、ニーリィの傍らにいる資格はない。

「俺たちは勝つから。魔王現象なんて皆殺しにしてやる。そしたらニーリィ」

自分こそは、人類を勝利に導く男だ。ジェイスはそう思い込むことにした。

「もっと、ずっと南の空を見に行こう。暖かくて、海も綺麗……らしいから」

喋りながら、ジェイスは途中で思った。泣きたくなるほど平凡な台詞だ。もう少し気の利いたことが言えればよかった。

が、ニーリィは空を見上げ、楽しそうに啼《な》いた。

『いいね。じゃあ、約束しよう。絶対だよ』

竜房の扉が、唐突に開いたのはそのときだ。

「――ジェイス・パーチラクト。大人しくしていたようだな。それは結構だが……」

複数人の人間。兵士。明らかにニーリィを恐れているらしく、入り口から踏み込んでこようとはしない。いずれも槍と、雷杖を構えている。

「ジェイス。お前の仲間が脱走をした。重大な反逆行為だ。よってお前も拘束し、この竜房に監禁することが決まった。いいな……そのドラゴンを暴れさせるなよ……！」

『ふふ』

ニーリィが獰猛《どうもう》に笑い、少しだけ唸った。

『ジェイスくん。どうする？　思い切って、ここを出ちゃおうか？』

「……いや。こいつらは、味方だ。そう思わなきゃ勝てない」

抵抗するつもりはなかった。ニーリィと一緒に監禁されるというのなら、それはジェイスにとって懲罰でもなんでもない。その後、ここから出る方法については——ザイロやベネティムがどうにかするだろう。いずれにせよ最終的には、人類はニーリィに頼るしかない。

本物の空の脅威。魔王現象オーディンを討てるのは、ニーリィだけなのだから。

「覚えておいてくれ、ニーリィ」

ジェイスは兵士たちの目から、ニーリィを隠すように立ち上がる。

「ニーリィが俺のことを覚えていてくれる。そう信じられるなら、俺はやっていける」

『■■■■■■』

ニーリィが何かを言ったが、ジェイスには理解できなかった。

あとがき

お世話になっております。ロケット商会です。

私はケヒャーッと叫んで襲い掛かってくるタイプの悪役が好きです。こういうタイプの悪役のことを私は『ケヒャリスト』と呼んでいますが、今回はケヒャリストが扱うにあたってふさわしい武器をご紹介させていただきたいと思います。

ケヒャリストであるからには、相手を攻撃するための武器にはこだわりたいものですよね。他者にダメージを与えるための武器には、実に様々な種類があり、悩みどころです。ここではあくまでも一部ですが、その指標となり得るラインナップをご紹介いたします。

皆さんがケヒャリスティックな武器を選定する羽目になったときに備え、ぜひご参考にしていただけますと幸いです。

まず、ケヒャリストの基本的な武器としては、ナイフが一番に上がってくるでしょう。その携帯性能の高さも含めて、軍隊でも使われている武器です。ピエロの扮装《ふんそう》をして、たくさんのナイフをお手玉しながら攻撃してくるケヒャリストはエンターテインメント性もあり、業界でも根強い人気があります。刃に麻痺《まひ》毒などを塗るのもよいでしょう。

しかし、ナイフは基本的に『強い』武器です。フィクションに出てくる一流の暗殺者や、ベテランの工作員が使っていてもおかしくありません。ケヒャリストたる者、もう少し変な武器を使いたくなるものです。

たとえば、鉤爪《かぎづめ》。触れた相手に電流を流す鉤爪などであれば、非常に芸術点が高まります。かすめただけで相手を痺《しび》れさせることができる……かと思いきや、スプリンクラーの噴射によって逆に自分が痺れてしまい、自滅する結末が容易に想像できます。

また、円盤状の刃を持った電動のこぎり（通称・バズソー）なども、ケヒャリストとの相性は良好です。これをたくさん所持してナイフのようにお手玉しながら攻撃してもいいですし、肋骨《ろっこつ》や腕などにたくさん埋め込み、「私はまさに全身凶器！　刃の数で圧倒的なアドバンテージ！」などと嘯《うそぶ》きながら襲いかかるのもいいでしょう。それだけで、「あっ、自滅しそう」「生命維持とは関係ない電動のこぎりを体内に埋め込んでしまって、生活が大変そう」と思わせる効果があります。

さらに、その自慢のバズソーで最終的に自分が残虐に真っ二つにされる光景も容易に想像ができるため、ケヒャリストの武器としての適性はさらに高まります。自分自身を破滅に導く仕組みを備えた武器というのが、一つ重要なポイントになるかと思います。

以上、この度は六巻まで書かせていただけたこと、大変ありがたく感じております。これもすべて皆様に読んでいただけたからこそであり、深い感謝の念を禁じ得ません。

この場をもって編集の方々、めふぃすと先生、今回も地図を描いていただいたナベタケイコ先生、デザインを担当していただいた皆様、何より読者各位への御恩をお返しするべく精進して参る所存を表明し、結びの言葉とさせていただきます。

電撃の新文芸

勇《ゆう》者《しゃ》刑《けい》に処《しょ》す
懲罰《ちょうばつ》勇《ゆう》者《しゃ》9004隊《たい》刑《けい》務《む》記《き》録《ろく》Ⅵ

著者／ロケット商《しょう》会《かい》

イラスト／めふぃすと

2024年4月17日　初版発行

発行者／山下直久
発行／株式会社ＫＡＤＯＫＡＷＡ
〒102-8177　東京都千代田区富士見2-13-3
0570-002-301（ナビダイヤル）
印刷／図書印刷株式会社
製本／図書印刷株式会社

【初出】……………………………………………………………………………………
本書は、カクヨムに掲載された『勇者刑に処す　懲罰勇者9004隊刑務記録』を加筆・修正したものです。

ISBN978-4-04-915606-5　C0093　Printed in Japan

ファンレターあて先
〒102-8177
東京都千代田区富士見2-13-3
電撃の新文芸編集部

「ロケット商会先生」係
「めふぃすと先生」係

この物語はフィクションです。実在の人物・団体等とは一切関係ありません。

コミカライズ
好評連載中!!
コミックス第2巻、2024年4月26日発売！

か
私《わたし》の
指揮官《しきかん》
ベネティム・
レオプール
まずいことになりました！すごくまずい
魔《ま》王《おう》と戦《たたか》う
騎《き》士《し》のようですね

異修羅Ⅰ

新魔王戦争

全員が最強、全員が英雄、
一人だけが勇者。“本物”を決める
激闘が今、幕を開ける──。

魔王が殺された後の世界。そこには魔王さえも殺しうる修羅達が残った。一目で相手の殺し方を見出す異世界の剣豪、音すら置き去りにする神速の槍兵、伝説の武器を三本の腕で同時に扱う鳥竜の冒険者、一言で全てを実現する全能の詞術士、不可知でありながら即死を司る天使の暗殺者……。ありとあらゆる種族、能力の頂点を極めた修羅達はさらなる強敵を、“本物の勇者”という栄光を求め、新たな闘争の火種を生みだす。

著／珪素
イラスト／クレタ

電撃の新文芸

Unnamed Memory Ⅰ

青き月の魔女と呪われし王

読者を熱狂させ続ける
伝説的webノベル、
ついに待望の書籍化！

「俺の望みはお前を妻にして、子を産んでもらうことだ」
「受け付けられません！」
　永い時を生き、絶大な力で災厄を呼ぶ異端——魔女。強国ファルサスの王太子・オスカーは、幼い頃に受けた『子孫を残せない呪い』を解呪するため、世界最強と名高い魔女・ティナーシャのもとを訪れる。“魔女の塔”の試練を乗り越えて契約者となったオスカーだが、彼が望んだのはティナーシャを妻として迎えることで……。

著／古宮九時
イラスト／chibi

リビルドワールドⅠ〈上〉

誘う亡霊

電撃《新文芸》スタートアップコンテスト《大賞》受賞作！
科学文明の崩壊後、再構築《リビルド》された世界で巻き起こる
壮大で痛快なハンター稼業録！

旧文明の遺産を求め、数多の遺跡にハンターがひしめき合う世界。新米ハンターのアキラは、スラム街から成り上がるため命賭けで足を踏み入れた旧世界の遺跡で、全裸でたたずむ謎の美女《アルファ》と出会う。彼女はアキラに力を貸す代わりに、ある遺跡を極秘に攻略する依頼を持ちかけてきて——!?

二人の契約が成立したその時から、アキラとアルファの数奇なハンター稼業が幕を開ける！

著／ナフセ
イラスト／吟
世界観イラスト／わいっしゅ
メカニックデザイン／cell

電撃の新文芸

物語の黒幕に転生して

～進化する魔剣とゲーム知識ですべてをねじ伏せる～

著／結城涼
イラスト／なかむら

超人気Webファンタジー小説が、
ついに書籍化！
これぞ、異世界物語の完成形！

世界的な人気を誇るゲーム『七英雄の伝説』。その続編を世界最速でクリアした大学生・蓮は、ゲームの中に赤ん坊として転生してしまう。赤ん坊の名は、レン・アシュトン。物語の途中で主人公たちを裏切り、世界を絶望の底に突き落とす、謎の強者だった。驚いた蓮は、ひっそりと辺境で暮らすことを心に決めるが、ゲームで自分が命を奪うはずの聖女に出会い懐かれ、思いもよらぬ数奇な運命へと導かれていくことになる——。

電撃の新文芸

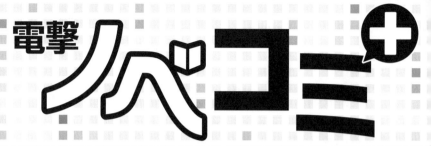

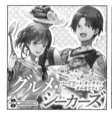

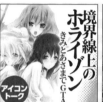

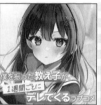

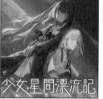

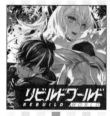

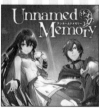

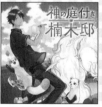

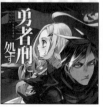